Klaus Wanninger
Schwaben-Freunde

Vom Autor bisher bei KBV erschienen:

Schwaben-Rache
Schwaben-Messe
Schwaben-Wut
Schwaben-Hass
Schwaben-Angst
Schwaben-Zorn
Schwaben-Wahn
Schwaben-Gier
Schwaben-Sumpf
Schwaben-Herbst
Schwaben-Engel
Schwaben-Ehre
Schwaben-Sommer
Schwaben-Filz
Schwaben-Liebe
Schwaben-Freunde

Klaus Wanninger, Jahrgang 1953, evangelischer Theologe, lebt in der Nähe von Stuttgart. Ein großer Teil seiner Bücher entsteht in den Zügen der Bahn, auf deren Schienen Wanninger Jahr für Jahr zigtausende von Kilometern zurücklegt. Bisher veröffentlichte er dreiunddreißig Bücher. Seine Schwaben-Krimi-Reihe mit den Kommissaren Steffen Braig und Katrin Neundorf umfasst mittlerweile sechzehn Romane in einer Gesamtauflage von über einer halben Million Exemplare.

Klaus Wanninger

SCHWABEN-FREUNDE

Originalausgabe
© 2013 KBV Verlags- und Mediengesellschaft mbH, Hillesheim
www.kbv-verlag.de
E-Mail: info@kbv-verlag.de
Telefon: 0 65 93 - 998 96-0
Fax: 0 65 93 - 998 96-20
Umschlagillustration: Ralf Kramp
Redaktion: Volker Maria Neumann, Köln
Druck: Aalexx Buchproduktion GmbH, Großburgwedel
Printed in Germany
ISBN 978-3-942446-98-3

Die Personen, Namen und Handlungen dieses Romans sind frei erfunden. Jede Ähnlichkeit mit lebenden Personen oder tatsächlichen Ereignissen wäre rein zufällig.

1. Kapitel

November

Der Tag, der zum Albtraum ihres Lebens werden sollte, hatte friedlich begonnen. Nicht einmal der kleinste Hinweis auf das schreckliche Geschehen, das sie aus all ihren Träumen reißen sollte, hatte sich erahnen lassen. Das Unheil brach über sie herein wie eine schwere Gewitterfront mitten in einer stockdunklen Nacht.

Nele Harttvallers Ausflug auf die Schwäbische Alb war lange vorher geplant gewesen. Seit Wochen hatte sie sich auf den Besuch bei ihrer alten Freundin gefreut. Endlich wieder die Person zu treffen, mit der sie entscheidende Phasen ihrer Kindheit und Jugend verbracht hatte, versprach die Erinnerung an alte, im Alltagstrott längst verschüttete Augenblicke. Erlebnisse, Diskussionen und Auseinandersetzungen mit Eltern, Mitschülern und Lehrern, erste unbeholfene Annäherungen an Vertreter des anderen Geschlechts – im gemeinsamen Austausch wurden viele, fast zwei Jahrzehnte zurückliegende Momente wieder wach.

Unübersehbar von Wiedersehensfreude erfüllt, waren sie sich am späten Morgen in die Arme gefallen und hatten sich ihre Töchter gegenseitig vorgestellt. Von der ersten Minute ihrer Begegnung an verstanden sie sich gut, war ihr Leben bisher doch in ähnlichen Bahnen verlaufen: Studium, Beruf, Karriere; dann erst mit Anfang dreißig die endgültige Entscheidung für den festen Partner. Und jetzt, kurz vor dem biologischen Toresschluss, wie Nele Harttvaller diesen Zeitpunkt selbst zu umschreiben pflegte, das eigene Kind. Wie sie selbst war auch ihre Freundin vor wenigen Jahren aus dem Beruf ausgestiegen und hatte sich ganz ihrem Nachwuchs gewidmet; eine Entscheidung, die beide nur in seltenen, von außergewöhnlichem Stress geprägten Momenten bereut hatten.

Elena und Anna bei guter Laune zu halten, erwies sich schnell als problemloses Unterfangen; die beiden Mädchen fanden ohne Scheu schnell zueinander und beschäftigten sich mit verschiedenen Spielen. Die Tage verflogen in rasendem Tempo, angefüllt mit unerschöpflichen Kaskaden alter Erinnerungen, reichhaltigem Essen und ausgiebigem Kaffeegenuss. Dass sie all den vielen Köstlichkeiten viel zu stark zugesprochen hatte, wurde Nele Harttvaller erst auf der Rückfahrt bewusst. Spät, lange nach dem Einbruch der Dunkelheit, hatte sie sich von ihrer Freundin und deren Tochter verabschiedet.

»Warum übernachtest du nicht bei uns? Wir könnten den Rest des Abends in alten Zeiten schmökern. Und die Mädchen verstehen sich doch auch prächtig. Andreas hat nichts dagegen, im Gegenteil, der freut sich, wenn ihr bleibt. Willst du es dir nicht noch überlegen? Ruf deinen Mann an und gib ihm Bescheid.«

Wie oft sie in den folgenden Tagen an das Angebot Marissa Leitners gedacht, wie sehr sie es bereut hatte, es nicht angenommen zu haben, sie wusste es nicht zu sagen. Wenn, ja, wenn ... Alles wäre anders verlaufen, der schlimmste Albtraum ihres Lebens nicht wahr geworden ...

Winkend und immer wieder in den Rückspiegel blickend startete sie den Wagen, Elena hinter sich im Kindersitz verstaut. Der anfängliche Protest der Kleinen: »Mit Anna spielen!« verstummte schnell, wich nach kurzem Quengeln ruhigen Atemzügen. Dankbar über den Schlaf ihrer Tochter versuchte sie, sich auf die vom Licht ihrer Scheinwerfer nur notdürftig erhellte Straße zu konzentrieren. Die Sicht reichte nur wenige Meter weit. Dichte, herbstliche Nebelbänke lagen auf der Hochfläche der Alb. Sie fuhr langsam, hatte Mühe, die Fahrbahn vor ihr zu erkennen. Einzelne Bäume und Büsche huschten vorbei, ab und an ein entgegenkommendes Auto.

Den Druck ihrer vollen Blase spürte sie schon wenige Minuten, nachdem sie Glupfmadingen verlassen hatte. Sie erhöhte das Tempo, bemerkte die gleißenden Lichter des plötzlich aus dem Nebel auftauchenden Fahrzeugs erst in letzter Sekunde, riss das Steuer nach rechts. Ein heftiger Adrenalinstoß flutete ihren Blutkreislauf, beschleunigte ihren Herzschlag. Sie bremste den Wagen wieder ab, starrte nach vorne. Schneller zu fahren, nur um baldmöglichst zu Hause ihrem Bedürfnis nachkommen zu können, war viel zu riskant. Angesichts der dicken Suppe draußen bedeutete das, ihre und Elenas Gesundheit und Leben aufs Spiel zu setzen. Das war es nicht wert. Sie musste versuchen, dem Druck standzuhalten.

Kurz hinter Würtingen wurde ihr klar, dass das nicht zu schaffen war. Sie hatte einfach zu viel getrunken. Kaffee, Saft, Wasser, Tee – sie wusste nicht mehr genau, wie viel von all den reichhaltig dargebotenen Getränken sie im Verlauf des Nachmittags und Abends in sich hineingeschüttet hatte. Ein Glas nach dem anderen. Zu viel auf jeden Fall, um das jetzt noch länger durchzustehen.

Was tun? Bis Eningen waren es, wenn sie sich richtig erinnerte, noch mehrere Kilometer, zudem wand sich die Straße davor noch über mehrere Serpentinen abwärts ins Vorland der Alb, die sie angesichts des widrigen Wetters besonders vorsichtig angehen musste. Und wo im Ort eine Toilette finden, die jetzt in der Nacht schnell und ohne langwierige Erklärungen zu benutzen war?

Nein, das dauerte alles viel zu lange. Das Problem verlangte nach einer schnellen Lösung, nicht nach umständlichem Herumsuchen. Sie musste es jetzt bereinigen, so unangenehm das auch war.

Sie starrte nach draußen, sah nur die Umrisse von Bäumen beidseits der Straße. Ab und an ein entgegenkommendes Auto; vor und hinter ihr – jedenfalls die paar Meter, die sie erkennen konnte – nur graue Suppe. Ob irgendwo in der Nähe ein Waldweg abbog?

Sie passierte eine Handvoll Häuser, las etwas von einem *Gestütshof*, fand sich wieder mitten im Wald. Zwei Autos kamen ihr entgegen, das Fernlicht viel zu spät abblendend, dahinter ein breiter Lastwagen, dann wieder die dunkle, fast undurchdringliche Suppe. Den Hinweis auf den Parkplatz bemerkte sie erst in letzter Sekunde. Abrupt bremste sie den Wagen ab, schwenkte auf die Zufahrt zu der rundum von Wald umgebenen Fläche ein. Die Anlage war menschenleer, nicht ein einziges Fahrzeug zu entdecken.

Nele Harttvaller parkte am Rand des Areals, zog die Handbremse, warf einen Blick auf die Rückbank. Elena lag schlafend in ihrem Sitz, atmete in ruhigen, gleichmäßigen Zügen. »Hab keine Angst, mein Schatz. Es dauert nicht lange. Ich bin gleich wieder zurück«, flüsterte Nele Harttvaller kaum hörbar, mehr zu sich selbst als zu dem Kind.

Sie wandte sich zur Tür, öffnete sie. Ein Schwall eiskalter Luft strömte ins Innere, ließ sie unwillkürlich frösteln. Mein Gott, willst du dir das wirklich antun, schoss es ihr durch den Kopf. Sie schaute nach links, geradeaus und nach rechts, sah nichts als dunklen Nebel. Kein Mensch, kein Leben. Wie unheimlich das ist, überlegte sie. Bleib sitzen, lass deine Beine im Auto, schließe die Tür und mach dich davon so schnell du kannst.

Sie wusste nicht, was mit ihr los war, spürte nur eine unerklärbare Angst. Angst vor der undurchdringlichen Dunkelheit, Angst vor der unbekannten Umgebung, Angst davor, die schützende Hülle des Autos zu verlassen. Ihre Beine schienen wie gelähmt, ihr fehlte die Kraft, sie in Bewegung zu setzen. Als ob ein unsichtbares Ungeheuer hinter dem Dunkel auf sie wartete.

Von der Rückbank war ein tiefes Seufzen zu hören. Nele Harttvaller wandte sich um, sah, wie Elena ihren Kopf zur Seite schob, dann wieder in ruhige Atemzüge fiel. Die Gesichtszüge des Kindes wirkten friedlich und voller Vertrauen – den Sorgen der Mutter zum Trotz.

Sie spürte das Stechen in ihrem Unterleib, wusste, dass sie sich von dem Druck befreien musste. Du kannst es nicht länger hinauszögern, erledige die Sache jetzt endlich, bohrte es in ihr.

Sie schwang ihre Beine nach draußen, hörte das Schmatzen des Untergrunds in dem Moment, als ihre Schuhe auf dem Boden aufkamen. Ihre Füße waren augenblicklich nass. Sie richtete sich auf, stakste zur Seite, schien in einer endlosen Pfütze unterwegs. Als sie endlich trockenen Boden erreichte, quollen unzählige Rinnsale aus ihren Schuhen. Ausgerechnet an diesem Wasserloch muss ich halten, das darf doch nicht wahr sein!

Nele Harttvaller versuchte, die Feuchtigkeit von sich abzuschütteln, merkte, dass sie keine Chance hatte. Schuhe und Strümpfe troffen vor Nässe, jeder Schritt verursachte ein schmatzendes Geräusch. Sie stierte durch den dichten Nebel, sah die Umrisse mehrerer Bäume wenige Meter von sich entfernt.

Watschelnd wie eine Ente kämpfte sie sich zu ihnen vor, hielt dann am Rand eines breiten Stammes inne. Mit klammen Fingern machte sie sich an ihrer Hose zu schaffen. Sie befreite sich von der lästigen Kleidung, ließ sich nieder. Die seltsamen Geräusche waren genau in dem Moment zu vernehmen, als sie ihrem Drängen endlich freien Lauf ließ. Ein unregelmäßiges Knacken und Knirschen, wie von nicht allzu weit entfernten Schritten. Erschrocken starrte sie in die Umgebung. War da jemand im Dunkeln unterwegs? Hier, am Rand des Waldes?

Sie versuchte, sich auf fremde Geräusche zu konzentrieren, hörte nur das Plätschern ihrer eigenen Körperflüssigkeit, die sich in einem kräftigen Strom auf den Boden ergoss. Plötzlich, etwas entfernt, das Heulen eines Motors. Das Auto wurde lauter, erhellte mit dem Licht seiner Scheinwerfer die Straße, die draußen am Parkplatz vorbeiführte, verschwand schließlich in die andere Richtung. Und dann, sie hatte sich endlich vollends erleichtert, das Knacken und Knirschen von Schritten, jetzt deutlich näher, und mit einem Mal das charakteristische Schmatzen eines Schuhs, der in einen morastigen Untergrund taucht und schnell wieder daraus hervorgezogen wird – genau, wie es ihr gerade ergangen war, nicht weit von ihr entfernt. Sie tastete mit zitternden Fingern nach ihrem Slip, zurrte, zerrte, riss ihn in die gewünschte Position, griff dann nach ihrer Hose. Im gleichen Moment erkannte sie den Umriss eines Menschen unmittelbar vor ihrem Auto.

Nele Harttvaller verharrte mitten in ihrer Bewegung, versuchte, das Dunkel um sie herum mit ihren Augen zu durchdringen. Nein, sie täuschte sich nicht, es war keine Fata Morgana, der ihre Sinne hier erlagen. Eine unbekannte, in eine dicke Jacke und eine Wollmütze gehüllte Gestalt huschte zu ihrem Auto, sprang auf den Fahrersitz, warf die Tür hinter sich zu. Das Geräusch schallte laut, dem Schuss einer Waffe gleich, durch den Wald. Sie wollte schreien, laut und durchdringend, pumpte Luft in ihre Lungen, brachte keinen Ton hervor. Ihr Herz pochte, ihr Kopf drohte zu implodieren, die Stimmbänder versagten den Dienst. Lähmendes Gift schien in ihren Körper injiziert worden zu sein. Ohnmächtig wie eine Statue verharrte sie auf der Stelle.

Erst nach einer gefühlten Ewigkeit gelang es ihr, sich langsam wieder in Bewegung zu setzen. Sie zog ihre Hose hoch, spannte die Muskeln an, kam wieder auf die Beine. Im gleichen Moment, als ihr markerschütterndes Schreien den Wald aus seiner Totenruhe riss, startete die unbekannte Person den Motor ihres Wagens. Nele Harttvaller warf sich nach vorne, preschte über den Rand des Parkplatzes, sah ihr Auto mit quietschenden Reifen davonrasen. Das Fahrzeug schlingerte nach rechts und nach links, hatte Mühe, die Zufahrt zur Straße zu erreichen, scherte dann in allerletzter Sekunde zur Seite und bog unmittelbar hinter einem mit hohem Tempo dahinschießenden Wagen auf die Fahrbahn. Mit aufheulendem Motor jagte es davon.

Schreiend und mit den Armen durch die Luft rudernd rannte Nele Harttvaller hinter ihrem eigenen Auto her. Schweiß schoss ihr aus allen Poren, das Herz hämmerte wild. Mein Kind, mein Kind, tobte es in ihrem Inneren. Um Atem ringend kämpfte sie sich über die Zufahrt auf die Straße, starrte in die dichte Nebelbank, die alles verschluckte. Jede Sicht und jedes Geräusch.

2. Kapitel

Vier Monate zuvor
Junger, naturverbundener und seine Tiere liebender Bio-Landwirt sucht ebenso empfindende Frau. Bitte Bild von deinen Tieren beilegen.

Die Anzeige in der Juli-Ausgabe der bunten Zeitschrift hatte sie auf die Idee gebracht.

Claudia Steib hatte das großformatige, mit seinen prächtigen Naturaufnahmen und den vielfältigen Text- und Fotodokumentationen teilweise längst vergessener Traditionen wie ein Bilderbuch wirkende Heft aus dem Briefkasten gezogen und langsam durchgeblättert.

»Die Kontaktanzeige Seite 131 – das wäre doch eine Reportage für dich!«, hatte Markus Adler mit einem dicken, roten Stift auf seinem Begleitschreiben notiert und die Annonce selbst mit einem gelben Leuchtstift markiert. »Das Leben geht weiter. Ich freue mich auf deine Zusage!«

Der gute Markus, er hatte sie nicht vergessen. Kaum zu glauben, dass in der rauen Welt des Fernsehens noch solch eine Seele von Mensch existierte. Ein Redakteur, der sich um seine freien Mitarbeiter kümmerte, als handelte es sich um seine ihm anvertrauten Schutzbefohlenen.

Im gleichen Moment, als sie die Zeilen vor Augen hatte, war ihre anfängliche Skepsis verflogen. Die beiden Sätze hatten sie derart fasziniert, dass sie zum ersten Mal seit Monaten wieder jener Neugier verfallen war, der sie ihren beruflichen Erfolg zu einem großen Teil zu verdanken hatte. Viele ihrer mit Akribie und unermüdlichem Fleiß erarbeiteten Fernsehreportagen waren von der Öffentlichkeit und den übrigen Medien mit großer Aufmerksamkeit wahrgenommen und oft mit unverhohlener Bewunderung gefeiert worden. Kein Wunder, dass erste Kommentatoren darüber spekulierten, weshalb sie seit fast zwei Jahren nichts von sich hatte hören lassen.

Bitte Bild von deinen Tieren beilegen.

Markus hatte recht. Es musste sich um eine außergewöhnliche Person handeln, die die Wertschätzung ihrer Tiere selbst bei einem so heiklen Unterfangen wie der Partnersuche so unverhohlen zum Ausdruck brachte. Ob der Mann sich der skurrilen Wirkung seiner Sätze bewusst war? Ein aus der Zeit gefallener, einen dem offiziellen Mainstream nach längst überholten Lebensstil praktizierender Typ?

Claudia Steib spürte die aufkeimende Neugier, den Menschen hinter diesen Sätzen kennen zu lernen, sich ein Bild von ihm und seiner Weltsicht zu machen. Und ihn eventuell, wenn es gut lief, einem größeren Publikum vorzustellen.

Natürlich hatte sie zu diesem Zeitpunkt nicht ahnen können, dass die auf den ersten Blick so belanglose Anzeige die ganze Sache ins Rollen bringen würde. Ausgerechnet dieses so liebevoll gestaltete Heft sollte der Auslöser dafür sein, dass sie endlich denen auf die Spur kamen, die das ganze Elend zu verantworten hatten – niemals hätte sie das vermutet. Und doch kam es so – wenn auch auf völlig andere Art und Weise, als sie sich das jemals hätte erträumen lassen.

3. Kapitel

November

Wie lange es dauerte, bis ihre Stimme endgültig verstummte, kein Mensch konnte es sagen. Nele Harttvaller stand allein mitten auf der Fahrbahn am Rand des Waldes und schrie sich ihre Verzweiflung aus dem Leib.

Der von einer mühseligen Spätschicht ermattete Fahrer, der genau in diesem Moment die Straße entlangkam, erkannte die einsame Gestalt erst in letzter Sekunde. Er riss sein Steuer nach rechts, schaffte es wie durch ein Wunder, ihr auszuweichen. Laut vor sich hinfluchend versuchte er, seinen alten Daimler wieder unter Kontrolle zu bringen. Das Fahrzeug schlingerte mehrere Meter über den Randstreifen, rasierte einen schmalen, mit letztem Herbstlaub geschmückten Busch, fand dann wieder auf den Asphalt zurück. Als es endlich zum Stehen kam, spürte er, dass er am ganzen Körper zitterte. Er rang um Luft, versuchte sich zu vergegenwärtigen, was gerade geschehen war.

Ein Mensch, irgendeine unbekannte Gestalt war plötzlich vor ihm aufgetaucht, hier, mitten auf der Straße in dieser einsamen, in tiefe Dunkelheit gehüllten Gegend. Ein Mann oder eine Frau? Er wusste es nicht, hatte keine Zeit gehabt, sich die Person genauer anzuschauen. Um ein Haar hätte die Begegnung böse geendet. Und jetzt?

Martin Faber wandte den Kopf, starrte durch die rückwärtige Fensterscheibe nach draußen, versuchte etwas zu erkennen. Vergeblich. Die Dunkelheit des Waldes und der Nacht verschluckte alles.

Er wusste nicht, was er von der Sache halten sollte, spürte immer noch den leichten Schock, den der Vorfall bei ihm ausgelöst hatte. Was wollte der oder die Unbekannte, wer immer es war, um diese Zeit hier mitten im Wald?

Ein sanftes, kaum merkliches Klopfen schreckte ihn aus seinen Gedanken. Ohne zu überlegen öffnete er die Tür, starrte zur Rückfront seines Wagens, wo er die Geräusche vernommen hatte. Eine kleine, auffallend nervöse Gestalt starrte zu ihm her.

»Mein Kind, mein Kind«, krächzte die Person.

Er sprang aus dem Auto, wurde sich jetzt erst bewusst, dass er eine junge Frau vor sich hatte.

»Mein Kind, mein Kind«, wiederholte sie mit seltsam heiserer Stimme.

Er lief vorsichtig auf sie zu, merkte, dass sie unstet hin und her trippelte. Am ganzen Körper zitternd starrte sie an ihm vorbei, die Straße auf und ab, immer dieselben Worte wiederholend.

»Ihr Kind?«, fragte er irritiert. Er folgte ihren fahrigen Blicken, sah nichts als dichten, dunklen Nebel. »Was ist mit Ihrem Kind?«

Sie schien seine Frage nicht verstanden zu haben, krächzte weiterhin ihr monotones: »Mein Kind, mein Kind.«

Irgendetwas stimmte hier nicht. Eine Falle? Ihn aus seinem Auto zu locken, um dann …?

Für den Augenblick einer Sekunde fühlte er sich tatsächlich in Gefahr. Aufgeregt starrte er nach allen Seiten, tastete die Dunkelheit mit seinen Augen nach potentiellen Feinden ab. Erst als die Frau laut loshustete, beruhigte er sich wieder. Er wandte den Blick, sah sie mit nach vorne gebeugtem Oberkörper mitten auf der Fahrbahn stehen. Sie schien heftig erkältet, hustete ohne Ende.

Mein Gott, wir stehen hier mitten auf der Straße, wurde ihm plötzlich bewusst, wenn jetzt ein Auto …

Er lief auf die Frau zu, ergriff ihren Oberarm, versuchte sie auf die Seite zu ziehen. Sie wehrte sich heftig, stieß ihn von sich weg, verlor das Gleichgewicht. Er sah sie vor sich auf den Asphalt stürzen, hörte ihr verzweifeltes Keuchen. Sie rang nach Luft, verfiel erneut in ihr rasselndes Husten. Er bückte sich nieder, legte ihr den Arm um die Schulter, versuchte sie hochzuziehen. Sie sträubte sich mit allen Kräften dagegen, holte heftig aus, stieß ihm den rechten Ellenbogen in den Leib. Er schnappte nach Luft, drohte für einen Moment, das Bewusstsein zu verlieren. Seine Füße verloren den Halt, er fühlte sich hart auf den kalten Boden geworfen. Mein Gott, was machst du hier, schoss es ihm durch den Kopf, mitten auf der Straße, wo jeden Augenblick ...

Genau in dem Moment hörte er plötzlich das Dröhnen eines Motors. Erschrocken drückte er sich mit der rechten Hand vom Asphalt weg, versuchte aufzuspringen. Mühsam kam er auf die Beine, bückte sich ein letztes Mal, um die Frau mit sich zur Seite zu reißen, sah das Aufflammen der Scheinwerfer wenige Meter von sich entfernt. Er zerrte die widerspenstige Gestalt in die Höhe, nahm Anlauf, federte sich vom Boden ab. Mitten im Sprung sah er sich plötzlich voll vom grellen Licht des auf ihn zuschießenden Fahrzeugs erfasst.

4. Kapitel

Mehr als nur ein Schutzengel hatte da seine Hände über sie gehalten.

Das Auto war im Abstand von wenigen Zentimetern an ihnen vorbeigeschossen, seine Fahrt ungebremst fortsetzend. Nur das laute Hupen hatte erkennen lassen, dass der Kerl am Steuer mitbekommen hatte, dass er beinahe mit lebenden Wesen kollidiert war.

Am ganzen Körper zitternd kam Martin Faber auf dem nassen Gras des Randstreifens auf die Füße. »Sind Sie wahnsinnig?«, brüllte er. »Was soll das? Wollen Sie uns beide umbringen?« Er schrie sich seinen Zorn aus dem Leib, sah die flehende Miene der Frau auf sich gerichtet. Es schien, als hätte sie das gefährliche Geschehen überhaupt nicht wahrgenommen.

»Mein Kind, mein Kind«, verfiel sie wieder in ihr stereotypes Jammern.

»Was ist mit Ihrem Kind?«

Sie wies in die Richtung des Parkplatzes, holte tief Luft. »Weg. Elena ist weg. In meinem Auto.«

Er begriff überhaupt nichts. »Wo ist Ihr Auto?«

»Weg«, keuchte sie. »Mit Elena.« Sie schien um jedes Wort zu kämpfen. »Ich musste nur kurz …«

»Was?«

»Aus… austreten«, stotterte sie, »in die Büsche. Nur kurz und trotzdem …«

»Sie wollen mir sagen, Sie haben Ihr Kind in Ihrem Wagen zurückgelassen, weil Sie pinkeln mussten und in der kurzen Zeit …« Er verstummte, musterte irritiert ihr Gesicht.

Sie rang um Luft, nickte mit dem Kopf.

»Ihr Auto wurde gestohlen mitsamt Ihrem Kind?« Er wusste nicht, ob er ihr glauben sollte, sah ihre flehende Miene.

»Helfen Sie mir, bitte, mein Kind!«

Die Sache mit der angeblichen Entführung schien ihm reichlich dubios. Hier in dieser gottverlassenen Gegend sollte der Frau jemand aufgelauert und ihr Auto samt ihrem Kind gestohlen haben? Es gab nur zwei Möglichkeiten, überlegte er. Entweder sie war völlig durchgeknallt, irgendwo der Klapse entkommen – oder sie hatte recht. Wobei ihm die erste Version wahrscheinlicher schien.

»Bitte, helfen Sie mir. Mein Kind, mein Kind!«

Und wenn sie doch recht hatte? Wenn sie – allem Anschein zum Trotz – tatsächlich nur hatte pinkeln wollen und irgendeinem Verrückten zum Opfer gefallen war?

»Gut«, sagte er. »Wir rufen die Polizei. Moment, ich hole mein Handy.« Er lief zu seinem Wagen, kramte nach dem Mobiltelefon, spürte die Frau hinter sich.

»Bitte«, flehte sie. »Wir müssen Elena suchen. Sie ist weg.« Sie wies die Straße entlang Richtung Eningen.

»Haben Sie das Auto dorthin verschwinden sehen?« Er sah ihr eifriges Nicken, wusste nicht, wie er reagieren sollte. »Aber es hat doch keinen Sinn, einfach hinterherzufahren. Die sind doch längst auf und davon.«

»Bitte«, wiederholte sie. »Bitte.«

Er nahm sein Handy, gab den Notruf ein. »Ich informiere jetzt die Polizei«, erklärte er.

Das Geräusch eines nahenden Fahrzeugs ließ ihn unwillkürlich zur Seite treten. Er zog die Frau mit sich auf den Randstreifen, hatte die Stimme genau in dem Moment im Ohr, als das Auto vorbeijagte. Wie kann man bei dem Nebel nur so verrückt rasen, überlegte er.

»Ja, was ist los?«, tönte es aus dem Handy.

Martin Faber versuchte sich zu konzentrieren, nannte seinen Namen, erklärte den Grund seines Anrufs. Der Mann am anderen Ende hatte dieselben Schwierigkeiten, zu begreifen, wie er selbst.

»Moment, ich gebe Sie weiter an meine Kollegin«, erklärte er nach kurzem Zögern.

Er hörte die Stimme einer Polizeibeamtin, wiederholte seine Ausführungen.

»Sie wellet uns aber net verarsche?«, erkundigte sich die Frau.

»Hören Sie, ich weiß selbst, wie unglaubwürdig das klingt, aber ich stehe hier mitten im Wald und …«

Er spürte die Hand der Frau an seiner Schulter, sah ihren Fingerzeig Richtung Eningen. »Bitte«, flehte sie, »wir müssen Elena suchen.«

»Die Frau vermisst ihr Kind. Elena heißt es.«

»Elena. Und der Familienname?«

»Ich weiß es nicht. Ich muss sie erst fragen.«

»Dann tun Sie das bitte«, sagte die Beamtin in betont sachlichem Tonfall. »Und das Autokennzeichen und den Wagentyp benötigen wir ebenfalls.«

Martin Faber reichte der Frau sein Handy. »Hier, die Polizei. Sie wollen Ihnen helfen.«

Er sah die ratlose Miene seines Gegenüber, hörte die Worte, die sie nach einer Weile des Überlegens in das Mobiltelefon stammelte.

»Elena. Elena Harttvaller. Wo wir wohnen? In Ludwigsburg in der Beihinger Straße. Mein Auto, ja, es ist weg. Ein Golf. Weiß, ja. Das Kennzeichen?«

Ein Fahrzeug schoss an ihnen vorbei, hupte laut. Der Fahrer hatte sie offensichtlich bemerkt. Faber hörte die Frau eine Abfolge von Buchstaben und Zahlen aufsagen, nahm das Handy dann wieder entgegen.

»Wo genau soll das passiert sein?«, fragte die Beamtin.

Er erwähnte den Parkplatz, wies seine Gesprächspartnerin auf den angeblichen Fluchtweg Richtung Eningen hin.

Die Frau seufzte laut. »Dann sind die längst irgendwo im Gewühl um Pfullingen oder Reutlingen untergetaucht. Wenn es wirklich stimmt.«

Er hörte sie mit Kollegen sprechen, vernahm eine laute Stimme aus dem Hintergrund, die etwas von einem Unfall auf …

»Ein Unfall auf der Albstraße oberhalb von Eningen?«, rief er überrascht, »aber das ist ja genau unsere Richtung.«

»Die Kollegen sind bereits unterwegs«, antwortete die Beamtin. »Genaueres wissen wir noch nicht.«

»Ein Unfall?« Die Frau neben ihm schien vollends in Panik zu geraten. »Meine Elena?«

Er wollte der Beamtin seine Anschrift mitteilen, fühlte sich am Arm gepackt und zu seinem Fahrzeug geschoben. Das Handy rutschte ihm aus der Hand, fiel ins feuchte Gras. Schimpfend bückte er sich, nahm es wieder an sich.

»Meine Elena, bitte. Wir müssen sie suchen. Der Unfall, bitte.«

Martin Faber sah die flehende Geste der Frau, die zu seinem Auto zeigte, gab seufzend nach. Er unterbrach die Verbindung, nickte zustimmend, nahm hinter dem Steuer Platz. Er wartete, bis sie nachgekommen war und sich angegurtet hatte, spähte dann vorsichtig in beide Richtungen.

»Bitte«, begann sie erneut, »bitte.«

Er wendete das Auto mit quietschenden Reifen, folgte der Straße Richtung Eningen. Der Nebel schien kein Ende nehmen zu wollen, immer neue Schwaden hüllten die Umgebung in graue Dunkelheit. Das grelle Licht der Scheinwerfer war weitgehend machtlos.

»Sie fahren einen Golf«, erinnerte er sich an ihr Gespräch mit der Beamtin, »einen weißen Golf, ja?«

Die Frau neben ihm nickte, starrte mit weit aufgerissenen Augen nach vorne. Für den Moment einer Sekunde riss die Nebeldecke auf, gab den Blick auf das im Dunkeln liegende, von unzähligen Lichtern erleuchtete Albvorland frei. Unmittelbar darauf hatte die dicke, graue Suppe alles wieder im Griff.

Martin Faber spürte, dass das Auto leichter lief, lenkte es vorsichtig in eine Kurve. »Es geht abwärts auf Eningen zu«, sagte er.

Das seltsame, rötliche Flackern war schon von Weitem durch den dichten Nebel zu erahnen. Er wusste nicht, was es zu bedeuten hatte, glaubte zuerst, dass sein Ursprung weit von der Straße entfernt liege. Erst nach einer weiteren Kurve merkte er, dass sie direkt darauf zusteuerten.

»Was ist das?«, flüsterte die Frau.

Er bremste den Wagen ab, entdeckte das meterhoch in den Himmel lodernde Flammenheer unterhalb der Fahrbahn im gleichen Moment wie seine Nachbarin.

»Mein Kind, mein Kind«, schrie sie plötzlich los. »Elena, Elena, was ist passiert?«

Martin Faber brachte den Daimler hinter zwei wahllos am Straßenrand geparkten Autos zum Stehen, lief zur Böschung. Eine Handvoll aufgeregter Menschen stand unmittelbar am Steilabfall des Geländes und starrte nach unten. Faber beugte sich über den Abgrund und starrte in die Tiefe. Das lichterloh brennende Auto hing etwa zwanzig Meter tiefer auf einem schmalen Vorsprung. Beißender Geruch lag in der Luft, stechend und giftig. Verschmorte Kunststoffe, glühendes Metall, kokelnde Reifen. Jeder Atemzug schmerzte. Er musterte das brennende Fahrzeug, sah es auf den ersten Blick: ein Golf, ein weißer Golf.

»Mein Kind!«, schrie es neben ihm.

Er hörte das herzzerreißende Schluchzen, bemerkte die zur Grimasse verzerrte Miene der Frau. Sie schien Anlauf nehmen und in den Abgrund springen zu wollen. Faber packte sie am Arm, versuchte sie festzuhalten. Sie wand sich hin und her, verfiel in heftiges Husten. Er spürte, wie seine Kräfte schwanden, zog sie vom Rand der Straße zurück.

Der beißende Gestank war kaum mehr auszuhalten. Er schnappte nach Luft, spürte die giftigen Dämpfe in seine Lungen dringen. Er hustete, trat mehrere Schritte zurück, wartete, bis sich die Wolke etwas verzogen hatte. Seine Schleimhäute signalisierten immer noch keine Entwarnung. Schmorende Kunststoffe, glühendes Metall, kokelnde Reifen. Und jetzt noch eine weitere, besonders widerliche Komponente. Ekelerregend, den Atem raubend, kaum auszuhalten. Der Geruch von verbranntem Fleisch.

Um Gottes willen, tobte es in Faber.

5. Kapitel

Drei Monate zuvor

Der Mann hatte tatsächlich auf ihr Schreiben reagiert. Zwar nicht ganz so schnell, wie Claudia Steib sich das erhofft hatte, aber immerhin. Drei Wochen, nachdem sie ihren Brief auf herkömmliche Weise in einen gelben Briefkasten geworfen hatte, war die Antwort bei ihr eingetroffen. Als einseitiges, mit etwas verschnörkelter Schrift ausgeführtes Schreiben auf weißem, unliniertem Papier.

Liebe Claudia, ganz herzlichen Dank für Deinen Brief!

Ich greife jetzt zu meinem Stift, obwohl es mir schwer fällt, einem Menschen meine Gedanken anzuvertrauen, den ich überhaupt nicht kenne. Du bist eine von insgesamt sechs Personen, die bisher auf meine Zeilen in dem bunten Heft geantwortet haben. Du lebst zwar nicht mit Tieren zusammen, wie Du schreibst, und kannst mir deshalb auch nicht das gewünschte Bild schicken, willst aber meine Tiere und mich dennoch gerne kennen lernen. Nicht allein aus persönlichem Interesse, sondern auch weil du beruflich damit befasst bist, mit Menschen ins Gespräch zu kommen, die ihren eigenen Weg gefunden haben und diesen gegen alle Widerstände gehen.

Bin ich das wirklich wert? Ich glaube nicht. Ich bin nur ein einfacher Landmensch, der seinen Tieren und der Natur mit der Achtung begegnet, die alle Lebewesen verdient haben, nicht mehr und nicht weniger. Dass das heute nicht mehr selbstverständlich ist, stimmt mich sehr traurig. Wenn es Dir aber trotzdem genug Ansporn sein sollte, mich zu besuchen, will ich Dich nicht davon abhalten. Am liebsten in meiner vertrauten Umgebung auf der Alb nicht weit von

Aalen. Wie Du mich findest, entnimmst Du bitte dem auf der Rückseite aufgezeichneten Plan. Hier bin ich jederzeit zu erreichen.
Ich freue mich auf unsere Begegnung!
Samuel Lieb

Der Brief war alles. Keine Straße, keine Hausnummer, nichts von einem Telefon oder einer E-Mail-Adresse, überhaupt kein Hinweis darauf, wie sie direkt miteinander in Verbindung treten konnten. Der Mann schien wirklich aus der Zeit gefallen.

Claudia Steib war die Zeilen mehrfach durchgegangen, dann am vorletzten Satz hängen geblieben. *Hier bin ich jederzeit zu erreichen.*

Logisch, hatte sie überlegt. Der konnte seinen Hof nie für längere Zeit verlassen. Seine Tiere waren darauf angewiesen, dass er sich ständig um sie kümmerte. Jeden Tag, ohne Ausnahme. Ihn ohne Anmeldung zu besuchen, war also wohl jederzeit möglich. Sie würde ihn auf jeden Fall antreffen, irgendwo auf seinem Anwesen oder in dessen Nähe.

Zwei Tage nachdem sein Brief bei ihr eingetroffen war, hatte sie sich deshalb auf den Weg gemacht, morgens, kurz nach neun. Direkt in Waiblingen auf die Bundesstraße 29 und dieser folgend bis Aalen. Ein typischer Tag Mitte August. Drückende Hitze schon am Morgen, verbunden mit so hoher Luftfeuchtigkeit, dass schon bei der kleinsten Anstrengung der Schweiß aus den Poren schoss. Die Luft flimmerte, tauchte die Umgebung in ein diesiges Licht. Die Anhöhen der Berge beidseits des Remstals waren nur in Umrissen zu erahnen.

Claudia Steib passierte die hoch aufragenden Mauern des Klosters Lorch, wenige Minuten später die Silhouette der Altstadt Schwäbisch Gmünds. Erinnerungen an ihre Schulzeit kamen ihr in den Sinn, Gedanken an all die vielen Stunden, die sie von einer weit entfernten Zukunft träumend in den Räumen des Parler-Gymnasiums verbracht hatte. Mehr als zwei Jahrzehnte war das jetzt her, Teile ihrer Träume waren tatsächlich wahr geworden. Von den Bänken des Parler-Gymnasiums aus war sie in die weite Welt gezogen, voller Hoffnungen und Ideale, hatte fremde Menschen und Länder kennen gelernt, das Studium der Anglistik und Romanistik erfolgreich absolviert, dann ihren Traumberuf ergriffen …

Sie wollte nicht schon wieder daran erinnert werden, riss sich aus ihren Gedanken. Konzentriere dich auf dein Vorhaben, hörte sie ihre innere Stimme, lass die Vergangenheit ruhen. Es ist nicht zu ändern, lass es endlich sein. Schau in die Zukunft, nimm einen neuen Anlauf.

Sie hörte die künstliche Stimme ihres Navigationsgerätes, stellte fest, dass sie Aalen erreicht hatte. Die Beschilderung forderte ihre ganze Aufmerksamkeit. Sie versuchte sich zu orientieren, ordnete sich neu ein. Zehn Minuten später hatte sie den steilen Anstieg der Ostalb erklommen. Sie schaute nach draußen, glaubte, in eine andere Welt eingetaucht zu sein. Die gesamte Szenerie um sie herum hatte sich grundlegend geändert. Der undurchdringliche Dunst war verschwunden, hatte weiter, klarer Sicht Platz gemacht. Kein flimmerndes, fast unwirkliches Licht mehr, sondern kräftige Farben, wohin sie auch sah. Intensiv blauer Himmel über üppig grünen Wiesen und Wäldern. Siedlungen und Straßen, überhaupt jeder Hinweis auf moderne menschliche Zivilisation schienen dagegen nur noch spärlich vorhanden.

Claudia Steib öffnete das Fenster einen Finger breit, spürte augenblicklich die frische Luft, die ins Innere strömte. Es hatte deutlich abgekühlt. Auf der Hochfläche der Alb herrschten im Sommer angenehmere Temperaturen als unten im Vorland. Im Winter dagegen fühlten viele sich hier oben wie im tiefsten Sibirien.

Sie atmete durch, hörte die Computerstimme ihres Navis: »Sie haben Ihr Ziel in fünfhundert Metern erreicht.«

Erstaunt blickte sie sich um, sah, dass sie sich einer Handvoll Häuser näherte. Kleine, in großzügigem Abstand voneinander errichtete Gebäude mit roten Ziegeldächern, von breiten, weit ins Land reichenden Weiden und Feldern gesäumt. Sie bremste das Auto ab, fuhr langsam auf das winzige Siedlungsensemble zu. Zwei mächtige, mit dichtem Laub bewachsene Bäume beidseits der Straße schirmten die Häuser vor allzu neugierigen Blicken ab. Hühner und Gänse tummelten sich im Gras, eine kleine, grau getigerte Katze schlief eingerollt auf einem von der Sonne erwärmten Strohballen. Keinen Meter weiter fläzte sich ein mittelgroßer Hund im Staub des Straßenrandes, wohlig alle viere von sich streckend.

Sie passierte die Bäume, suchte das Gelände nach einer günstigen Parkmöglichkeit ab. Gleich hinter dem ersten, von einer sauberen, weißen Fassade und einem roten Ziegeldach geprägten zweistöckigen Haus glaubte sie, einen geeigneten Platz gefunden zu haben. Claudia Steib stellte ihren Wagen ab, nahm den Schlüssel aus alter Gewohnheit an sich. Unwillkürlich musste sie über ihre instinktive Vorsicht lachen. »Vorsicht, Diebstahl!«, sagte sie laut zu sich selbst.

Sie öffnete die Tür, stieg aus dem Auto. Der kräftige, mit einer etwas abgetragenen Jeans bekleidete Mann trat in dem Moment aus dem Schatten des Stalls in die grelle Sonne, als sie sich zur Seite drehte. Sie blieb stehen, betrachtete ihn und das kleine, beigefarbene Bündel, das er in seinen muskulösen Armen vor sich hertrug. Vorsichtig, wie ein treu sorgender Vater sein kleines Kind. Sie musste nicht näher auf ihn zugehen, um zu begreifen, um was es sich handelte. »Mäh, mäh.« Die zaghaften Rufe des Tieres waren nicht zu überhören. Ein Bild wie aus einem vergangenen Jahrhundert.

Ich glaube, ich bin richtig, überlegte sie, so in etwa habe ich das erwartet.

Sie löste sich von ihrem Wagen, lief auf den Mann zu.

6. Kapitel

November

Frühschicht. So eine Frechheit! Jeder anständige Mensch hatte das Recht auf angemessene Nachtruhe. Jedes Tier verharrte in seiner Höhle, solange draußen die Nachtgeister spukten. Bei Dunkelheit verließ niemand freiwillig seinen Bau. Nur er sollte den Blödmann spielen. Ausgerechnet er.

»Ausgebranntes Auto«, hatten sie ihn aus dem Schlaf gerissen, eine Stunde vor Dienstbeginn.

»Na, und? Was geht mich das an? Brennende Autos gibt's jeden Tag!«

»Sieht so aus, als hätt's oin erwischt.«

»*Oin?* Was soll das denn sein?«

»Ein Mensch. Ein lebendiger Mensch.«

»Ein lebendiger Mensch? Na, wenn der Karren ordentlich gebrannt hat, wird der Typ nicht mehr so lebendig sein«, hatte er geantwortet.

»So isch es. Deshalb rufet mir au a. Oder glaubet Sie, mir wendet uns freiwillig ans Landeskriminalamt, wenn *Sie* Dienscht hent?«

Dass und wie der Kerl das *Sie* betont hatte, war nicht zu überhören gewesen. »Was wollen Sie damit sagen?«

»Dass Sie sich endlich uffmache und die Sach agucke sollet.«

Uffmache und *die Sach agucke*. Die Ausdrucksweise des Mannes bereitete ihm physische Schmerzen. Mit was für Bauerntölpeln hatte er es hier wieder zu tun? Tagtäglich musste er sich dieses unverständliche Gestammel anhören. Warum nur hatte er sich dazu verleiten lassen, in diese zivilisationsfeindliche Berglandschaft zu ziehen?

»Kommet Sie jetzt endlich?«, geiferte die Stimme am anderen Ende. Und auch das: »So ein Halbdackel, dieser Fischkopf!« war noch deutlich zu vernehmen.

Bent Knudsen donnerte den Hörer auf den Apparat. Musste er sich das wirklich antun? Morgens, zwei Minuten vor fünf? Ausgebranntes Auto am Albaufstieg über Eningen. Mensch an Bord. Warum war der Blödmann nicht rechtzeitig ausgestiegen? Nur um ihn jetzt unnötig zu belästigen? Einem Vertreter dieses Bergvolkes war das wirklich zuzutrauen. Er lebte jetzt lange genug hier, um zu wissen, wie diese Leute funktionierten, auch wenn er ihre grauenvolle Sprache nur in Teilen verstand. Eine Sprache, die ihn oft genug zur Verzweiflung trieb. Ein seltsames Ziehen kroch ihm dann über den halben Rücken, wenn er nur an einige der schlimmsten Ausdrücke dachte.

Hent Sie koi scheeneres Jäckle? Des ghört doch mol in d'Reinigung, moinet Sie net?

Die süffisanten Bemerkungen seiner dämlichen Vermieterin. Betonung auf dämlich. Als ob er nicht selbst wüsste, wie abgenutzt seine Klamotten waren. Die affige, ständig in eine Parfümwolke gehüllte Tusse hatte gut reden. Woher nehmen, wenn nicht stehlen? Sein Konto war leer, der Kredit ausgeschöpft bis zum letzten Rest. Und weshalb? Er durfte nicht daran denken. Alles, nur das nicht.

Bent Knudsen schlüpfte in seine Kleidung, schnallte sich den Gurt mitsamt der Waffe um. Das kalte Metall an seiner Hüfte zu spüren, tat immer gut. Gleich, wohin der Weg führte. Man wusste nie, wem man begegnete. Nicht hier unter den Bewohnern dieser Bergregion.

Er lief zur Tür, warf sich den Schal um den Hals, schlüpfte in seine Jacke. Zum Glück musste er um diese Zeit nicht damit rechnen, seiner dämlichen Vermieterin zu begegnen. Der einzige Vorteil der Frühschicht, dass ihm deren Visage und Gesülze erspart blieb. Und so manch andere Visage dazu, überlegte er.

Fünfundvierzig Minuten später war er am Unfallort angelangt. Ohne Navi hätte er die Stelle kaum gefunden, obwohl sie nur wenige Kilometer hinter Reutlingen lag. Albstraßen und Albaufstiege gab es hier schließlich an allen Ecken und Enden. Berge links, Berge rechts, Berge überall. Ein Bergvolk eben. Nichts als beschränkte Horizonte.

Er parkte den Dienstwagen, nahm die hell erleuchtete Szenerie mehrere Meter oberhalb ins Visier. Gaffende Vollidioten, wohin er auch sah. Vor Neugier sabbernde, geifernde, stierende Bergbewohner. Von einem verunglückten oder ausgebrannten Auto keine Spur. Nicht einmal ein Leichenwagen war zu sehen. Hatten die das Opfer etwa schon weggebracht?

Es handle sich wohl um ein Kind, das mitsamt dem Auto entführt worden sei, hatten ihm die vor Ort tätigen Beamten fernmündlich erklärt. Leider könne man es immer noch nicht genau sagen, weil sich der Wagen etwa zwanzig Meter unterhalb der Straße dermaßen verkeilt habe, dass es bisher noch nicht gelungen sei, ihn zu bergen beziehungsweise seine Überreste samt Inhalt zu inspizieren, hatten sie ausgeführt.

Knudsen folgte der Straße bergan, stieß einen der Gaffer, der ihm den Rücken zuwandte, zur Seite.

»Aua, du daube Sau!«, zeterte der Mann. »Bass doch uff!«

Bent Knudsen spürte das seltsame Ziehen auf seinem Rücken, bugsierte den nächsten Neugierigen aus dem Weg. Ähnliche Reaktion. Er war vor dem rot-weißen Absperrband angelangt, sah einen großen Abschleppwagen vor sich, der sich unter kräftigem Hupen gerade in Bewegung setzte, genau auf ihn und die gaffende Menge zu. Wenige Meter hinter dem Fahrzeug lag das stark demolierte, völlig ausgebrannte Wrack eines Pkws. Verwundert bemerkte Knudsen, dass das bullige Fahrzeug das verunglückte Auto an Ort und Stelle zurückließ. Er stellte sich ihm mitten in den Weg.

Die Reaktion des Fahrers ließ nicht lange auf sich warten. Augenblicklich stoppte er den Wagen und streckte seinen Kopf aus dem Fenster. »Beweg doch endlich deinen Arsch zur Seite, du Säckel!«, brüllte er. »Sonscht fahr i di über de Haufe!«

Knudsen zeigte keine Reaktion, sah einen jungen, uniformierten Beamten auf sich zulaufen.

»Hallo Sie, hent Sie koi Auge im Kopf? Die Absperrunge do sind extra für solche Bachel wie Sie!«

Er zog seinen Ausweis, streckte ihn dem Kollegen hin.

Die Miene des Mannes verwandelte sich im Augenblick einer Sekunde in freundlichstes Lächeln. »Oh, Herr Kommissar! Grüß Gott, i han Sie net kennt«, entschuldigte er sich und zeigte auf das verbrannte Wrack. »A scheene Bescherung, was?«

Bescherung? Was wollte der Bergvolkjungmann mit Weihnachten? Bis dorthin waren es noch einige Wochen, wenn er sich richtig erinnerte. Knudsen verkniff sich sein »Moin, moin«, weil er sich die immer gleiche seltsame Reaktion auf seinen Gruß ersparen wollte. Ungläubig starrende Gesichter, Kopfschütteln, Gegenfragen: »Wie bitte? S'isch doch noch dunkel«, oder wie diese Bergsteiger das formulierten.

»Ja, was isch jetzt?«, hörte er die Stimme des Abschleppwagenfahrers. »Ganget Sie jetzt aus dem Weg?«

»Wieso nehmen Sie den Unfallwagen nicht mit? Sind die Leichen noch nicht geborgen?« Er wandte sich zur Seite, betrachtete das vorne und an der Seite demolierte und vollständig ausgebrannte Wrack, das wenige Meter vom Abhang entfernt auf der Böschung lag. Sämtliche Scheiben zerborsten, die gesamte Karosse schwarz verrußt, Brandgeruch. Die Luft schmeckte nach verkohltem Kunststoff, giftigem Lack, verkokelten Reifen. Und nach einer weiteren, besonders unangenehmen Komponente.

Knudsen hob die Nase, schnüffelte. Fleisch, tatsächlich verbranntes Fleisch.

»Die hent mir grad im Moment rausgholt«, gab der junge Beamte zur Antwort und verzog sein Gesicht. »Oh, pfui Teufel! Do isch nemme viel übrig!« Er winkte mit der Hand ab, versuchte sich dann in etwas gestelzt klingendem Hochdeutsch. »Der Gerichtsmediziner besteht darauf, dass das Auto noch hier bleibt. Er will es selbst untersuchen. Mir hent die halbe Nacht braucht, das Fahrzeug zu berge. Es isch heut Nacht da nuntergfloge. Der hats vorhin erscht hochzoge.« Er zeigte auf den Abschleppwagen. »Der Gerichtsmediziner isch noch bei der Arbeit.«

Knudsen lief ein paar Schritte zur Seite, sah einen mit einer dicken Jacke bekleideten, dunkelhaarigen Mann, der in gebückter Haltung mit einem Gegenstand unmittelbar neben dem Unfallwagen beschäftigt war. Der stechende Geruch verbrannter Materialien lag in der Luft. Er trat näher, murmelte ein vernuscheltes »Moin«, ahnte, dass es sich bei der völlig verbrannten Masse vor ihm um die Überreste eines Menschen handelte, eines sehr kleinen Menschen. Er sah, wie der Mann mit einem Skalpell in dem dunklen, teigigen Material pulte, hatte den widerlichen Gestank mit einem Mal in der Nase. Angeekelt wandte er sich zur Seite. »Pfui Teufel!«, schimpfte er.

»Das haben Leichen nun mal an sich«, hörte er neben sich, »ob verbrannt oder nicht.«

Er drehte sich wieder um, hatte den Gerichtsmediziner vor sich. Der Mann war dabei, sich aufzurichten, schälte sich die Arbeitshandschuhe von den Fingern.

»Schäffler«, stellte er sich vor. »Sie sind der ermittelnde Kommissar?«

Der Gestank war fast nicht auszuhalten. Missmutig zog er die Lippen auseinander, presste ein kaum verständliches

»Knudsen« hervor. Er nickte kurz, deutete mit einer kurzen Kopfbewegung auf den Boden. »Ein Kind?«

Dr. Schäffler warf die Arbeitshandschuhe in einen kleinen Plastikbeutel, ließ ein kurzes Lachen hören. »Das haben mir Ihre Kollegen auch erzählt, ja. Ein Kind sei entführt worden und das Auto auf der Flucht verunglückt. Dieser Golf hier.« Er deutete auf das ausgebrannte Wrack neben ihnen.

»Ka i jetzt endlich fahre?«, schallte eine kräftige Stimme von der Kabine des Abschleppwagens her.

Der Gerichtsmediziner ließ sich nicht beeindrucken. »Ich muss Sie enttäuschen. Was immer in dem Fahrzeug verbrannt ist, ein Kind war es nicht. Und auch kein Erwachsener. Diese Überreste hier stammen nicht von einem Menschen. Es handelt sich um die verkohlte Leiche eines Hundes. Dem Körper nach ein mittelgroßes Tier, vielleicht ein Retriever. Genauer kann ich es Ihnen noch nicht sagen.« Mit einem Lächeln in den Augen nahm er die Verblüffung im Gesicht seines Gesprächspartners wahr.

7. Kapitel

Elena. Mein Kind. Sie war in unserem Golf.«
Bent Knudsen hatte zusehends Mühe, das Gejammer der Frau zu ertragen. Seit fast einer halben Stunde war sie damit beschäftigt, ihn mit immer der gleichen Botschaft zu traktieren. Einer Botschaft, deren zentrale Aussage sie längst überprüft und deshalb als falsch hatten verwerfen müssen. In ihren Ermittlungen kamen sie dadurch nicht einen Schritt vorwärts.

Der Notarzt hatte Nele Harttvaller mitten in der Nacht vom Unfallort ins Reutlinger Klinikum überführt, wo sie mit einem Sedativum zur Ruhe gebracht worden war. Keine Stunde später war der Ehemann, von Reutlinger Polizeibeamten telefonisch informiert, ans Bett seiner Frau getreten und hatte ihr beigestanden.

»Wir haben der Frau geglaubt. Die war ja völlig außer sich«, hatte die Kollegin der Schutzpolizei Knudsen erklärt. »Wir dachten, das Kind saß mitsamt dem angeblichen Entführer in dem Golf, als der den Abhang hinunterstürzte. Und jetzt redet der Gerichtsmediziner von einem Hund. Statt dem Kind und dem Entführer ein Hund. Das ist doch verrückt! Das Auto soll leer, nur mit diesem Tier an Bord, über die Kante gedonnert sein? Niemand von uns hat mit so etwas gerechnet. Oder müssen wir davon ausgehen, dass sich der Doktor täuscht? Das halte ich für ausgeschlossen. Dr. Schäffler hat einen ausgezeichneten Ruf. Ich kenne ihn schon seit Jahren. Der hält doch nicht die Leiche eines Kindes für einen Hund, nur weil er vielleicht schlecht geschlafen hat.«

»Was, wenn der Fahrer samt dem Kind beim Sturz oder dem Aufprall aus dem Auto geschleudert wurden?«

»Das ist unmöglich. Wir haben das gesamte Gelände darunter abgesucht. Nichts. Auch nicht Teile von Leichen, wenn Sie verstehen, was ich meine.«

»Es sei denn, ein wildes Tier hat sich daran erfreut«, hatte Knudsen erklärt, »aber selbst dann müssten wenigstens die beiden Köpfe noch irgendwo zu finden sein.« Er hatte die deutliche Veränderung in den Gesichtszügen der Kollegin bemerkt. Die Miene der Frau war zur Grimasse entgleist, die Beamtin dann kopfschüttelnd aus dem Raum verschwunden.

Die haben keine Ahnung vom wahren Leben, diese Bergvölker, wusste Knudsen, jede noch so kleine Erinnerung an die Realität treibt diese Weicheier zur Flucht.

Er hatte sich Nele Harttvaller und deren Ehemann zugewandt, bisher aber keine substantiellen Informationen erhalten, die als Grundlage für Erfolg versprechende Ermittlungen dienen konnten. Fakt schien bisher allein die Behauptung der Frau, dass ihr gestern am späten Abend während einer kurzen Pinkelpause im Wald ihr Auto samt ihrem Balg abhandengekommen waren – weshalb auch immer.

Weil sie zu viel getrunken und deshalb nicht zu ihrem Wagen zurückgefunden hatte? Sowohl die Expertise des Notarztes, der Nele Harttvaller eine Stunde vor Mitternacht an der Unfallstelle behandelt hatte, als auch die Aussage Martin Fabers, der sie mitten im Wald verwirrt vorgefunden hatte, sprachen dagegen. Die Frau war nicht alkoholisiert, dessen war sich der Mediziner sicher. Also tatsächlich eine mit voller Absicht durchgeführte Entführung ihrer Tochter, zumal das Auto den neuesten Erkenntnissen zufolge ohne menschliche Passagiere in den Abgrund gestürzt war?

Oder handelte es sich um einen ganz banalen Autodiebstahl, der nur insofern etwas aus dem Ruder gelaufen war, weil der oder die Diebe zu spät bemerkt hatten, dass in dem von ihnen entwendeten Fahrzeug ein kleines Kind saß? Aber dann hätten sie doch einfach anhalten, das Kind an den Straßenrand stellen und mit dem Auto weiterfahren können. Irgendein Passant hätte die Kleine längst entdeckt und es der nächsten Polizeidienststelle mitgeteilt.

Nein, diese Variante war Knudsen nicht besonders wahrscheinlich erschienen. Folgte man den Angaben der Frau, war das Kind samt Auto jetzt seit mehr als zwölf Stunden verschwunden. Und nirgendwo eine Spur der Kleinen. Das sprach nicht für Autodiebe. Die hätten alles dafür getan, das Interesse der Polizei möglichst klein zu halten. Die spektakuläre Aktion, das Fahrzeug über die Kante zu jagen, bewirkte da nur das Gegenteil.

Trotzdem war der Fall des missglückten Diebstahls nicht völlig auszuschließen. Es bestand immerhin die Möglichkeit, dass das Mädchen vor Schreck in den Wald gerannt war und sich dort verlaufen hatte. Um dies zu überprüfen, war Knudsen bei den Kollegen der Schutzpolizei vorstellig geworden, die gesamte Umgebung nach dem Kind zu durchsuchen. Er hatte eine Hundestaffel bestellt, die noch am frühen Morgen mit ihrer Arbeit beginnen sollte. Zudem hatte er den Parkplatz am Waldrand, wo es nach den Aussagen der Frau geschehen war, absperren lassen und die Techniker des LKA zur Untersuchung angefordert. Er musste Nele Harttvaller bitten, den Kollegen zu zeigen, wo genau ihr das Auto gestohlen worden war, vielleicht konnten sie tatsächlich irgendwelche Hinweise entdecken.

Solange eine Entführung nicht auszuschließen war, mussten sie dieser Möglichkeit mit Vehemenz nachgehen. Wenn er den Erklärungen Fabers glauben konnte, hatte es eine Weile gedauert, bis dieser mit der Frau zur Verfolgung des Golf aufgebrochen war. Es war gut möglich, dass der oder die Täter in der Zwischenzeit das Kind aus dem Auto geholt hatten, um das Fahrzeug erst anschließend zu entsorgen.

Weshalb aber auf solch eine spektakuläre Weise? Um die Polizei in ihren Ermittlungen zu behindern oder die Eltern der Kleinen in besonderem Maß zu verängstigen? Letzteres war ihnen, sofern es wirklich beabsichtigt war, voll und ganz gelungen. Wie seine Frau schien auch Daniel Harttvaller dermaßen schockiert, dass er kaum zu einer vernünftigen Antwort fähig war. Knudsen hatte den kleinen, etwas dicklichen und von einer Stirnglatze gezeichneten Mann von seiner Frau gelöst und in einen Nachbarraum im Reutlinger Polizeirevier gebeten.

»Sie werden erpresst«, erklärte er ihm unversehens, die logische Schlussfolgerung des Geschehenen zum Ausdruck bringend. »Von wem?«

»Erpresst?« Harttvaller sprang von seinem Stuhl, kaum dass er sich niedergelassen hatte, verzog sein Gesicht zu einer monsterähnlichen Grimasse. »Sie, Sie glauben …«

»Von wem?«, fiel Knudsen ihm ins Wort.

»Aber wieso?«

»Von wem?«

Der Mann gab keine Antwort, fing plötzlich an zu heulen.

Pole Poppenspäler, diese Bergvölker! Kein Mumm in den Knochen! »Wer erpresst Sie?« Knudsen verschärfte seinen Tonfall.

»Was wollen Sie?«, rief Harttvaller. Tränen rollten ihm über die Wangen. »Unser Kind ist weg! Warum tun Sie nichts?« Er hielt inne, weil ihm die Stimme wegbrach, zitterte am ganzen Körper.

»Was soll ich tun, wenn Sie nicht damit herausrücken, wer Sie erpresst?«

Der Mann hatte Mühe, Luft zu schnappen, schüttelte den Kopf. Verzweiflung sprach aus jeder Pore seines Körpers. »Wir werden nicht erpresst«, stieß er mühsam hervor, »was wollen Sie uns denn da anhängen? Suchen Sie doch endlich nach unserer Elena!«

»Das tun wir. Die Fahndung läuft.« Knudsen kratzte sich hinter dem linken Ohr. Weshalb sollte das Kind entführt worden sein, wenn nicht, um die Eltern zu erpressen?

Harttvaller arbeite als Beamter bei der Stuttgarter Stadtverwaltung, hatte er ihm erklärt, sie seien nicht reich, hätten kein Geld, dessentwegen es irgendwelche Verbrecher auf sie abgesehen haben könnten. »Bei uns gibt es nichts zu holen. Wir haben gerade ein altes Haus in Ludwigsburg gekauft und sind über beide Ohren verschuldet. Die nächsten fünfzehn Jahre werden wir damit beschäftigt sein, den Kredit abzuzahlen.«

»Was ist mit Ihren Eltern oder denen Ihrer Frau?«, erkundigte sich der Kommissar.

Harttvaller ließ sich wieder in den Bürostuhl fallen, der laut knarzte, und starrte mit zusammengekniffenen Augen zu seinem Gesprächspartner. »Was soll mit denen sein?«

»Vermögen, Geld?«

Der Mann winkte mit seiner Rechten ab. »Ach was! Unsere Eltern stehen kurz vor der Rente. Die schießen uns ab und an etwas zu, das ist alles. Aber die sind nicht reich, wenn Sie das meinen.«

»Wie steht es beruflich? Sie sind Beamter beim ...«

»Beruflich? Was wollen Sie damit?«

»Welche Funktion?«, beharrte Knudsen.

»Ich arbeite beim Baurechtsamt. Aber was soll ...«

»Baurechtsamt? Was machen Sie da genau?«

»Ich begleite die Planung und die Erstellung neuer Gebäude. Gemeinsam mit meinen Kollegen.«

»Ob da alles den Gesetzen entsprechend korrekt verläuft?«

Harttvaller verharrte stocksteif in seinem Stuhl, nickte. »Aber warum fragen Sie mich das? Sie glauben doch nicht allen Ernstes, meine berufliche Tätigkeit könnte mit der Entführung meiner Tochter in Verbindung stehen?«

»Wieso nicht? Mit wem gab es Streit in letzter Zeit?«

»Aber das hat doch mit Elena nichts zu tun!« Der Mann schoss in die Höhe, fuchtelte mit seinen Händen durch die Luft. »Elenas Verschwinden, das, das ...« Er kam ins Stottern, wusste nicht weiter.

»Sie wollen mir weismachen, in Ihrem Job gibt es keinen Ärger? Keine Auseinandersetzung mit Bauherren, Architekten, Arbeitern?« Knudsen fauchte wie eine in die Enge getriebene Katze. »Sie leben auf dem Mond, ja?«

»Natürlich gibt es Ärger und den nicht wenig, das ist doch klar. Wenn ich die Fortführung eines gesetzeswidrig erstellten Bauwerks verbiete oder gar den Abriss eines bereits in seinen Grundmauern errichteten Hauses anordne. Aber das können Sie doch nicht ...«

»Doch. Das kann ich.«

Harttvaller musterte ihn erschrocken. »Sie glauben, einer von denen hat meine Elena entführt?«

»Keine Ahnung. Aber ich benötige die Namen und Adressen der Personen, die Ihnen Probleme bereitet haben und die genauen Ursachen dafür. Jetzt sofort!«

8. Kapitel

Ann-Sophie hatte das Tier als Erste entdeckt. »Ein Wolf, ein Wolf«, hatte sie laut gerufen und auf die Wiese am Rand des Waldes gezeigt. Aufgeregt war sie hin und her gesprungen, hatte dann mit einem besorgten: »Tut der beißen?« die Hand ihres Vaters ergriffen und an seiner Seite Zuflucht gesucht.

»Ein Wolf? Nein, bei uns gibt es keine Wölfe.« Kopfschüttelnd hatte Steffen Braig seine Tochter auf die Arme genommen und an seine Brust gedrückt, dann gemeinsam mit ihr und seiner Partnerin in die Richtung des vermeintlichen Raubtiers gespäht. Sie waren an diesem sonnigen Spätherbstsamstag von Endersbach aus zu einer kleinen Wanderung auf die Höhen über dem Remstal aufgebrochen, hatten die Bundesstraße am Rand Schwaikheims erreicht.

Der Fuchs war gut auszumachen. Sein rötlich-braunes Fell hatte sich deutlich vom ausgebleichten Gras der Wiese abgehoben. Den Kopf weit vorgereckt war der Vierbeiner unweit des Straßenrandes unruhig auf und ab getigert, nach einem unbekannten Objekt auf der anderen Seite der Fahrbahn spähend.

»Das ist ein Fuchs, oder?«, hatte Ann-Katrin Räuber spekuliert.

Braig hatte zustimmend genickt. »Ich frage mich nur, warum er sich so seltsam verhält. Irgendetwas passt ihm nicht. Er läuft ganz aufgeregt hin und her.«

»Er tut wirklich nicht beißen?«

»Wirklich nicht, nein. Du brauchst keine Angst zu haben«, hatte Braig seine Tochter zu beruhigen versucht.

»Ich glaube, der will über die Straße.«

Die Worte seiner Partnerin im Ohr, hatte er die dicht befahrene, vierspurige Bundesstraße betrachtet. »Da hat er wohl keine Chance, heil rüberzukommen«, sagte er.

Erst nach einer Weile war es ihnen gelungen, ihre Tochter vom Anblick des unstet hin und her eilenden Tieres zu lösen und die Brücke über die Bundesstraße in Angriff zu nehmen. Sie hatten die andere Seite beinahe erreicht, als sie die Ursache der Unruhe des Fuchses bemerkten. Braig hätte Ann-Sophie den Anblick des toten Tieres gern erspart, das Kind war ihm jedoch zuvorgekommen.

»Papa, Papa. Da ist noch so ein Tier«, hatte sie aufgeregt gerufen. »Warum tut es nicht laufen?«

»Dem geht es nicht gut.« Braigs schnelle Antwort hatte nur zusätzliche Neugier provoziert.

»Warum geht es ihm nicht gut?«

»Weil es tot ist«, hatte Ann-Katrin Räuber erklärt.

»Geht es ihm bald wieder besser?«

»Nein, dem geht es nie mehr besser.«

»Warum bewegt es sich nicht?«

»Ich nehme an, es wurde von einem Auto überfahren.«

»Warum?«

»Wahrscheinlich wollte es über die Straße zu seinem Gefährten. Das sind wohl Mann und Frau.«

»Mann und Frau?«

»Ja. Das eine Tier ist die Frau Fuchs und das andere der Herr Fuchs.«

»Wer ist die Frau und wer der Mann?«

»Ich weiß es nicht. Das kann ich nicht erkennen. Die sind zu weit weg.«

»Aber wenn die zusammen sein wollen, warum wird das eine dann überfahren?«

Weder Braig noch seine Partnerin hatten zu einer schnellen Antwort gefunden. Ann-Katrin Räuber hatte leise gestöhnt, war ihrer Tochter dann zärtlich über die Haare gefahren. »Das ist halt so, Kind.«

»Warum ist das so?«

»Warum? Du fragst vielleicht Sachen! Ich weiß es nicht.«

»Und Papa? Weißt du es?«

»Nein, ich weiß es auch nicht«, hatte Braig kopfschüttelnd geäußert.

»Wenn es dem einen Fuchs aber nie mehr gut geht, bleibt der andere dann ganz allein?«

»Vielleicht haben sie Kinder, dann ist er nicht allein.«

»Kinder? Wo sind die? Warum kann ich die nicht sehen?«

»Wahrscheinlich sind die schon älter. Die sind schon von zu Hause ausgezogen. Das ist so wie bei den Menschen, weißt du. Wenn die Kinder älter werden, ziehen sie aus.«

»Aber wenn die schon ausgezogen sind, dann ist der Fuchs jetzt doch allein.«

»Na ja, das kann schon sein.«

»Warum ist er allein? Will er wirklich allein sein?«

»Nein, das glaube ich nicht.«

»Aber warum ist der dann jetzt allein, wenn er das nicht will? Der will doch über die Straße zu dem anderen, dem es schlecht geht. Das hast du doch selbst gesagt.«

Die Szene war Braig nicht aus dem Gedächtnis gewichen. Die großen, fragenden Augen seiner Tochter, der Anblick des toten wie des unstet hin und her huschenden Tieres auf der anderen Seite der Straße. Mehrmals in den letzten Wochen hatte er sich an diesen Moment erinnert, zwei oder drei Mal schon war er mitten in der Nacht aus dem Schlaf geschreckt, das: »Aber warum ist der dann jetzt allein, wenn er das nicht will?« im Ohr. Was konnte er, was konnten sie gemeinsam tun, Ann-Sophie die Tragik dieser Welt, das Elend dieser Existenz möglichst lange zu ersparen?

Er wusste nicht, wie lange er in dieser Nacht wieder wach gelegen hatte, neben vielen anderen Gedankengängen auch über dieser Frage brütend, fühlte sich wie gerädert, als sich am frühen Morgen der Wecker meldete. Schlaftrunken griff er nach dem Gerät, brachte es zum Verstummen. Seine Hoffnung, wenigstens noch für ein paar Minuten zur Ruhe zu finden, wurde nicht erfüllt, startete doch kurz darauf das Telefon die nächste akustische Attacke. Seufzend ergab er sich in sein Schicksal, nahm das Gespräch an.

»Gudn Morschn, Herr Hauptgommissar. Bei uns geht's heute drunter und drüber. Gönn Se nich was früher gommn? Se müsstn na Reutlingen. Do hamn se een eenzign Guddlmuddl.«

Braig stöhnte laut auf. »Sie sind es, Frau Prießnitz. Warum sind Sie schon wieder so früh im Amt? Was ist passiert?«

Die neue Kollegin war mit vollem Elan bei der Sache. »Nu, das wissn Se doch. Heute findet die große Preisverleihung statt. Sachn Se nur, das ham Se värgessn!«

»Die Preisverleihung? Oh, nein!« Er spürte einen Anflug von Gänsehaut über seinen Rücken kriechen, schnappte nach Luft.

»Der Herr Oberstaatsanwalt«, fuhr Mandy Prießnitz fort. »Sie und Frau Neundorf ham mich doch gebätn, stellvertretend für unsere Abteilung …«

»Ja, ja«, beeilte er sich, ihr Zustimmung zu signalisieren, »selbstverständlich. Wir freuen uns sehr, wenn Sie das für uns übernehmen. Aber fängt das nicht erst später an?«

»Um elf Uhr, ja. Ich wollte hier vorher nur nach dem Rächtn schaun. So ganz ohne mich läuft der Laden doch nich, oder?«

Er hörte ihr Lachen, pflichtete ihr höflich bei. Die Preisverleihung, er hatte das Spektakel völlig vergessen. Söderhofer, der Oberstaatsanwalt, mit dem Braig und Neundorf seit mehreren Jahren zusammenzuarbeiten gezwungen waren, sollte an diesem Morgen in der Stuttgarter Liederhalle mit einem angeblich besonders ehrenvollen Preis ausgezeichnet werden – so jedenfalls verkündeten es seit Wochen die konservativen Medien und Söderhofer selbst. Die Buonagrappa-Medaille, Braig kannte den Namen inzwischen in- und auswendig, schien er doch in der Stadt und der Region allgegenwärtig, war bisher unter anderem an so verdienstvolle Persönlichkeiten wie Albert Schweitzer und Martin Luther King verliehen worden. Söderhofers Ego, schon zu normalen Zeiten weit überdimensioniert, hatte seit Bekanntwerden der Auszeichnung jedes erträgliche Maß verloren. Der Mann drohte vor überquellender Selbstzufriedenheit zu bersten.

Braig wusste nicht, weshalb ausgerechnet der Oberstaatsanwalt dazu auserkoren war, auf solch außergewöhnliche Weise geehrt zu werden. Weder in seiner juristischen Arbeit noch in seiner Funktion als eine der politisch oppositionellen Leitfiguren war er ihm jemals auch nur in Ansätzen positiv aufgefallen, ganz im Gegenteil.

»Albert Schweitzer und Martin Luther King werden aus ihren Gräbern springen und laut dagegen protestieren, mit diesem korrupten Halunken in einem Atemzug erwähnt zu werden«, hatte seine Kollegin Neundorf beim ersten Auftauchen der Preisverleihungs-Gerüchte gesagt und ihre Meinung zu dem Mann dann kurz auf den Punkt gebracht: »Rindvieh bleibt Rindvieh, ob mit oder ohne Medaille.«

Und jetzt war also der Tag gekommen, an dem der Jurist öffentlich ausgezeichnet werden sollte.

»Also, Se wolln wissen, warum ich Ihnen mit dem Anruf so früh ins Haus falle, Herr Hauptgommissar«, unterbrach Mandy Prießnitz seine Gedanken. »Was bassiert is, wenn ich das wüsste! Das gönn die selber nich sachn. Irschndwie hats da heut Nacht Mordszoff gägäbn mit Dodn und Schwärvärlätztn auf ner Straße und nu hamses ooch noch mit nem verschwundenen Kind.«

»Genauer geht es nicht?«

»Nu ja, da verbinde ich Sie doch am bestn gleich mit Ihrem Kolleeschn, dem Herrn Knuzn. Die Sache is gombliziert, das sache ich Ihnen!«

Braig hörte das laute Seufzen Ann-Katrins neben sich, schälte sich, das Handy am Ohr, aus dem Bett. Er lief in die Küche, setzte die Kaffeemaschine in Gang, griff nach dem Brot.

Mandy Prießnitz verabschiedete sich, stellte die Verbindung mit Knudsen her.

»Vier Personen müssen überprüft werden«, kam der Kollege unverzüglich zur Sache, »das kann ich unmöglich selbst übernehmen.«

Braig fragte sich zum wiederholten Mal, wo der Mann seine schroffe Art herhatte, grüßte ihn freundlich.

Knudsen rang sich ein kurzes »Moin« ab.

»Sie müssen mich erst informieren, was geschehen ist«, bat Braig. »Ich weiß überhaupt nicht, um was es geht.« Er säbelte sich eine Scheibe von dem Brot, bestrich sie mit karottenfarbener Aprikose-Goji-Marmelade, schenkte sich eine Tasse Kaffee ein. Der würzige Duft des dunklen Gebräus stieg appetitanregend in seine Nase. Braig trank in kleinen Schlucken, wurde von seinem Kollegen über das nächtliche Geschehen am Rand der Reutlinger Alb informiert.

»Es handelt sich wirklich um eine Entführung?«, fragte er. »Nicht um Autodiebe?«

»Die hätten das Kind doch längst laufen lassen!«

»Was ist mit dem Mädchen? Es gibt kein Lebenszeichen?«

»Nichts.«

»Die Familie hat bisher keine Mitteilung der Entführer erhalten?«, vergewisserte er sich.

»Nicht per Mail und nicht aufs Handy. Beides wurde überprüft.«

»Die Fahndung nach dem Kind läuft?«

»Wir haben den Medien aktuelle Fotos der Kleinen zukommen lassen. Außerdem durchkämmt eine Hundestaffel dort den Wald.«

»Und mit diesen vier Leuten, die Sie eben aufgezählt haben, geriet Herr Harttvaller in der letzten Zeit beruflich bedingt aneinander?«

»Genau das. Vier Personen, die ihm spontan einfielen. Ich maile Ihnen die Liste samt Erklärungen zu.«

Bevor Braig noch etwas einwenden konnte, hatte der Kollege die Verbindung bereits unterbrochen. Typisch Knudsen, überlegte Braig. Small Talk war nicht gerade seine Sache.

Er aß von seinem Brot, hörte den Signalton der Mail. Er wischte die Finger sorgsam sauber, holte sich die Liste auf den Monitor.

Vier Personen, deren Adressen in Stuttgart oder der Umgebung zu finden waren. Gleich den ersten Namen, einen Alexander Schwalb, hatte Knudsen mit der Bemerkung *Heftiger Streit vor ca. vier Wochen* versehen und die Begründung unmittelbar dahinter angefügt: *Schwalb ist Bauunternehmer. Harttvaller stellte fest, dass er Reihenhäuser mit gesetzeswidrig viel zu dünnen Wänden errichtete und erwirkte Baustopp. Schwalb griff ihn und einen Kollegen tätlich an, drohte mit Rache. Muss sofort überprüft werden!*

Das klang in der Tat alles andere als harmlos. Braig beschloss, sich der Sache sofort anzunehmen, gab die Nummer von Mandy Prießnitz ein.

Sie hatte ihn offensichtlich auf dem Display identifiziert, erkundigte sich nach seinem Wunsch. »Nu, Herr Hauptgommissar. Hamm Se mit Ihrem Kolleeschn gesprochn?«

»Jetzt gerade, ja. Er hat mir eine Liste mit vier Personen gemailt, die eventuell mit der Entführung des Mädchens in Verbindung stehen. Ist Ihnen diese Liste bekannt?«

»Die is mir bekannt, ja. Um es gleich zu sachn: Ich bin gerade dabei, die Namen zu überprüfn.«

»Oh, darum wollte ich Sie gerade bitten, Frau Prießnitz. Darf ich wissen, wie weit Sie dabei gekommen sind?«

»Gerne. Ich bin beim zweiten Namen, diesem Andreas Strackner. Über den Ersten, den Alexander Schwalb, gönnn wir nichts sachn.«

Braig bedankte sich für die Auskunft, bat die Frau, ihm etwaige Informationen über die übrigen Personen zu mailen, holte sich die Titelseite des *Reutlinger Generalanzeiger* auf den Monitor. Schon auf den ersten Blick hatte er das strahlende Lächeln eines blond gelockten Mädchens vor sich. *Kindesentführung bei Eningen*, prangte die Doppelzeile über dem Foto, *Täter unbekannt*. Darunter eine kurze Beschreibung des Geschehens, die dem, was Knudsen ihm berichtet hatte, relativ nahe kam.

Er musterte das Gesicht des Kindes, ein hübsches, etwa vierjähriges Mädchen mit blauen Augen und rosigen Bäckchen, musste unwillkürlich an seine eigene Tochter denken. Oh mein Gott, nein, schoss es ihm durch den Kopf. Alles, nur das nicht. Mein kleiner Engel. Ann-Sophie entführt, über Stunden oder Tage hinweg in den Händen unbekannter Täter. Mit ungewissem Ausgang. Nein. Er würde daran zerbrechen. Die Entführer, sofern sie ihnen je in die Hände fielen, zu Hackfleisch verarbeiten, gleich, welche Folgen das für ihn hätte. Oh mein Gott, nein! Die armen Eltern! Er konnte ihre Verzweiflung fast körperlich spüren. Sie mussten alles tun, ihnen ihr Kind zurückzubringen, die Hintermänner des Verbrechens aufzuspüren. Über die Liste, die Knudsen ihm gemailt hatte?

Braig gab die Nummer seiner Kollegin Neundorf ein und informierte sie über die Entführung der kleinen Elena. Neundorf war gerade dabei, das Frühstück für ihren Sohn herzurichten, sagte ihm sofort zu, ihm bei der Überprüfung der auf der Liste aufgeführten Männer zu helfen. Er bedankte sich, mailte ihr die Namen und Adressen der Verdächtigen. Braig trank seine Tasse leer, aß in aller Eile ein weiteres Brot, studierte die Adresse, unter der Alexander Schwalb in Besigheim gemeldet war. Er gab die Nummer des Mannes ein, hatte nach mehrfachem Läuten die etwas gehetzt klingende Stimme einer Frau am Apparat.

»Bauunternehmen Schwalb.«

»Braig. Guten Morgen. Ich würde gerne Herrn Schwalb sprechen. Persönlich.«

»Persönlich? No müsset Se uf'd Baustell. Der fahrt heut direkt na.«

»Wo finde ich die?«

»Ha, drobe in Möhringe.«

»In Stuttgart-Möhringen?«

»Des han i doch grad gsagt.«

Braig ließ sich eine genaue Lagebeschreibung der Baustelle geben, glaubte, sich an sie zu erinnern. Vor wenigen Tagen erst war er nach einer Ermittlung am Rand Plieningens daran vorbeigefahren.

Er zog sich an, steckte sicherheitshalber seine Waffe ein, gab Ann-Katrin Bescheid. Ihr blieben noch ein paar Minuten, bevor sie ihre Tochter für den Kindergarten herrichten und sich selbst für die Betreuung der Tierarztpraxis Dr. Genkingers fertig machen musste.

»Mord?«, murmelte sie im Halbschlaf.

Braig drückte ihr einen Kuss auf die Stirn, strich ihr über die Haare. »Eine Entführung«, antwortete er leise, ohne das Opfer genauer zu charakterisieren. Er wollte sie nicht unnötig beunruhigen, sie würde den Sachverhalt noch früh genug über die Medien erfahren.

Braig streifte seine dicke Jacke über, machte sich auf den Weg zum Augsburger Platz. Die Stadtbahn-Haltestelle lag keine fünfhundert Meter von seiner Wohnung entfernt. Er nahm die nächste Bahn, informierte unterwegs Mandy Prießnitz per Mail über sein Vorhaben. Das Handy steckte gerade wieder in seiner Tasche, als er es fiepen hörte.

Helmut Rössle, einer der Techniker des LKA, war in der Leitung. »I han ghört, du bisch bei der Entführungssache au dabei.«

»Aber nur in Stuttgart, nicht vor Ort. Knudsen ...«

»Der Fischkopf hockt in Reutlinge, mir sind uns begegnet, danke. Du woisch, wie gut i mit dem ka. Der könnt grad aus Sindelfinge sei. Deswege ruf i dir a. Mir hent grad den Karre untersucht, in dem des Kind entführt worde sein soll.«

»Du bist an der Absturzstelle?«

»Über Eninge, ja. I han koi Ahnung, was des bedeutet, aber der Dolde und i sind uns einig: Die hent den Karre absichtlich in den Abgrund stürze lasse.«

»Absichtlich? Es war wirklich kein Unfall?«

»Noi, des war koin Unfall«, brummte Rössle, »des versuch i doch grad zu erkläre! Die Spure sind eindeutig, do gibt's überhaupt koin Zweifel: Die hent den Karre bis kurz vor die Kante nagfahre und ihn dann nübergschobe. Mir hent die Abdrück von zwei Leut. Und vorher müsset die den Golf in Brand gsteckt und a paar Flasche Benzin im Innenraum versteckt han, sonscht hätt der net so gottserbärmlich brennt.«

»Der Brand wurde nicht durch den Absturz verursacht?«

»Noi, Herr Kommissar, wenn i dir des sag: Der Absturz war net schuld, au wenn die Dackel es dir in jedem zweite Fernsehkrimi vorgauklet. Au wenn en Karre noch so tief nunterhagelt, entzündet sich deswege sein Tank net von selbscht.

Des solltesch au du langsam wisse. Die hent mehrere Flasche Benzin in dem Innenraum verstaut und den Karre unmittelbar vor dem Absturz in Brand gsteckt, sonschd wär der net so stark ausbrennt. Benzin in Glasflasche, beim Aufprall hat's die zerschlage. Des Feuer muss losgange sein wie a Bomb. Mir hent Glassplitter aus dem Karre rauspult, die von Flasche stammet, des isch eindeutig.«

»Und was ist mit dem Hund?«

Rössle ließ einen lauten Seufzer hören. »Hoffentlich war des Viech vorher schon hinüber, i dät's ihm wünsche.«

»Das bedeutet also, die ganze Sache mit dem Absturz und dem Brand war bewusst inszeniert?«

»Alle achtzig Deifel von Sindelfinge, so isch es.«

»Aber weshalb?«

»Lieber Herr Kommissar, das zu ermitteln isch deine Sach, net meine!«

Braig merkte gerade noch rechtzeitig, dass er sein Ziel erreicht hatte, verabschiedete sich von Rössle. Die Sache wurde immer mysteriöser, so viel war klar. Weshalb steckten Leute kurz nach der Entführung eines kleinen Kindes ein Auto in Brand und jagten es dann so spektakulär in den Abgrund? Was für ein Sadismus sprach aus der Tatsache, den Eltern des Kindes mit dem Absturz des Autos den Tod ihrer Tochter vorzutäuschen, ganz zu schweigen von dem Schicksal des Hundes?

Das war kein »normales« Verbrechen, hier waren unergründliche persönliche Ressentiments im Spiel. Leute, die zu solchen Taten bereit waren ...

Braig verließ die Bahn, folgte der Straße um die Ecke, sah das Baustellengelände vor sich. Er tastete unwillkürlich nach seiner Waffe, atmete tief durch. Wenn dieser Schwalb mit der Entführung zu tun hatte, musste er sich von der ersten Sekunde an vorsehen. Mit Leuten dieses Kalibers war nicht zu spaßen.

Er lief auf das von einem Drahtgitterzaun abgeschirmte Gelände zu, hörte von Weitem schon zwei laute Männerstimmen.

»Du Arschloch, wie oft soll ich noch ...«

»Halt deine Schnauze, du Vollidiot! Wenn ich nur ...«

Das Schreien ging im durchdringenden Kreischen einer Kreissäge unter. Irgendjemand hatte anscheinend mit der Arbeit begonnen.

Braig näherte sich der mehrere Meter breiten Lücke inmitten des Zauns, den er für den Eingang der Baustelle hielt, sah zwei Männer neben einer großen Limousine stehen: eine große, kräftige, mit einem dunkelgrauen Anzug bekleidete Gestalt und eine kleine, in dunkelgrüne Latzhose und einen dicken Pullover gewandete Person. Der Anzugträger hielt ein Papier in der rechten Hand, fuchtelte mit ihm durch die Luft.

»Alles Scheißdreck«, glaubte Braig zu verstehen, jedes Mal, wenn das Kreischen der Säge für einen Augenblick abschwoll, erwidert von einem: »Leck mich doch kreuzweise!«

Er passierte die Lücke, betrat das Gelände der Baustelle. Links und rechts gähnten ausgehobene Baugruben, erste Ansätze von Fundamenten waren zu erkennen. Ein großes Plakat kündete von der Errichtung neuer Mehrfamilienhäuser. Der Boden war staubig und von Erdbrocken übersät, Bretter, Maschinen und andere Arbeitsmaterialien kreuz und quer abgestellt. Braig sah, dass keine fünfzig Meter weiter auf der anderen Seite des Baugeländes eine weitere asphaltierte Zufahrt existierte.

Die Kreissäge verstummte genau in dem Moment, als er die Männer erreicht hatte. Er räusperte sich laut, mitten in ein überaus aggressiv vorgetragenes: »Wie kann man nur so dämlich sein« des Anzugträgers, blickte in die überraschten Gesichter der beiden Streithähne.

»Guten Morgen. Mein Name ist Braig. Ich suche einen Herrn Schwalb.«

Beiden Männern schien es die Sprache verschlagen zu haben. Sie wandten sich ihm zu, musterten ihn von Kopf bis Fuß, als stammte er von einem fremden Stern.

Erst nach mehreren Sekunden besann sich der Große, nickte mit dem Kopf. »Schwalb«, erklärte er. »Ja, das bin ich. Sie schauen sich nach einer Wohnung um?«

Braig winkte ab, zeigte in die Umgebung. »Da müsste ich mich noch eine Weile gedulden, fürchte ich.«

»Oh, das geht schnell«, erwiderte Schwalb. »Schneller als Sie glauben. Wir haben eine gute Truppe ...« Er hielt mitten im Satz inne, weil ein Polizeifahrzeug unmittelbar vor der Lücke des Bauzauns stoppte, wandte seine Aufmerksamkeit den beiden uniformierten Beamten zu, die aus dem Fahrzeug stiegen. »Bullen«, zischte er. »Was wollen die?«

Braig nahm überrascht wahr, dass die Kollegen geradewegs auf sie zukamen, dann vor der großen Limousine Halt machten und das Nummernschild in Augenschein nahmen.

»Das ist er«, hörte er die Stimme des Jüngeren. »Hier, siehst du?« Der Mann musterte sein Handy, reichte es seinem Kollegen, der zustimmend nickte.

Braig wusste nicht, weshalb die Beamten sich für das Auto interessierten, sah sie näher treten.

»Guten Morgen«, grüßte der jüngere Uniformierte und zeigte auf den dunklen Daimler. »Polizeiobermeister Wägerle. Gehört jemand von Ihnen dieser Wagen?« Er musterte die Gesichter der Umstehenden, erhielt keine Reaktion.

»Dieses Fahrzeug«, wiederholte der Beamte, »wem gehört es?«

Schwalb trat einen Schritt von ihnen weg, legte seine Stirn in Falten. »Wieso interessieren Sie sich für den Wagen?«

»Weil das Auto zur Fahndung ausgeschrieben ist. Fahrerflucht nach einem gefährlichen Unfall. Sind Sie Herr ...« Er schaute auf sein Handy, hatte den Namen dann parat. »Herr Schwalb?«

Der Anzugträger reagierte dermaßen schnell, dass den Beamten keine Chance blieb, ihm zuvorzukommen. Er packte Braig an der Jacke, stieß ihn mit urwüchsiger Gewalt auf die beiden Polizisten, rannte zu dem Daimler. Braig kam ins Straucheln, riss den jungen Kollegen zu Boden, klammerte sich an dem Älteren fest. Er versuchte, Halt zu finden, hörte das Aufheulen des Motors wenige Meter entfernt.

»Verdammter Mist, der haut ab!«, schrie der jüngere Beamte.

Genau in dem Moment, als sie wieder auf die Beine kamen, raste die große Limousine quer durch die Baustelle davon.

»Wir müssen hinterher!«, hörte Braig Wägerle rufen, »der darf uns nicht entkommen!«

Er zog seinen Ausweis, spurtete hinter den beiden Uniformierten her. »Hier, ich bin Kollege. Ich suche den Kerl auch. Ich komme mit.« Er bemerkte die verdutzten Gesichter der beiden Männer, als sie bei ihrem Dienstfahrzeug angelangt waren, hielt ihnen seine Kennkarte entgegen.

»Okay«, rief Wägerle nach einem kurzen Blick auf das Dokument, »hinten rein!«

Braig sprang in das Auto, fühlte sich fast im gleichen Moment schon von der starken Beschleunigung in den Sitz gedrückt. Er kam gerade noch dazu, die Tür zuzuwerfen, als sie bereits durch die Lücke im Zaun in das Baustellenareal schossen. Wägerle ließ die Sirene aufheulen, jagte quer durch das unwegsame Gelände, geradewegs der dichten Staubwolke nach, die ihnen fast die Sicht raubte.

9. Kapitel

Dr. Konrad Glaubitz eilte mit beschwingten Schritten auf seinen roten Passat zu. Er hatte den letzten Vormittagsbesuch bei einer seiner Patientinnen mit dem Ausstellen eines neuen Rezepts beendet, war froh, der stickigen Luft der kleinen, mit alten, eingestaubten Erinnerungsstücken vollgepfropften Wohnung entkommen zu sein. Die kräftige Windbö, die durch die Straße peitschte und das letzte Herbstlaub in die Höhe wirbelte, kam ihm gerade recht. Er atmete kräftig durch, pumpte den Sauerstoff in seine Lungen. Jetzt noch die kurze Fahrt und dann durch den Hintereingang in seine Praxis, wo er sich erst einmal in aller Ruhe einen Cappuccino und eine Butterbrezel gönnen würde, bevor er sich den Anliegen der längst auf ihn wartenden Patienten widmete. Seine Mitarbeiterinnen wussten nur allzu gut, wie sehr er dieses alltägliche, seit Jahren eingeführte Ritual schätzte, und sorgten mit allen Kräften dafür, es zu realisieren. Dr. Glaubitz dankte es ihnen erfahrungsgemäß mit bis weit in den Mittag reichender guter Laune, so viele Sorgen und Nöte er sich im Verlauf der folgenden Stunden auch anhören musste.

Er zog seinen Schlüsselbund aus der Tasche, hielt ihn in die Richtung seines Wagens, trat auf die Straße. Zwei vertrocknete Blätter wirbelten durch die Luft, klatschten ihm mitten ins Gesicht. Er hörte das Signal der Türschließautomatik, wischte sich das Laub von der Nase. Der große, dunkle Daimler schoss genau in dem Moment um die Ecke, als er die Fahrertür geöffnet und seinen Arztkoffer auf dem Beifahrersitz abgestellt hatte. Erschrocken sah er auf, hörte das ohrenbetäubende Quietschen der Bremsen. Der Wagen stellte sich quer über die Fahrbahn, kam keine Handbreit hinter seinem Passat zum Stehen.

Ein großer, mit einem anthrazitgrauen Anzug bekleideter Mann sprang auf die Straße, spurtete um die Limousine, rannte genau auf ihn zu. Bevor Dr. Glaubitz die Sache richtig begriff, spürte er einen heftigen Schlag. Der Mann riss ihm die Schlüssel aus der Hand, zerrte ihn zur Seite. Der Arzt wollte protestieren, dem Unbekannten Einhalt gebieten, hatte keine Chance. Der Anzugträger warf sich hinter das Steuer seines Passat, startete den Motor, raste mit durchdrehenden Reifen los. Dr. Glaubitz gelang es gerade noch, zur Seite zu springen, bevor der Wagen ausscherte.

Der Arzt wusste nicht, was hier ablief. Ein Autoraub am hellen Tag mitten in Möhringen?

Er schrie laut auf, starrte seinem davonrasenden Fahrzeug nach, als er plötzlich Polizeisirenen hörte. Sie näherten sich in schrillem Stakkato von der Richtung her, aus der auch der Daimler gekommen war. Dr. Glaubitz sprang auf den Bürgersteig, sah das Polizeiauto um die Ecke jagen, geradewegs auf den quer stehenden Daimler zu. Bremsen quietschten, das Polizeifahrzeug schien sich wie ein Kreisel zu drehen. Dann stand es plötzlich still, keinen Meter von der dunklen Limousine entfernt.

Mehrere Männer sprangen aus dem Wagen, zwei uniformierte Beamte, einer in Zivil.

»Wo ist der Kerl?«, brüllte einer der Polizisten, mit den Augen die Umgebung absuchend.

Dr. Glaubitz begriff augenblicklich. »Dort«, er zeigte in die Richtung seines inzwischen verschwundenen Fahrzeugs, »mit meinem Passat.«

Die Männer sprangen zu ihm her, starrten seinen Fingern nach. »Er hat Sie überwältigt?«, fragte der zivil Gekleidete.

»Ich komme gerade von einem Hausbesuch bei einer Patientin. Ich bin Arzt. Er stieß mich zur Seite und riss mir die Schlüssel aus der Hand. Ich kam nicht einmal dazu, mich zu wehren.«

»Den schaffen wir nicht mehr«, erklärte der jüngere Beamte, auf die von dem großen Daimler blockierte Fahrbahn deutend, »das müssen wir den Kollegen überlassen.« Er bat Dr. Glaubitz um das Kennzeichen und die Farbe seines Passat, gab die Daten fernmündlich durch. »Möhringen, Richtung Fasanenhof oder Unteraichen«, fügte er hinzu.

»Und jetzt?«, fragte der Arzt. »Was ist mit meinem Wagen?«

»Jetzt notieren wir uns erst mal Ihren Namen und Ihre Adresse, und dann hoffen wir, dass unsere Kollegen mehr Glück haben als wir.«

10. Kapitel

Drei Monate zuvor

Der Mann war ihr auf Anhieb sympathisch.
Ein kräftiger, mittelgroßer Typ mit dunklen, wuscheligen Haaren und wettergegerbter, dunkler Haut. Mitte dreißig etwa, vielleicht auch schon ein paar Jahre älter. Die Art, wie er das kleine Schaf in seinen muskulösen Armen vor sich hertrug, erinnerte an ein archaisches Motiv: der treu sorgende Vater, der sich um das Wohlergehen seines Kindes bemüht.

Kein Wunder, dass er dir gefällt, schoss es ihr durch den Kopf. Evolutionsbiologisch gesehen würde ihm in dieser Pose jede Frau verfallen. Der natürliche Mutterinstinkt, speziell in den Tagen um den Eisprung herum.

Sie trat auf ihn zu, stellte sich vor. »Claudia Steib. Sie sind Herr Lieb?«

Er kniff seine Augen zusammen, schien von der Sonne geblendet. »Samuel Lieb, ja. Wir ...«

»Wir haben uns geschrieben«, beantwortete sie seine angedeutete Frage.

»Schön, dass du gekommen bist, Claudia«, erklärte er und schob seine rechte Hand unter dem Kopf des Schafes vor.

Sie drückte sie vorsichtig, bemerkte erst jetzt aus unmittelbarer Nähe, wie winzig das Tier war. »Wie alt ...«, setzte sie an.

»Zwei Tage«, antwortete er. »Linda ist Waise. Sie braucht meine Nähe.«

»Waise?«

»Gestern wurde ihre Mutter überfahren. Ich will ihr Milch geben.«

Claudia Steib sah, wie sich sein Gesicht verfinsterte, wagte nicht, nachzufragen.

»Du kannst mir helfen«, erklärte er.

Sie folgte ihm zum Haus, bemerkte, dass die Eingangstür offenstand.

Lieb trug das Tier ins Innere, deutete dann auf eine im oberen Teil in Milchglas ausgefertigte Tür. »Die Flasche steht auf dem Tisch.«

Claudia Steib betrat die Küche, sah, dass sie modern und in hellen Farben eingerichtet war. Wandschränke und Einbaugeräte auf zwei Seiten, ein großer, stabiler Tisch mit mehreren Stühlen in der Mitte des Raumes. Die Flasche mit der weißen Flüssigkeit und einem Schnuller auf der Spitze war fast zur Hälfte gefüllt. Sie nahm sie in die Hand, spürte, dass sie angewärmt war, folgte dem Mann zurück in den Hof.

Er wies auf die weiße Bank neben der Eingangstür, nahm darauf Platz. »Ich sehe es deinen Augen an«, meinte Lieb, ein leichtes Grinsen im Gesicht, »du willst sie ihr am liebsten selber geben.«

Sie wusste nicht, was sie antworten sollte, fühlte sich erleichtert, als er einen weiteren Satz hinzufügte.

»Sie soll sich aber an mich gewöhnen. Es ist besser, wenn du nur zuschaust.« Er nahm die Flasche, richtete das Tier vorsichtig auf, ließ es am Schnuller nuckeln. Zuerst in kleinen, zaghaften, dann in kräftigeren, laut schmatzenden Schlucken.

»Du hast sie angewärmt?«, vergewisserte sie sich.

»In der Mikrowelle«, bestätigte er. »Auf Körpertemperatur.«

»Normale Milch?«

Lieb schüttelte den Kopf. »Kolostralmilch.« Er sah, dass sie ihn nicht verstand, setzte an, die Sache zu erklären. »Nach der Geburt enthält die Muttermilch Stoffe, die den Magen und den Darm des Kindes zur Verdauung anregen. Mit normaler Milch lässt sich das nicht in Gang bringen. Kolostralmilch enthält außerdem Enzyme, die die Tiere gegen bakterielle Erreger schützen. Ohne sie hätten sie keine Überlebenschancen. Deswegen sind die Kleinen auf Gedeih und Verderb auf die Versorgung durch ihre Mutter angewiesen.«

»Und wenn die Mutter stirbt?«

»Ich habe mehrere Flaschen für den Notfall eingefroren. Meistens kann ich den Muttertieren Milch abpumpen. Das mache ich nach jeder Geburt.«

Sie hörte das Schmatzen des winzigen Schafbabys, betrachtete die feinen Gesichtszüge des Tieres. Die winzige Nase, der kleine Mund, dunkle, runde Kulleraugen – faszinierend wie ein Kind. Jetzt lass dich nur nicht dazu hinreißen, den Verstand zu verlieren und in mütterliche Verzückung zu verfallen, ermahnte sie sich selbst, auch wenn deine evolutionär bedingten Instinkte angesichts dieses bilderbuchmäßig ausgeprägten Kindchen-Schemas genau darauf abzielen. So sehr sie sich zu beherrschen suchte, ihre Begeisterung für das blutjunge Geschöpf ließ sich nur schwer im Zaum halten. »Wie oft gibst du ihr zu trinken?«, fragte sie.

»Alle zwei bis drei Stunden etwa«, antwortete er. »In den ersten vierzehn Tagen braucht sie das. Und die ersten drei, vier Nächte ebenfalls.«

»Du bist heute Nacht extra aufgestanden und in den Stall?«

Liebs Antwort wurde vom lauten Schmatzen des Tiers übertönt. »Aufgestanden, ja. Aber in den Stall, nein.«

Sie hatte seine Worte nur bruchstückhaft verstanden. »Du hast ihr heute Nacht nichts gegeben?«

Er schüttelte den Kopf. »Das hätte sie nicht überlebt. Ich weiß es aus Erfahrung. Ich habe sie zwei Mal trinken lassen. Kurz nach Mitternacht und dann wieder gegen Morgen.«

»Aber nicht im Stall.« Sie sah sein breites Grinsen, verstand. »Du hast sie ins Haus geholt.«

Lieb signalisierte Zustimmung.

»Ins Schlafzimmer?«

Er konterte mit einer Gegenfrage. »Stört es dich?«

Sie musterte das winzige Wesen, beobachtete, wie es seinen Kopf von der Flasche zurückzog und von einer Sekunde auf die andere im Arm des Mannes einschlief, hörte seine leisen Atemzüge. »Ob mich das stört? Um Gottes willen, du zeigst, wie viel sie dir bedeutet. Wenn du mit allen deinen Tieren so umgehst, kann ich jedes einzelne nur beneiden. Wie viele hast du?«

Lieb musste nicht lange überlegen, fand sofort zu einer Antwort. »Sechzehn Schafe, wenn ich Linda mitzählen darf.« Er deutete mit einer Kopfbewegung auf das kleine Schaf vor sich. »Dazu einen Hund, Jackie; sie streunt irgendwo in der Gegend herum.«

»Ich glaube, ich habe sie gesehen. Ein mittelgroßer, brauner Mischling.«

»Das ist sie, ja. Dazu zwölf Gänse, acht Enten, vier Katzen und ungefähr sechshundert Hühner.«

»Sechshundert Hühner?«

»Sagen wir mal so: Zwischen 595 und 605. Sie sind draußen auf der Wiese, gleich neben den Schafen, von einem weitläufigen Zaun geschützt. Eigentlich sollte Jackie auf sie aufpassen. Aber die faule Tante pennt manchmal wer weiß wo in der Pampa und lässt sie allein. Ich glaube, Jackie ist ab und zu einfach genervt von all den vielen Viechern und gönnt sich dann eine Auszeit. Genau wie wir Menschen auch. Aber den Fuchs, den Habicht oder frei laufende Hunde kümmert das nicht. Die sind nur auf Beute aus, und bis Jackie oder einer von uns dann an Ort und Stelle sind …«

»Du hast schon oft Hühner an den Fuchs verloren?«

Lieb nickte mit dem Kopf. »An den Fuchs, an Raubvögel und an Hunde von Autofahrern, die ihre Tiere hier oben bei uns frei springen lassen. Seit letztem Jahr passen wir besser auf. Meine Schwester und ihr Freund, wir bewirtschaften den Hof gemeinsam. Wir halten die Hühner auf einer großen Wiese in einem Gehege, du darfst es dir gerne anschauen. Da ist Platz genug für alle, die kommen sich nicht in die Quere. Letzten Frühling haben wir einen neuen Zaun um das Gelände gezogen. Eigentlich dürfte jetzt nichts mehr passieren, aber im Herbst, kurz bevor wir die Tiere den Winter über in den Stall holten, schnitten irgendwelche besonders freundlichen Menschen ein Loch in den neuen Zaun und nahmen etliche Tiere mit. Wir wissen nicht, wie viele. Und jetzt, vor ungefähr drei oder vier Wochen, wieder dasselbe.«

»Ihr kennt die Täter?«

Lieb stellte die Milchflasche neben sich auf den Boden, schüttelte den Kopf. »Die kamen irgendwann nachts. Jackie schlug zwar an, aber bis wir es bemerkten, war es schon vorbei. Die fuhren quer über die Wiese bis unmittelbar an den Zaun, schnitten ihn auf und holten dann mehrere Tiere aus ihren Verschlägen. Jackies Gesicht war übel von Tränengas malträtiert, wir mussten mit ihr zum Tierarzt. Und die Spuren des Tatfahrzeugs – die Polizei konnte nichts mit ihnen anfangen. Irgendein geländegängiger Karren. Morgen holen wir uns noch einen Hund. Jackie ist überfordert.«

»Du nimmst mir alle Illusionen. Ich fing schon an, zu glauben, du lebst hier oben im Paradies.«

»Dann hast du ja gerade noch rechtzeitig die Kurve bekommen.«

Claudia Steib fuhr sich übers Gesicht, betrachtete das friedlich schlafende Tier auf seinem Arm. »Was ist mit Kühen und Schweinen oder Pferden?«

»Wir wollen nicht schlachten«, antwortete Lieb. »Ich weiß, das klingt reichlich naiv. Aber bisher haben wir es geschafft. Wir schlachten nur im Ausnahmefall, wenn wir das Geld dringend brauchen. Deshalb verzichten wir auf Kühe und Schweine. Pferde haben wir. Zwei Tiere. Meine Schwester kümmert sich um sie. Wir betreiben Demeterlandbau mit Sonderkulturen und vermarkten alles selbst. Dazu verkaufen wir frische Backwaren und die Eier. Hier in unserem Hofladen und auf dem Markt in Aalen, Heidenheim und Ulm. Meine Schwester und ihr Freund sind beide Bäcker, sehr gute Bäcker. Wir verarbeiten eigenes Korn und die Früchte aus unseren Gärten. Und dann vermieten wir noch Ferienwohnungen. Dort.« Er zeigte auf ein mit roten Ziegeln gedecktes Dach, das hinter dem Stall hervorragte. »Die meisten Tiere halten wir eher für die Kinder der Feriengäste als für uns. Schafe, Enten, Gänse, eigentlich auch die Pferde. Aber es macht Spaß. Meistens.«

»Wenn sie euch nicht gerade eure Hühner stehlen.«

»Das ist kein Spaß mehr, nein. Aber wir hoffen auf den neuen Hund. Er stammt aus dem Wurf von Freunden. Der scheint nicht so lasch wie unsere Jackie.«

»Er ist noch jung?«

»Ein Frühjahrstier. Vier Monate alt«, bestätigte Lieb. »Ein Rottweiler-Mischling. Wenn wir ihn entsprechend ziehen, wird er sich Fremden gegenüber aggressiver verhalten als Jackie. Wir müssen ihn nur daran gewöhnen, dass er unsere Feriengäste akzeptiert.«

»Du glaubst, das lässt sich so bewerkstelligen?«

»Im Normalfall immer. Tiere verhalten sich auch in der Beziehung genau wie Menschen. Solange sie jung sind, lassen sie sich formen. Eltern und Lehrer nennen das Erziehung.«

»Deine Schafe ebenfalls?« Sie wies auf die winzige Kreatur in seinem Arm.

»Die jungen Tiere alle. Ältere nicht mehr. Aber ist das bei uns so viel anders?«

Eine große, getigerte Katze kam langsam quer über den Hof geradewegs auf ihre Bank zu. Claudia Steib sah, wie sich das Tier an das linke Bein des Mannes drückte, dann Anlauf nahm und ihm auf den Schoß sprang.

»Hallo, Marga.« Lieb begrüßte die Katze, kraulte mit seiner freien Hand ihr Fell. Sie schnupperte an dem jungen Schaf, legte sich dann rücklings auf seinen Schoß, streckte alle viere von sich. Ihr lautes Schnurren war deutlich zu hören.

»Marga?«, erkundigte sich Claudia Steib. »Haben alle deine Tiere einen Namen?«

»Meine Schwester war fertig mit Backen. Sie hatte vergessen, die Margarine in den Kühlschrank zu stellen. Sie lief in den Laden, weil ein Kunde läutete. Als sie zurückkam, fand sie ein kleines Wollknäuel mit weiß verklebter Schnute. Das war so vor zwei Jahren ungefähr, Marga erst ein paar Monate alt. Seither hat sie den Namen.«

»Und die anderen Tiere?«

»Wir leben mit ihnen, jeden Tag. Da baust du automatisch eine persönliche Beziehung auf. Jedes Tier hat seine Eigenarten, seinen unverwechselbaren Charakter. Ob Katze oder Schaf, sie alle sind individuelle Persönlichkeiten genau wie wir Menschen.«

»Mein Gott«, sagte sie. »Das klingt idyllisch. Wie aus einer anderen Welt. Normalerweise gelten Tiere doch als Existenzen zweiter Klasse, als minderwertige Kreaturen, die man behandeln kann wie Objekte. Das lernst du doch schon in der Schule. Wir Menschen, wird behauptet, handeln nach rationalen Überlegungen, Tiere nur nach Instinkt. Wir haben eine Seele, Tiere dagegen …«

»*Normal*, was heißt *normal*. Diese Vorstellungen stammen von Leuten, die Tiere nur aus der Ferne kennen. Ich lebe mit ihnen, seit frühester Kindheit. Tiere sind für mich keine Objekte.«

»Du bist hier aufgewachsen?«

Lieb streichelte die Katze, nickte. »Teilweise, ja. Der Hof gehörte meiner Tante und meinem Onkel. Sie hatten keine

Kinder. Meine Schwester und ich waren fast ständig hier, ich glaube, fast jedes Wochenende und die kompletten Ferien, obwohl meine Eltern in Aalen lebten, mitten in der Stadt. Wir besuchten beide das Schubart-Gymnasium dort. Aber wenn du mich fragst: Aufgewachsen sind wir hier draußen, mit Leib und Seele. Das trifft es am besten.«

»Ihr habt den Hof hier geerbt?«

»Meine Schwester und ich, je zur Hälfte. Wir waren uns von Anfang an einig, dass wir den Hof übernehmen würden, auch wenn du hier oben auf der Alb kaum davon leben kannst. Wir suchten nach einem eigenen Weg, abseits der konventionellen Landwirtschaft. Ohne die Bäckerei wäre es nicht möglich. Aber so funktioniert es. Bis jetzt jedenfalls. Und solange wir gesund bleiben.« Er wurde vom Läuten einer Glocke unterbrochen, die über ihnen an der Hauswand angebracht war, legte die Katze neben sich auf die Bank. »Ein Kunde«, sagte er und lief zur Tür, »ich muss kurz in den Laden. Meine Schwester und ihr Freund sind heute in Ulm auf dem Markt. Wenn du willst, kannst du mitkommen. Ich muss nur schnell Linda in ihren Karton legen.«

Sie wartete, bis er das Tier im Haus verstaut hatte, folgte ihm dann in den Stall. Das große Gebäude war fast vollkommen leer, nur auf der einen Seite stapelten sich verschiedene Säcke und landwirtschaftliche Geräte.

»Sieht seltsam aus«, brachte er ihre Gedanken zum Ausdruck, »fast nichts drin, wie?«

Sie lachte zustimmend, hörte seine Erklärung.

»Im Winter kannst du dich hier drin kaum bewegen. Da ist jeder Quadratmeter belegt. Hier vorne mit Korn, verschiedenen Früchten, Heu und Stroh, in der Mitte mit den Schafen und den großen Rest benötigen die Hühner. Ihr Quartier in der kalten Jahreszeit.«

Sie kamen zum Ausgang auf der anderen Seite, sahen das weitläufige Gehege der Hühner vor sich. Es war noch größer als sie es sich vorgestellt hatte, vielleicht zweihundert Meter lang und gut fünfzig Meter breit, auf allen Seiten und in etwa drei Metern Höhe von einem Drahtgeflecht geschützt. Der Zaun musste ein Vermögen gekostet haben. Die Tiere verteilten sich über das gesamte Areal, meistens im Schatten der Obstbäume, die die Rückseite des Geheges säumten, vor sich hinpickend.

»Du kannst dir die Hühner ruhig näher anschauen«, erklärte Lieb, »ich bediene so lange den Kunden.«

Sie sah ihn durch einen Hintereingang in das Wohngebäude treten, das im rechten Winkel an den Stall grenzte. Das Erdgeschoss des Hauses schien den Laden und die Bäckerei zu beherbergen, waren doch Unmengen großer Kisten davor aufgereiht. Zudem ragte ein breites Ofenrohr aus dem schmalen Vorbau des Gebäudes.

Sie warf einen Blick über das friedlich grasende Federvieh, spürte den frischen Wind, der über das Gelände strich. Die heißen, fast unerträglichen Momente des Morgens schienen in unendlicher Ferne zu liegen. Kaum zu glauben, dass es sich um ein und denselben Tag handeln sollte.

Claudia Steib atmete kräftig durch, spürte plötzlich ein kräftiges Reiben an ihrem linken Bein. Sie schrak zusammen, starrte nach unten, erkannte das Tier sofort wieder. »Ach du, Jackie«, sagte sie laut, Liebs Erklärung im Ohr.

Der Hund fühlte sich sofort angesprochen, tänzelte vor ihr hin und her, nahm dann den Weg um das Wohngebäude, wo sie Stimmen zu hören glaubte. Sie folgte ihm langsam bis zur Ecke, blieb dort im Schatten des Hauses stehen. Noch Monate danach sollte sie sich an diesen Augenblick erinnern: Wie sie, verdeckt von einem großen, auf den Hof ragenden Metallschild, das für den Verkauf selbst hergestellter Backwaren und biologisch erzeugter, landwirtschaftlicher Produkte warb, an den Rand des Wohngebäudes trat und die beiden Männer beobachtete. Sie standen keine zehn Meter von ihr entfernt im grellen Licht der Sonne, wechselten freundliche Worte.

Sie erkannte ihn sofort, schon in der ersten Sekunde, als sie ihn, einen großen Laib Brot und einen Karton Eier in den Händen, vor Lieb stehen sah. Das Gesicht, die Körperhaltung, der charakteristische nasale Klang seiner Sprache. Er hatte sich leicht verändert, an Leibesfülle gewonnen und wie zum Ausgleich dafür von seiner Kopfbehaarung verloren – die Augen aber, der Blick, mit dem er sein Gegenüber taxierte – er war in ihr Gedächtnis eingebrannt für alle Ewigkeit. Im selben Moment noch, als sie endgültig begriff, wer da keine zehn Meter vor ihr stand, spürte sie förmlich, wie die Kraft aus ihrem Körper wich. Die Knie drohten ihr wegzusacken, Arme und Beine wurden von einem heftigen Zittern erfasst. Sie trat einen Schritt zurück, klammerte sich mit der linken Hand an der Hauswand fest. Ihre Lungen kämpften um Sauerstoff, der Stall, der Hof, das Hühnergehege drehten sich einem Karussell gleich vor ihr im Kreis. Sie spürte das heftige Pochen ihres Herzens, fiel im Schatten des Wohngebäudes auf den Boden.

11. Kapitel

November

Sie hatten die Sache fast generalstabsmäßig vorbereitet. Vierzehn Tage lang das Büro des Mannes und seine Gewohnheiten beobachtet. Mal vormittags, mal nachmittags bis in den Abend. Fast genau so intensiv die etwas abgelegene Sackgasse keine fünfzig Meter von seinem Büro entfernt im Auge behalten, wo er seinen teuren Schlitten Tag für Tag parkte.

Nach einer guten Woche schon waren sie sich einig, wann sich das Unternehmen fast risikolos umsetzen ließ: morgens an einem beliebigen Werktag zwischen zehn und elf.

»Ey, Alter, um die Zeit hockt der Sack ständig am Telefon. Auf der Straße ist total tote Hose. Das wird fett, richtig fett.«

Heute war endlich der Tag gekommen, an dem die Sache steigen sollte. Kevin Brüderle, 28, und Akatay Özkan, 27, beide in Stuttgart-Hallschlag aufgewachsen, zeitweise zur Schule gegangen, zeitweise in Ausbildung, zeitweise beruflich tätig. Inzwischen erfahrene Profis, seit Jahren erfolgreich im Geschäft.

Kurz nach neun Uhr starteten sie den alten Lieferwagen, kamen dann aber wegen der durch einen Unfall blockierten Kreuzung in den Genuss eines größeren Umwegs.

»Scheiß Navi, verficktes!«

»Ey, Alter, das Navi kann doch nix dafür, wenn irgend so 'ne doofe Tusse auf den Schlitten von so 'nem Sabbergreis rumst!«

»Rumst oder bumst?«

»Halt die Fresse, gleich geht's los.«

Der rote BMW Z4 parkte an der gewohnten Stelle mitten in der abgelegenen Sackgasse, am Ortsrand von Nellingen, genau wie sie es erwartet hatten. Brüderle kurvte mit einem rasanten Schlenker direkt neben das begehrte Objekt, brachte den alten Lieferwagen dann mit einer filmreifen Vollbremsung Fahrertür an Fahrertür zum Stehen. Die Bremsen quietschten schrill, die Luft stank nach verbranntem Gummi.

»Ey, du Arsch, nicht so heftig!«

Brüderle holte seine coole Sonnenbrille aus dem Handschuhfach, setzte sie sich auf die Nase. Er riss die Tür auf, schrammte mit der Kante quer über die linke Seite des BMW.

»Alter, ey, was machst du?« Özkan starrte entsetzt auf den breiten Kratzer im Lack des Sportwagens.

»Halt die Fresse! Wo sind die Werkzeuge?«

Elegant wie ein Hollywood-Akteur sprang Brüderle auf die Straße, das Drahtbündel in der Hand. Er musterte die Umgebung – alles ruhig, nirgends ein Mensch zu sehen – und machte sich am Schloss des Sportwagens zu schaffen. Nach genau zehn Sekunden professioneller Arbeit heulte die Sirene in solch irrsinniger Lautstärke los, dass ihm das Werkzeug vor Schreck in hohem Bogen aus der Hand flog. Instinktiv zog er den Kopf zwischen die Schultern, hielt sich die Ohren mit beiden Händen zu.

»Ey, Alter …«

Das heulende Monster brachte jede menschliche Kommunikation zum Erliegen.

Der erfahrene Handwerker benötigte mehrere Sekunden, wieder zu sich zu kommen, bückte sich dann unter den Lieferwagen, zog das Drahtbündel vor. Als er sich wieder aufrichtete, sah er sich mit einer Ansammlung neugieriger Gesichter konfrontiert. Zwei ältere Frauen an den Fenstern unmittelbar über ihm, eine jüngere Frau zwei Häuser weiter. Ein älterer Mann an der Tür desselben Gebäudes, zwei kräftige, junge Männer um die Ecke stürmend, geradewegs auf ihn und seinen Arbeitskollegen zu.

»Alter, ey ...«

Er sah das heftige Winken Özkans, der gerade ins Führerhaus ihres Lieferwagens kletterte, begriff augenblicklich, was die Stunde geschlagen hatte. Brüderle ließ das Drahtbündel fallen, spurtete in ihr Fahrzeug. Er schob Özkan auf den Beifahrersitz, schlug die Tür genau in dem Moment hinter sich zu, als einer der beiden jungen Männer bei ihm angelangt war und seine Hand nach ihm ausstreckte. Der Schmerzensschrei des Mannes übertönte für wenige Sekunden sogar das unerträgliche Kreischen der Sirene. Brüderle sah das zur Fratze verzogene Gesicht seines Verfolgers, startete den Motor, legte den Rückwärtsgang ein.

»Ey, Alter, auf jetzt, aber dalli!«, keifte es neben ihm.

Er warf die Tür ins Schloss, drückte das Gaspedal durch, ließ den Lieferwagen rückwärts aus der Gasse schießen. Weder er noch sein Arbeitskollege waren angeschnallt, als ihr Fahrzeug frontal auf den mit hohem Tempo an der Einmündung der Sackgasse vorbeischießenden, roten Passat krachte. Beide Autos kamen im Bruchteil einer Sekunde zum Stillstand, Brüderles und Özkans Gesichter in haargenau der gleichen Zeit in engen Kontakt mit der Windschutzscheibe des Lieferwagens.

Die Sirene kreischte immer noch, als sich die Innenseite der Scheibe mit zwei großen Blutlachen einfärbte.

12. Kapitel

Lieber Herr Hauptgommissar, entschuldischn Se bitte. Ich wollte mich gerade auf den Weg machn zur Preisverleihung, aber ich glaube, das müssn Se vorher noch erfahrn: Grade ham se eenen Alexander Schwalb ins Esslinger Klinikum eingeliefert. Schwärvärletzt und im Moment nicht bei Bewusstsein, wie ich vom Notarzt höre.«

Mandy Prießnitz' Anruf erreichte Braig genau in dem Moment, als er in Gärtringen vor der Haustür von Judith Heiser angelangt war. Er hatte die S-Bahn vor wenigen Minuten erst verlassen, war der Bahnhofstraße gefolgt und dann in die Hauptstraße eingebogen. Braig kannte Gärtringen von mehreren Besuchen; vor wenigen Monaten erst hatte er gemeinsam mit Ann-Katrin an einem lauschigen Spätsommertag einem Konzert im üppig grünen Park hinter der Ortsbücherei gelauscht. »Unser Alexander Schwalb?«, erkundigte er sich.

»Se musstn ihn aus 'nem rodn Bassat rausschweißn, wenn Ihnen das was hilft.«

»Aus einem roten Passat«, wiederholte Braig. »Ja, das hilft mir. Danke.« Er steckte das Handy weg, drückte auf die Klingel.

»Wenn Sie wissen wollen, wo sich Herr Schwalb gestern Abend aufgehalten hat, fragen Sie am besten bei seiner Partnerin nach«, hatte er von der Sekretärin des flüchtigen Bauunternehmers fernmündlich erfahren, »die macht irgendwas mit Internet-Betreuung. Von zu Hause aus.«

Der Verdacht, in Alexander Schwalb den Drahtzieher oder zumindest einen der Beteiligten an der Entführung der kleinen Elena gefunden zu haben, hatte sich im Verlauf der vergangenen Stunden zunehmend erhärtet. Nicht allein die Tatsache, dass er Daniel Harttvaller bedroht hatte und handgreiflich gegen ihn geworden war, sprach gegen den Mann; was ihn zusätzlich belastete, war die von einem Augenzeugen geäußerte und mit einem Handyfoto geistesgegenwärtig dokumentierte Beschuldigung, Schwalbs Wagen am Abend der Entführung gegen 19.30 Uhr am Ortsrand von Eningen unter Achalm dabei beobachtet zu haben, wie sich der Fahrer von einem wahrscheinlich von ihm verursachten Unfall davonzustehlen versuchte.

Der Ort, an dem das Fahrzeug zu dieser Uhrzeit gesehen worden war, lag gerade mal einen Kilometer von der Absturzstelle des Autos von Nele Harttvaller entfernt. Da sich die Entführung des Mädchens ihren derzeitigen Erkenntnissen nach zwischen 18.30 Uhr und 19.30 Uhr abgespielt haben musste, lag der Verdacht eines Zusammenhangs zwischen den beiden Ereignissen mehr als nahe. Hatte sich Schwalb seiner Verantwortung als Unfallverursacher entziehen wollen, um jede Verbindung zu dem kurz vorher verübten Verbrechen erst gar nicht aufkommen zu lassen? Oder war er in diesem Moment gar damit beschäftigt gewesen, die kleine Elena in ein von ihm vorbereitetes Versteck zu überführen?

Braig hatte sich das Foto des Augenzeugen von den Kollegen der Reutlinger Schutzpolizei mailen lassen und es den Technikern des LKA zur detaillierten Auswertung übergeben. Mit bloßem Auge war nur die Rückfront des Wagens zu erkennen, ein großer, dunkler Daimler, selbst das Kennzeichen war nur schwer zu lesen. Vielleicht gelang es Dr. Dolde oder einem der anderen Techniker, einen Blick ins Innere des Fahrzeugs zu ermöglichen, um Aufschluss über die Insassen zu erlangen. Ob Schwalb das Mädchen in diesem Moment mit sich führte oder nicht, seine Anwesenheit zu diesem Zeitpunkt an diesem Ort war jedenfalls wohl kaum allein auf einen Zufall zurückzuführen.

Braig hatte deshalb um die Unterstützung der Staatsanwaltschaft nachgesucht und auf diesem Weg die richterliche Erlaubnis eingeholt, Schwalbs Wohnung in Göppingen untersuchen zu lassen; eine heikle Aufgabe, die seine Kollegen Steffen Aupperle und Jacqueline Stührer übernommen hatten.

»Ihr müsst vorsichtig sein«, hatte er sie gewarnt, »wir wissen nicht, ob und wie viele Komplizen der Mann hat und ob sie sich nicht in seiner Wohnung mitsamt dem entführten Kind verschanzt haben.«

Dass ihnen inzwischen der derzeitige Aufenthaltsort des Bauunternehmers bekannt war – sofern es sich bei dem ins Esslinger Klinikum eingelieferten Unfallopfer wirklich um ihn handelte –, machte die Sache nur scheinbar einfacher: Mandy Prießnitz' Auskunft nach war der Mann im Moment nicht bei Bewusstsein, somit auf absehbare Zeit nicht auf seine eventuelle Tatbeteiligung zu befragen. Was, wenn er als Einzeltäter gehandelt und das Kind an einem allein ihm bekannten Ort versteckt hatte, wo es auf die Versorgung durch ihn angewiesen war?

Braig wollte nicht an diese durchaus mögliche Version denken. Sollte allein Schwalb wissen, wo sich Elena aufhielt, kam das einem ermittlungstechnischen Supergau nahe. Der Täter bewusstlos, sein Opfer ohne lebensnotwendige Nahrung. Wie sollten sie innerhalb kürzester Zeit dem Aufenthaltsort des Mädchens auf die Spur kommen?

Braig hoffte inständig, dass ihnen dieser Albtraum erspart blieb, dachte an Aupperles Bemerkung, als er den Kollegen über den Sachverhalt informiert hatte.

»Du glaubst, der Kerl versteckt das Kind bei sich in der Wohnung? Das kann ich mir nicht vorstellen. Der hat garantiert irgendwo jemand in petto, der ihm hilft. Woher willst du wissen, dass nicht seine Lebensgefährtin mit ihm unter einer Decke steckt? Ich an deiner Stelle wäre vorsichtig, wenn du der Frau gegenübertrittst. Kannst du ausschließen, dass sie das Kind bei sich versteckt hat? Vielleicht sollten wir ihre Wohnung gleich mit untersuchen lassen.«

»Das unterschreibt mir kein Richter. Laut der Aussage von Schwalbs Sekretärin ist die Liaison ihres Chefs mit seiner Partnerin nicht besonders innig. Ihrer Meinung nach kriselt es bei denen seit einiger Zeit ganz gewaltig.«

»Das sagt nicht viel. Ich bleibe dabei: Bei der Tussi wäre ich vorsichtig. Auch wenn die sich angeblich nicht mehr so grün sind.«

Braig hatte sich trotz der Warnungen des Kollegen allein auf den Weg nach Gärtringen gemacht, weil er Schwalbs Partnerin möglichst schnell kontaktieren wollte. Natürlich konnte er nicht von vornherein ausschließen, dass der Bauunternehmer das Kind bei ihr versteckt hatte. Ihre Wohnung deshalb zur Sicherheit mit mehreren Kollegen aufsuchen oder gar von einem Sondereinsatzkommando stürmen lassen? Nein, kein Richter würde das erlauben. Noch war nicht einmal sicher, ob Schwalb überhaupt in das Verbrechen involviert war. Braig musste Nerven bewahren und die Sache mit der gewohnten Routine angehen, so wie er das seit Jahren tat.

Immerhin hielt er seine Waffe griffbereit, als er auf die Klingel neben dem Namensschild drückte. Er musste nicht lange warten.

Die Tür des frisch gestrichenen Einfamilienhauses wurde geöffnet, eine kräftige Frau um die Vierzig stand vor ihm. Sie trug ein Head-Set über den Ohren, musterte ihn mit strengem Blick. »Und?«, fragte sie. Der gereizte Unterton war nicht zu überhören. *Ich kaufe nichts. Wage ja nicht, mir irgendeinen Schwachsinn anzubieten.*

»Mein Name ist Braig«, stellte er sich vor, »ich ...«

»Was wollen Sie? Religion interessiert mich nicht. Wenn Sie von den Zeugen Jehovas kommen, machen Sie sofort wieder die Flatter, bevor ich ausfällig werde.«

Braig hielt erstaunt inne, warf einen Blick auf seine Kleidung. »Sehe ich so aus?«, fragte er irritiert. Er musterte seine Jacke und seine Hose, wusste nicht, was die Frau auf diesen Gedanken kommen ließ.

»Was weiß ich, wie Sie aussehen. Ich fürchte, Sie stehlen mir meine Zeit.«

»Tut mir leid. Aber Sie werden mir schon ein paar Minuten opfern müssen.«

»Glauben Sie?« Dass sie nicht wie ein scharfer Wachhund zu bellen anfing war alles. Ihre Augen verengten sich zu schmalen Schlitzen, die Haut auf ihrer Stirn legte sich in Falten.

»Landeskriminalamt.« Braig versuchte, seiner Stimme einen aggressiven Tonfall zu geben.

Die Frau war nicht so schnell zu beeindrucken. »Und?«, erwiderte sie kurz.

»Es geht um Ihren Partner, Herrn Schwalb. Müssen wir das hier draußen besprechen?« Er zeigte auf die Straße, auf der mehrere Passanten und Fahrzeuge unterwegs waren.

»Wenn es um das Schwein geht, ja. Warum fragen Sie ihn nicht selbst?«

»Das werde ich noch tun. Vorher muss ich aber mit Ihnen sprechen. Sie seien seine Partnerin, wurde mir mitgeteilt.«

»Dieses Arschloch und ich? Sie täuschen sich!« Edith Heisers Gesicht verfinsterte sich zunehmend. Sie trat einen Schritt zurück, zeigte keine Bereitschaft, sich auf ein Gespräch einzulassen. War das Show, weil sie ihn vom Betreten des Hauses abhalten wollte?

Er verschärfte seinen Ton. »Hören Sie, so läuft das nicht! Wir ermitteln in einer Angelegenheit, in der Herr Schwalb möglicherweise eine wichtige Rolle spielt. Hierzu benötige ich Auskunft, auch von Ihnen.«

»Ja, und? Was wollen Sie wissen?« Sie merkte, dass sie ihm den Zutritt ins Haus nicht länger vorenthalten konnte, und trat zurück.

Er folgte ihr in die Diele, einen großzügigen, rechteckig angelegten Raum, der zwei mit filigranen Schnitzereien geschmückte, helle Schränke beherbergte. Eine gewundene Holztreppe führte in den Keller bzw. ins Obergeschoss, drei Türen, zwei davon geöffnet, in verschiedene Zimmer. Braig hatte nicht den Eindruck, dass in diesem Haus irgendetwas oder irgendjemand vor ihm versteckt werden sollte.

Sie schloss die Haustür, wies ihn in ein helles, auf eine Terrasse samt Garten auslaufendes Zimmer, das mit einer um die Ecke reichenden hellen Polstergarnitur aufwartete. Nirgendwo im Haus waren Geräusche zu hören.

Er wartete, bis sie Platz genommen hatte, tat es ihr gegenüber dann gleich. »Wann hatten Sie zum letzten Mal persönlichen Kontakt mit Herrn Schwalb?«, fragte er.

Die Antwort kam postwendend. »Gestern Abend.«

»Um wie viel Uhr?«

»Das kann ich Ihnen genau sagen. Um zwanzig vor neun.«

»Woher wollen Sie das …?«

»Weil ich den Scheißkerl genau zwanzig vor neun stehen ließ«, fiel sie ihm ins Wort. »Und zwar endgültig.« Der Ton ihrer Stimme verschärfte sich.

»Wo war das?«

»In Leonberg.«

»Sie waren gemeinsam dort?«

Edith Heiser ließ ein böses Lachen hören. »Das waren wir, ja. Allerdings genau eine Stunde zu spät. Wie immer«, zischte sie.

Das war nicht gespielt, das kam aus tiefstem Herzen, war Braig sich sicher. Um die Beziehung dieses Paares war es nicht gut bestellt, das ließ sich nicht überhören. Sofern man überhaupt noch von einer existenten Beziehung sprechen konnte. Wenn Schwalb das Mädchen entführt hatte, dann ohne das Wissen dieser Frau. Es sei denn, sie war eine außergewöhnlich gute Schauspielerin ...

»Sie hatten einen Termin«, brachte er seine Vermutung zum Ausdruck.

»Allerdings. Seit Wochen habe ich mich auf das Konzert gefreut. *Silbermond*. Und dann baut dieses Arschloch wieder so eine Scheiße.«

»Wovon sprechen Sie?«

»Gegen sechs wollte er mich abholen. Zwei Mal rief ich ihn an. Ich fahre vor, du kommst nach. Jedes Mal vertröstete er mich. Nein, ich bin schon unterwegs. Es dauert nur noch ein paar Minuten. Ich bin so gut wie vor deiner Haustür. Eine Sekunde noch, ich bin schon da.«

»Wie viel Uhr war es dann, als er wirklich kam?«

»Was weiß ich«, schimpfte sie, »mindestens acht. Genau kann ich das nicht sagen, ich war außer mir vor Wut.«

Mindestens 20 Uhr, überlegte Braig, das passte genau. Zwischen 18.30 und 19.30 Uhr musste das mit der Entführung passiert sein, gegen 19.30 Uhr dann die Fahrerflucht mit Schwalbs Wagen am Ortsrand von Eningen. Und dreißig Minuten später tauchte der Mann dann hier in Gärtringen auf. Nachdem er das Kind irgendwo versteckt hatte?

»Was war der angebliche Grund für die Verspätung?«

»Krach mit seinem Architekten. Das ist doch immer dasselbe. Sie hatten sich wieder in den Haaren, weil er eine billigere Ausführung haben wollte. Deshalb versäume ich die Hälfte von meinem Konzert. Und lande auf einem Platz am Arsch der Halle. Aber jetzt habe ich die Schnauze endgültig voll. Der soll mir ja nicht mehr unter die Augen kommen!«

»Krach mit seinem Architekten? Wo soll das gewesen sein?«

»Auf einer seiner Baustellen natürlich. Keine Ahnung, auf welcher. Aber, was wollen Sie denn überhaupt von Alex? Wieso interessiert sich die Polizei für ihn?«

Braig ging nicht auf ihre Frage ein. »Wie heißt der Architekt? Sie kennen ihn?«

»Ob ich ihn kenne? Na, das lässt sich kaum vermeiden, so lange, wie die schon zusammenarbeiten.«

»Sein Name?«, beharrte Braig.

»Simon Tischek.«

»Und Sie sind sich sicher, dass Herr Schwalb deshalb so spät kam, weil er mit Herrn Tischek beschäftigt war?«

»Ob ich mir sicher bin?« Edith Heisers Tonfall gewann erneut an Schärfe. »Ja, glauben Sie etwa, ich lasse den Kerl auch noch überwachen?«

»Das heißt: Sie wissen es nicht ganz genau.«

»Nein, ich weiß es nicht genau. Ich war schließlich nicht auf der Baustelle anwesend. Aber Alex, also Schwalb, hielt mir seinen Streit mit Tischek jedes Mal, wenn ich anrief, als Entschuldigung unter die Nase, und außerdem weiß ich aus Erfahrung, dass die beiden sich ständig in den Haaren liegen. Also sehe ich keinen Anlass, das zu bezweifeln.«

»Die beiden haben oft Streit miteinander?«

Die Frau legte ihre Stirn in Falten, betrachtete ihn mit genervter Miene. »Das können Sie sich nicht vorstellen, wie? Ein Bauunternehmer und sein Architekt und die davonlaufenden Kosten.«

Braig hob abwehrend seine Hand, atmete kräftig durch. Er musste sich bei diesem Tischek erkundigen, wie lange Schwalb sich bei ihm aufgehalten hatte und auf welcher Baustelle das gewesen sein sollte. Allzu viel Zeit konnten die beiden Männer aber nicht miteinander verbracht haben, schließlich war Schwalbs Wagen gegen 19.30 Uhr bei Eningen unter Achalm gesehen worden. Es sei denn …

»Mit welchem Auto holte Herr Schwalb Sie dann ab?«

»Was soll die Frage? Mit seinem Daimler natürlich. Er hat nur den einen.«

»Den Wagen mit dem Kennzeichen ...« Braig schielte auf den Monitor seines Handy, las die Buchstaben- und Zahlenkombination ab.

»Das ist er, ja. Wieso wollen Sie das wissen?«

»Weil das Auto gestern Abend gegen 19.30 Uhr in Eningen unter Achalm als Unfallverursacher notiert wurde. Der Fahrer kümmerte sich aber nicht weiter darum, sondern beging Fahrerflucht. Was wissen Sie davon?«

»Alex' Auto?« Edith Heiser streckte ihren Kopf überrascht nach vorne, starrte ihrem Gegenüber mit weit geöffnetem Mund ins Gesicht. »Deshalb war er so aufgeregt.«

»Herr Schwalb?«

Sie nickte nur mit dem Kopf.

Die traut es ihm tatsächlich ohne jeden Vorbehalt zu, überlegte Braig. Oder ... »Er hat es Ihnen erzählt?«, fragte er.

»Die Sache mit dem Unfall? Nein, das höre ich jetzt zum ersten Mal.«

»Auch nichts von der Entführung?«

»Was für eine Entführung? Die aus den Nachrichten?«

»Ein junges Mädchen.«

Die Frau schien überhaupt nichts mehr zu begreifen. »Was soll Alex damit zu tun haben?«

»Sie wissen es nicht?«

»Alex?« Edith Heiser schüttelte empört den Kopf. »Quatsch! Was wollen Sie ihm denn da anhängen?«

»Nichts«, sagte Braig. Er hob abwehrend seine Hand, versuchte, die Frau zu beruhigen. »Wissen Sie zufällig, ob Herr Schwalb irgendwo in der Nähe von Eningen eine Baustelle hat?«

»Dort? Nein, das wäre mir neu. Seine Baustellen liegen alle in der direkten Umgebung von Stuttgart.«

»Sie sind sich sicher?«

»Ja, ich bin mir sicher«, erklärte sie mit Nachdruck. »Das hätte er mir erzählt, wenn er jetzt auf einmal auch noch in einer anderen Gegend rumwühlen würde. Das könnte er außerdem gar nicht mehr packen. Der hat genug am Hals.«

Dann gibt es also nur einen Grund, warum er bei Eningen unterwegs war, überlegte Braig. »Hat Ihr Partner noch eine andere Wohnung? Außer der in Göppingen, meine ich.«

»Eine andere Wohnung? Nein, wieso?«

»Ein Wochenendhaus oder einen Platz, wo er etwas, sagen wir, verstecken könnte?«

»Was sollte er denn verstecken wollen? Er hat genügend Baustellen, wo er ...« Sie hielt inne, sah ihn mit großen Augen an. »Nein! Sie glauben doch nicht allen Ernstes, er hätte dieses kleine Mädchen da, das dauernd in den Nachrichten kommt ...« Edith Heiser schüttelte entrüstet ihren Kopf. »Sie sind verrückt!«

Die Baustellen, ging es Braig durch den Kopf. Natürlich, das war es. Wir müssen alle Baustellen genau überprüfen, dort finden sich garantiert Unmengen guter Möglichkeiten, jemanden zu verstecken. Er sah ihre zornerfüllte Miene, versuchte, sie zu besänftigen. »Sie sind dann also verspätet in das Konzert«, sagte er. »Gemeinsam. Und dann?«

»Doch nicht gemeinsam. Ich sagte Ihnen doch, zwanzig vor neun stürmte ich aus seinem Karren und ließ ihn stehen. Fertig, das war's.«

»Herr Schwalb ging nicht mit?«

»Nein! Was denken Sie! Wir hatten uns dermaßen in den Haaren ...« Sie ließ ein abfälliges Zischen hören, winkte mit der Hand ab. »Der drückte aufs Gaspedal und raste wie ein Bekloppter davon. Wie immer, wenn es nicht so läuft, wie er will.«

»Sie wissen nicht, was er anschließend gemacht hat?«

»Nein! Zum tausendsten Mal: Nein! Zwanzig vor neun haben wir uns getrennt. Endlich! Der Scheißkerl interessiert mich nicht mehr. Soll er doch mit seinem Karren gegen die Wand rasen!«

»Wenn ich richtig informiert bin, müssen Sie nicht länger auf die Erfüllung Ihres Wunsches warten«, gab Braig zur Antwort. »Vor wenigen Minuten mussten sie ihn aus einem Auto schweißen.«

Die Überraschung schien geglückt. Zum zweiten Mal im Verlauf ihrer Unterhaltung fehlten seiner Gesprächspartnerin die Worte, ihm ihre aggressive Stimmung zu veranschaulichen.

13. Kapitel

Sich den Anblick der Preisverleihungs-Feierlichkeiten zu ersparen, war an diesem Tag unmöglich. So sehr Braig sich bemühte, er hatte keine Chance. Die Bilder aus der Liederhalle flimmerten auf allen Kanälen, verdrängten die Schreckensbotschaft von der Entführung des Mädchens wenigstens für ein paar Stunden von den Monitoren. Wer auch immer in der Region von Rang und Namen zu sein glaubte, nutzte das Ereignis, sich im grellen Scheinwerferlicht der Kameras in Szene zu setzen. *Sehen und gesehen werden* – allzu vielen war es ins Gesicht geschrieben, wie sehr sie seit Wochen danach gierten, endlich wieder dem primären Inhalt ihres Lebens frönen zu können.

»Meine Herren, woher kommen nur all diese aufgeblasenen Hohlköpfe?«, schimpfte Neundorf, als Braig kurz vor Mittag ihr Büro betrat. Sie hatte ihr Smartphone vor sich liegen, verfolgte den Nachrichtenüberblick auf dem Monitor. »Unser Oberidiot inmitten seinesgleichen. Allein schon der Anblick bereitet mir physische Schmerzen.«

»Na ja, einen Vorteil hat die Sache«, versuchte er sie gnädig zu stimmen.

Neundorf begriff sofort, worauf er hinaus wollte. »Wir bleiben vorerst vom schlimmsten Ansturm der Medien verschont und haben zudem den Kerl für ein paar Stunden vom Hals.«

»Das müsste es uns doch wert sein, oder?«, meinte er. »Wenigstens eine Zeit lang in Ruhe arbeiten zu können.« Braig wusste, was es bedeutete, wenn die Nachricht vom Verschwinden des Kindes und dem grausigen Geschehen um das Fahrzeug der Familie erst voll ins Blickfeld der Medien rückte. Die Telefone und E-Mail-Kanäle des Amtes würden heiß laufen, Journalisten und andere neugierige Gestalten jedem ihrer Schritte nachspionieren und krampfhaft um Aufmerksamkeit heischende Politiker im Stundentakt immer dämlichere Phrasen von der Notwendigkeit der Verschärfung der Gesetze von sich geben. Nein, unter solchen Bedingungen arbeiten zu müssen, war die Hölle. Sie mussten alles tun, das verschwundene Mädchen zu finden, bevor es so weit kam.

»Die Hoffnung, dass es sich bei der Sache nur um einen schief gegangenen Autodiebstahl handelt, können wir uns wohl endgültig abschminken«, sagte sie. »Du hast das Ergebnis der Durchsuchung des Waldes gehört?«

»Sie haben es mir mitgeteilt, ja. Die Hundestaffel hat das gesamte Gelände sowohl östlich als auch westlich der Straße durchsucht. Nicht ein einziger Hinweis auf das Mädchen.«

»Auch wenn die noch weiter suchen – das können wir vergessen. Die haben das Kind mitgenommen, sonst hätten sich irgendwelche Indizien gefunden. Das sind keine Autodiebe. Die hätten kein Interesse, die Fahndungsmaschinerie ganzer Polizeieinheiten auf sich zu lenken.«

»Das sind keine Autodiebe, nein. Den Gedanken habe ich auch begraben. Die hatten es auf das Kind abgesehen und wollen die Familie völlig demoralisieren, sonst hätten sie sich den Klamauk mit dem brennenden Fahrzeug und dem Hund sparen können und die Kleine wäre längst in unserer Hand.«

»Wie sieht es mit der Überprüfung dieses Bauunternehmers aus? Du warst bei seiner Partnerin?«, fragte sie.

»Ich komme gerade von dort«, bestätigte er. »Sie konnte ihm kein Alibi geben, im Gegenteil. Zwischen 18 und 20 Uhr gestern Abend war er angeblich auf einer seiner Baustellen. Was er dann aber um 19.30 Uhr bei Eningen zu suchen hatte, konnte sie mir nicht erklären. Seine Baustellen liegen alle in der Nähe von Stuttgart.«

»Es gibt niemanden, der ihn auf dieser Baustelle gesehen hat?«

»Angeblich sein Architekt, ein gewisser Tischek. Den konnte ich bisher aber noch nicht erreichen.«

»Und seine Partnerin? Es kann nicht sein, dass sie in die Sache involviert ist?«

»Ich kann es mir nicht vorstellen. Wenn doch, dann wäre sie eine gute Schauspielerin. Eine verteufelt gute Schauspielerin«, betonte er.

»In Schwalbs Wohnung haben sie jedenfalls keine Hinweise auf das Mädchen oder eine Tatbeteiligung des Mannes gefunden. Aupperle hat mich vorhin informiert.«

»Ich weiß. Ich habe mit ihm telefoniert. Das muss aber nicht viel heißen. Wenn Schwalb clever ist, hat er das Kind irgendwo anders versteckt. Auf einer seiner Baustellen zum Beispiel. Da gibt es garantiert unzählige Möglichkeiten. Seine Partnerin hat mich selbst darauf gebracht, aus Versehen. Ich denke, wir müssen sie untersuchen. Eine nach der anderen.«

»Wie viele hat er? Du hast dir eine Übersicht besorgt?«

»Ich habe sie bei der Sekretärin angefordert. Sie will sie mir mailen.« Braig spürte die stechenden Schmerzen in seinem Kopf, massierte seine Schläfen. »Wie steht es mit der Überprüfung der anderen Männer? Du hast sie erreicht?«, fragte er.

Neundorf deutete auf ein Blatt auf ihrem Schreibtisch. »Gerade habe ich es ausgedruckt. Mit zwei von den Typen konnte ich reden. Nur einer, ein Andreas Strackner, fehlt mir noch. Er kommt erst heute Mittag gegen 15 Uhr von einer Geschäftstour zurück. Ist zurzeit beruflich in Düsseldorf, das habe ich überprüft. Die beiden, die ich erreichen konnte, kommen meines Erachtens für die Entführung nicht infrage. Ich habe ihre Alibis überprüft. Die sind wasserdicht. Sie gaben zwar zu, sich wegen irgendwelcher Bauauflagen mit Harttvaller gestritten und den Mann dabei auch bedroht zu haben, konnten aber genau belegen, wo sie sich gestern Abend zwischen 17 und 22 Uhr aufhielten und was sie in der Zeit unternommen haben. Der eine besuchte mit seiner Partnerin einen Tanzkurs in Schwäbisch Gmünd, der andere hielt selbst einen Vortrag in Ulm an der Volkshochschule. Ich sprach sowohl mit der Veranstalterin des Tanzkurses als auch mit einem Zuhörer des Vortrags. *Beowulf, Hagbard und Kunimund* oder so ähnlich lautet der Titel, *Götter und Helden des germanischen Walhall*. Weiß Gott, wer sich für so was interessiert. Der Mann ist Historiker und auf frühe Geschichte spezialisiert.« Sie reichte ihm das Papier.

Braig überflog den Text, der ihre Ausführungen bestätigte, erkundigte sich nach einer eventuellen Forderung der Kidnapper. »Hat sich jemand gemeldet?«, erkundigte er sich.

Neundorf machte eine abwehrende Handbewegung. »Die Telefone der Harttvallers in Ludwigsburg werden überwacht. Ohmstedt und Schöffler sind bei der Familie, bis jetzt ohne Erfolg.«

»Weil Schwalb im Krankenhaus liegt?«

»Du glaubst tatsächlich …« Sie hielt inne, überlegte. »Verdammter Mist«, sagte sie dann, »das könnte natürlich die Erklärung sein.« Sie erhob sich von ihrem Stuhl, lief unruhig in ihrem Büro auf und ab. »Die hocken in der Wohnung und warten auf eine Forderung des Entführers und der liegt derweil bewusstlos im Krankenhaus. Nehmen wir mal an, das ist tatsächlich der Grund, weshalb sich niemand meldet. Das bedeutet doch, der hat das ganz allein gemacht. Ist das realistisch?«

»Der muss es nicht allein gemacht haben«, warf Braig ein, »da kann durchaus ein weiterer Täter oder gar eine kleine Gruppe am Werk gewesen sein. Vielleicht sind die jetzt aber paralysiert, weil sie nicht mit unserem schnellen Zugriff auf Schwalb gerechnet haben. Und jetzt ist auch noch der Unfall geschehen und ihr Kumpel liegt bewusstlos im Krankenhaus …«

»Der oder die weiteren Täter haben jetzt schlicht und einfach Schiss, meinst du. Wenn wir uns Schwalb so schnell geschnappt haben, sind Lösegeldforderungen jetzt zu riskant.« Neundorf blieb stehen, musterte ihren Kollegen. »Weißt du, warum mir diese Version ganz schön Angst macht?«

Braig verstand auf Anhieb, worauf sie hinaus wollte. »Das Kind«, sagte er, »was ist dann mit dem Kind?«

»Ein störendes Objekt, mit dem sie jetzt nichts mehr anzufangen wissen. Ich will gar nicht daran denken, welche Konsequenzen daraus resultieren könnten.«

Er spürte wieder seine Kopfschmerzen, massierte mit beiden Händen seine Schläfen.

»Selbst wenn er allein war«, setzte Neundorf hinzu, »ist das Mädchen jetzt in Gefahr. Wer weiß, wo er es versteckt hat. Solange er bewusstlos im Krankenhaus liegt ...«

»Darüber habe ich mir auch schon den Kopf zerbrochen«, bestätigte Braig. »Wie wir es auch wenden und drehen, die Sache sieht nicht gut aus.«

»Wir müssen die Baustellen in Augenschein nehmen, möglichst schnell. Es sei denn, dieser Architekt gibt Schwalb doch noch ein Alibi. Du hast mehrfach bei ihm angefragt?«

Er nickte. »Ich habe drei oder vier Mal auf seine Mailbox gesprochen. Vielleicht sollten wir es auf einem anderen Weg versuchen, den Mann zu erreichen.« Braig fuhr sich nachdenklich durch die Haare. »Eine andere Frage: Was ist mit dem Profil des Schuhs auf dem Waldparkplatz? Ich habe auf der Rückfahrt von Gärtringen mit Rössle telefoniert. Sie waren heute Morgen gemeinsam mit Frau Harttvaller an der Stelle, wo das Auto entführt worden sein soll. Die Frau erinnerte sich an eine Pfütze, neben der sie geparkt haben will, und Rössle ...«

»Er hat die Abdrücke isoliert, ja. Einen vom Schuh von Frau Harttvaller und einen anderen unbekannten. Sie wollen ihn untersuchen. Das Profil scheint deutlich ausgeprägt. Rössle schätzt ihn auf Größe 44 oder 45, etwas größer als der Durchschnitt und wahrscheinlich männlich. Wenn der Entführer dort in das Auto stieg, könnte er von ihm stammen. Wir sollten Schwalbs Schuhe mit dem Abdruck vergleichen.«

»Ich werde Aupperle sofort damit beauftragen. Was macht Knudsen?«

»Er ist in Glupfmadingen. Die Nachbarn der Freundin befragen, die Frau Harttvaller gestern besuchte. Eine Frau …«, Neundorf blätterte in ihren Unterlagen, suchte nach dem Namen, »Marissa Leitner. Die Frau war zuerst total entsetzt und kaum ansprechbar, als sie hörte, dass es sich bei dem entführten Kind um die kleine Elena handelt. Wie Frau Harttvaller konnte auch sie nicht mehr genau sagen, wie spät es war, als sich ihre Freundin auf den Rückweg machte. Zwischen 18.30 Uhr und 19 Uhr wird es etwa gewesen sein, so wie wir es bisher angenommen haben. Und irgendeine verdächtige Person oder ein auffälliges Auto hat sie natürlich auch nicht beobachtet – wie auch, um die Zeit war es längst dunkel und die beiden Frauen hielten sich samt ihren Kindern die ganze Zeit nur im Haus auf. Was ihren Mann betrifft, der kam etwa zwanzig Minuten, nachdem die Besucher gegangen waren, von der Arbeit.«

»So spät?«, wunderte sich Braig.

»Er arbeitet in Tübingen, erfuhr Knudsen und war gestern auch noch irgendwo auswärts bei einer Konferenz. Irgendetwas Berufliches.«

»Wir haben ihn überprüft?«

Neundorf nickte umgehend. »Ich selbst. Es liegt nichts gegen ihn vor. Er ist Wissenschaftler und arbeitet für irgendeine Firma in Kooperation mit der Uni.«

»Noch etwas Neues von Knudsen?«

»Mir ist nichts bekannt. Er befragt die Nachbarn der Leitners. Nach einem auffälligen Auto oder einer verdächtigen Person gestern im Verlauf des Nachmittags und des Abends. Glupfmadingen ist ein kleines Dorf, da fällt jeder Fremde sofort auf.«

»Es sei denn, es ist November und schon bald nach 16 Uhr dämmrig und dunkel. Da kann sich die auffälligste Gestalt gut verstecken«, wandte Braig ein.

»Das ist zu befürchten, ja.«

»Wir müssen aber davon ausgehen, dass der oder die Entführer an Ort und Stelle waren und die Abfahrt der Frau genau beobachtet haben. Die konnten doch nicht ahnen, dass sie auf diesen abgelegenen Parkplatz mitten im Wald abbiegt, um dort zu pinkeln. Die müssen ihr gefolgt sein und die Gelegenheit dann eiskalt ausgenutzt haben.«

»Das meinte Knudsen auch. Und er geht davon aus, dass es sich um zwei Täter handelt. Einen, der das Auto der Frau mitsamt dem Mädchen kidnappte, und einen zweiten, der mit seinem Fahrzeug hinterherfuhr und den Entführer samt dem Kind nach dem Absturz des Wagens mitnahm.«

»Das klingt logisch.«

»Knudsen will die Nachbarn befragen. Zwei Männer, meint er, müssten doch aufgefallen sein.«

»Es sei denn, das Opfer wurde zufällig ausgewählt.«

Neundorf musterte ihren Kollegen mit kritischer Miene. »Wie meinst du das?«

»Na ja, irgendein Irrer hält sich zufällig an diesem Abend auf dem Parkplatz auf und ergreift die Gelegenheit. Er klaut das Auto samt dem Kind.«

»Rein zufällig?«

»Kannst du das ausschließen?«

»Nein, natürlich nicht. Aber besonders überzeugend klingt es nicht gerade.«

»Besonders überzeugend klingt es nicht, nein«, gab Braig zu. Er wurde vom Läuten seines Handys überrascht, nahm das Gespräch an.

»Tischek hier. Sie haben schon zweimal versucht, mich zu erreichen.«

»Ja, das ist richtig«, bestätigte der Kommissar. Er winkte seiner Kollegin, wies auf sein Mobiltelefon, sprach mit extra lauter Stimme. »Sie sind der Architekt, der mit Herrn Schwalb zusammenarbeitet.«

»Das stimmt. Und wer sind Sie?«

»Mein Name ist Braig. Ich bin vom Landeskriminalamt.«

»Wie bitte? Kriminal...? Sie wollen mich nicht gerade auf den Arm nehmen?«

»Nein, das will ich nicht.« Braig hatte seinen Gesprächspartner an der Stimme erkannt. Heute Morgen, unmittelbar vor der Flucht Schwalbs, hatte er den deftigen Disput der beiden Männer mitverfolgt. »Wir sind uns vor ein paar Stunden kurz begegnet. Auf der Baustelle, als Herr Schwalb sich dem Gespräch mit mir Hals über Kopf entzog.«

»Mein Gott, ja, der Idiot. Hat er sich inzwischen gestellt?«

»Gestellt? Na ja, freiwillig jedenfalls nicht. Deswegen habe ich Sie ja angerufen. Wissen Sie, wo er sich gestern Abend zwischen 18 und 20 Uhr aufgehalten hat?«

»Herr Schwalb?«

»Ja. Es geht um ihn.«

Am anderen Ende blieb es für einen Moment ruhig.

»Herr Tischek, sind Sie noch ...«

»Ja, ja, es ist nur so ... Haben Sie sich schon mit Alex' Partnerin unterhalten?«

»Sie sprechen von Frau Heiser?«

»Genau, ja. Haben Sie schon ...«

»Wieso wollen Sie das wissen?«, wunderte sich Braig. »Warum beantworten Sie nicht einfach meine Frage? Wo hat sich Herr Schwalb gestern Abend aufgehalten?«

»Gestern Abend? Also, das ist so: Edith gegenüber erzählte er ...« Tischek stockte, suchte nach Worten. »Also, wenn

Sie schon mit ihr gesprochen haben, dann wissen Sie jetzt, dass wir gemeinsam auf der Baustelle waren.«

»Das ist aber nicht korrekt«, ahnte Braig. »Herr Schwalb hat Sie gebeten, seiner Partnerin gegenüber diese Aussage zu machen. In Wirklichkeit aber ...«

»Sie sind tatsächlich vom Landeskriminalamt?«

»Ja, Sie können mir glauben. Oder rufen Sie in Gottes Namen bei unserer Zentrale an und lassen sich an mich weitervermitteln. Aber vorher erklären Sie mir doch bitte, wo Herr Schwalb gestern Abend vor 20 Uhr wirklich war.«

»Das weiß ich nicht.«

»Wie soll ich das verstehen?«

Tischek fand nicht sofort zu einer Antwort. »Also, hören Sie, das ist so: Alexander Schwalb und ich arbeiten seit mehreren Jahren zusammen. Ich als Architekt und er als Bauunternehmer. Wir kennen uns also einigermaßen. Na ja, deshalb sind mir auch die Probleme in seiner Beziehung mit Edith, also Frau Heiser, bekannt. Er ist nicht ganz unschuldig, dass es zwischen ihnen dauernd kracht, aber fairerweise muss ich sagen: Mit Frau Heiser ist es auch nicht ganz einfach. Die Ansprüche der Frau ... Lassen wir das. Er hat mich jedenfalls gebeten, ihm für gestern Abend ein Alibi zu geben, jedenfalls ihr gegenüber. Und das habe ich aus alter Freundschaft zugesagt.«

Braig war sich darüber im Klaren, was die Aussage seines Gesprächspartners für seine Ermittlungen bedeuten konnte. »Und wo war er wirklich?«, wiederholte er.

»Ich sagte Ihnen doch schon: Ich weiß es nicht. Er verschwand kurz nach 17 Uhr aus unserem Baucontainer. Mir fiel noch auf, wie eilig er es hatte. ›Du willst noch weg?‹, fragte ich ihn. ›Richtung Alb, ja‹, gab er zur Antwort. Das war es. Mehr kann ich Ihnen nicht sagen. Tut mir leid.«

14. Kapitel

Drei Monate zuvor

Sie war gerade dabei, sich wieder aufzurichten, als Lieb um die Ecke kam.

»Oh, was ist passiert?«, eilte er ihr zu Hilfe. »Du bist gestürzt?« Er reichte ihr die Hand, half ihr auf.

Sie spürte immer noch ihren jagenden Puls, hatte Mühe, zur Ruhe zu kommen. »Es geht schon wieder.« Sie wandte die Augen von ihm ab, schaute zum Hof. Im gleichen Moment waren die Geräusche eines startenden und langsam davonfahrenden Autos zu hören. »Ein Stammkunde?«, fragte sie.

Lieb folgte ihrem Blick, nickte. »Er kommt jede Woche, manchmal zwei Mal. Eier und Brot. Das läuft wirklich gut. Sie haben heute Morgen frisch gebacken, bevor sie nach Ulm fuhren. Und Eier haben wir im Sommer meistens genug.« Er wies auf das große Gehege, lief zu ihm hin. »Seit der neue Zaun die Tiere von allen Seiten her schützt, sind es nur noch böse Menschen, vor denen sie sich fürchten müssen. Der Fuchs und der Habicht haben keine Chance mehr. Wir haben alles sorgsam befestigt.«

Claudia Steib folgte ihm zum Zaun, sah die Begeisterung in seinen Augen. Von allen Seiten her war das zufriedene Gackern der Hühner zu hören.

»So lässt sich's leben«, meinte er. »Die haben Platz.«

Sie musterte das weitläufige Areal, nickte anerkennend.

»Wir wollen unseren Tieren das Schicksal ihrer Artgenossen ersparen: Das ganze Leben über in enge Käfige eingepfercht zu sein, wo sie sich nicht bewegen können und sich vor lauter Aggression gegenseitig die Federn aus dem Leib reißen. Wenn du das einmal hast ansehen müssen, wird dir kein Ei mehr schmecken.«

»Ich weiß, wie es dort zugeht. Ich habe die Bilder jetzt noch vor Augen. Es war eine meiner schlimmsten Dokumentationen.« Die zweitschlimmste, ging es ihr durch den Kopf. Grauenvoll und unbeschreiblich, aber dennoch nicht vergleichbar mit ... Ich muss erfahren, ob er den Namen weiß, den Namen und die Adresse, sonst nichts. Alles andere ist zweitrangig ...

»Was für eine Dokumentation?«, unterbrach Lieb ihre Gedanken. Er musterte sie mit fragendem Blick, wartete auf eine Erklärung.

»Wir haben eine Reportage gedreht.« Sie hatte Mühe, sich zu konzentrieren. »Über eine Geflügelfarm samt angeschlossener Kükenbrüterei. Dass wir reinkamen, war nur dem Zufall zu verdanken. Eigentlich hatten sie uns abgesagt. Aber der Betriebsleiter war an dem Tag außer Haus, und unsere Papiere ...« Sie stockte, erinnerte sich nicht mehr genau daran, wie sie es doch noch geschafft hatten, sich Zutritt zu dem Inferno zu verschaffen. »Na ja, unsere Papiere wirkten wohl ziemlich glaubwürdig. Immerhin von einem öffentlich-rechtlichen Sender. Es war die Hölle. In meinen schlimmsten Träumen habe ich es mir nicht so grauenvoll vorgestellt.«

»Zigtausende von Tieren in einer einzigen Halle zusammengepfercht, eingezwängt, ohne Bewegungsfreiheit.«

»Genau«, bestätigte sie, »und fast überall, in jedem Käfig angenagte, kranke, kahl gerissene, verendete Hennen. Die Tiere fristen ihr Dasein in Dunkelheit und Enge. Gequälte Existenzen voller Schmerzen. Und wir profitieren von diesen Folterkammern, um weiterhin massenweise billige Nahrungsmittel zur Verfügung zu haben.«

»Genau das wollen wir vermeiden«, erklärte Lieb, auf das luftige Gehege deutend. »Und es sieht so aus, als ob immer mehr Leute unsere Arbeit honorieren. Manchmal haben wir nicht mehr genügend Eier. Die Nachfrage übersteigt zeitweise das, was wir liefern können. Vor allem im Winter.«

»Ihr bringt die Tiere dann in den Stall?«

»Je nachdem, wie sich die Temperaturen entwickeln, nehmen wir sie aus dem Gehege. Hier auf der Hochfläche der Alb ist es spätestens von November an draußen zu kalt. Unser Stall ist groß, du hast ihn gesehen. Sie haben genügend Auslauf. Wir stellen ihnen ungefähr zwei Drittel des gesamten Raumes zur Verfügung. Dort, wo die Lampen hängen. Du hast sie bemerkt?«

Claudia Steib schüttelte den Kopf. »Ich habe nicht darauf geachtet. Ihr beleuchtet den Stall?«

»Morgens ab sechs und abends bis zehn. Sonst hören sie auf mit dem Legen.«

»Sie halten Winterruhe?«

»So kannst du das formulieren, ja. Wir täuschen ihnen mit dem künstlichen Licht den ewigen Sommer vor. Das geht nicht anders.«

»Damit ihr eure Kunden das ganze Jahr über beliefern könnt.«

Er lockte den Hund, der langsam über den Hof getrottet kam, zu sich her, tätschelte ihn. »Wir müssen Jackies und unser Futter bezahlen. Sommer wie Winter.«

Der Vierbeiner ließ von ihm ab, marschierte am Zaun entlang weiter. Die Hühner in seiner Nähe verfielen in aufgeregtes Gackern.

»Euer Stammkunde«, sie wies in die Richtung des Ladens, versuchte, ihrer Frage einen möglichst beiläufigen Ton zu geben, »du kennst ihn persönlich?«

Lieb musterte sie erstaunt. »Der Mann, der gerade hier war?«

»Ja.« Sie wandte ihr Gesicht von ihm ab, um ihm nicht zu verraten, wie wichtig ihr die Antwort war. Er ist es, tobte es in ihr. Es gibt keinen Zweifel. Diese Fratze werde ich nie vergessen.

»Wieso interessiert dich das?«, fragte Lieb.

»Na, eure Kunden«, sie suchte nach Worten, die von ihrer inneren Erregung möglichst wenig verrieten, »ich dachte, ihr steht in einem besonders guten Verhältnis zu ihnen. Wenn sie extra hierher kommen, um bei euch zu kaufen.«

»Ja, das ist schon so«, erklärte er, »viele von ihnen sind uns bekannt. Mit Namen oder vom Gesicht her. Wenn sie häufig zu uns kommen.« Ihr Gesprächspartner streichelte einen großen, bunt gescheckten Kater, der sich an seinen Beinen rieb, sah zu ihr auf. »Manche erzählen dann auch von sich und ihrer Familie. So lernen wir sie natürlich kennen.« Er wandte sich wieder dem Kater zu, der mit lautem Miauen um weitere Streicheleinheiten warb. »Das ist schon besonders schön, wenn die regelmäßig wiederkommen. Wenn sie nicht so weit entfernt wohnen, ist das oft der Fall. Mit einigen sind wir inzwischen gut befreundet.«

»Eure Kunden wohnen alle in der Umgebung?« Sie streichelte den Kater, der von ihm abgelassen hatte und jetzt bei ihr um Aufmerksamkeit buhlte, wartete auf die Antwort.

»Nicht alle«, sagte Lieb. »Im Sommer kommen viele Ausflügler und Touristen. Manchmal ganze Busse voll, wenn wir Glück haben. Aber die Stammkunden wohnen irgendwo in der Nähe, ja.«

»In Heidenheim oder Göppingen?«

»Ja. Oder in Gmünd oder Aalen.«

»Und der Mann eben? Wie war sein Name?« Sie versuchte, die Frage möglichst unbefangen klingen zu lassen, mit keiner Faser ihres Körpers auch nur entfernt anzudeuten, wie wichtig ihr die Antwort war. Wichtiger als alles andere, was sie in den vergangenen Stunden besprochen hatten. Wichtiger als all die vielen Informationen, die in den letzten Wochen bei ihr eingegangen waren. So wichtig, dass sie sogar auf die neue Reportage verzichten wollte, wenn das der Preis für den Namen des Mannes war.

Atemlos lauschend nahm sie Liebs Antwort entgegen.

15. Kapitel

November

Das Neubaugebiet in Maubach, einem kleinen direkt an der S-Bahn nach Stuttgart gelegenen Vorort von Backnang, war schon von Weitem zu erkennen. Eine kaum überschaubare Anzahl gelber Kräne scharte sich um den östlichen Hang des Hügels. Wie die dünnen Beine einer gigantischen Spinne ragte ihr filigranes Flechtwerk in die Höhe. Je mehr sich Braig und Neundorf dem Areal näherten, desto deutlicher sahen sie das unregelmäßige Gemisch frisch ausgehobener Baugruben, gerade fertiggestellter Fundamente und erster, teilweise mehrere Stockwerke hochgezogener Rohbauten vor sich. Die Arbeiten in dem bis vor wenigen Jahren noch von fruchtbarem Ackerland und weitläufigen Obsthainen geprägten Gebiet waren in vollem Gang. An allen Ecken und Enden werkelten Arbeiter und Handwerker, Architekten und Vermessungsingenieure. Die Motoren unzähliger Bagger, Lastwagen und Baumaschinen brummten, Pressluftbohrer hämmerten ihr alles durchdringendes Stakkato in die Luft.

Schwalbs Sekretärin hatte ihnen die Liste mit den derzeitigen Projekten des Unternehmens kurz zuvor gemailt. Es handelte sich um drei verschiedene Baustellen, alle im Umkreis oder dem Randgebiet der Landeshauptstadt gelegen.

»Wir betreiben ausschließlich Wohnungsbau«, hatte die Frau auf Braigs fernmündliche Nachfrage hin betont. »Ein-, Zwei- und Mehrfamilienhäuser. Darauf sind wir spezialisiert.«

»Wie weit sind Sie mit dem Baufortschritt?«

»Das ist unterschiedlich«, war ihre Antwort. »In Möhringen finden Sie noch nicht viel. Da sind wir erst seit ungefähr zwei Monaten tätig. Aber in Maubach und auf den Fildern stehen schon die Rohbauten, erste Einheiten dort sind verkauft.«

Braig und Neundorf hatten die Adressen sofort an die Kollegen der Schutzpolizei durchgegeben, um die Baustellen gründlich auf eventuelle Spuren eines dort versteckten Kindes untersuchen zu lassen. Weil ihnen Eile geboten schien, waren sie übereingekommen, sich zusätzlich auch selbst auf den weiter fortgeschrittenen Baugeländen umzusehen. Ohne lange zu zögern, hatten sie sich sofort auf den Weg gemacht, nur unterwegs bei einem Bäcker vier Butterbrezeln und zwei Becher Kaffee besorgt.

Schwalbs Neubaukomplex in Maubach thronte fast genau auf der höchsten Erhebung des Hügels. Ein großes Werbeplakat wies schon von Weitem darauf hin. *Himmlische Wohnträume für Menschen von heute.*

»Himmlische Wohnträume«, knurrte Neundorf, als sie den Wagen abgestellt hatten und auf die Häuser zuliefen, »der kann sein Maul auch nicht weit genug aufreißen.«

Das Gelände war mit Pfützen, schlammigen Passagen sowie Steinen und Baumaterialien übersät. Sie querten das Areal wie Haken schlagende Hasen, versuchten, die *Himmlischen Wohnträume* einigermaßen unbeschadet zu erreichen. Wie es aussah, bestand Schwalbs Komplex aus zwei größeren Gebäuden mit jeweils sieben oder acht Wohnungen, die nach Osten beziehungsweise Südosten ausgerichtet nebeneinanderstanden. Über den Rohbau waren sie noch nicht hinausgekommen, durchsichtige Plastikplanen ersetzten nur notdürftig die fehlenden Türen. Arbeiter oder sonstige Beschäftigte waren nirgends zu sehen, nur kleine Verbotsschilder warnten vor dem unbefugten Betreten der Anlage.

Braig und Neundorf teilten sich die beiden Häuser, überprüften sämtliche Räume auf ein potentielles Versteck, vergeblich. Einzig der Ausblick aufs Umland lohnte den Weg in die Höhe. Die Nebelfelder der Morgenstunden hatten sich aufgelöst, die verhalten aufleuchtenden Strahlen der Novembersonne tauchten die Landschaft in ein mattes Licht. Braig musterte die hügelige Umgebung, sah die Bergkette des Schwäbischen Waldes, die sich rings um die weitläufige Backnanger Bucht erhob.

»Der Bauwagen, was ist mit dem?«, hörte er die Stimme seiner Kollegin aus dem Nachbargebäude.

Er folgte ihrem Fingerzeig, sah das kleine, blaue Gefährt an der rückwärtigen Front des Gebäudekomplexes stehen. Er nickte Neundorf zu, kämpfte sich die ungeschliffenen Stufen abwärts. Sie kamen fast gleichzeitig unten an, näherten sich, vorsichtig die Pfützen und Schlammpassagen umrundend, dem Bauwagen.

Braig lauschte an der Tür, glaubte ein Geräusch zu hören. Ein leises Jammern?

Er legte den linken Zeigefinger über die Lippen, winkte seiner Kollegin, wies aufs Innere. »Hörst du das auch?«, flüsterte er.

Sie trat näher, konzentrierte sich auf das alte Gefährt, legte die Stirn in Falten. »Was meinst du?«, fragte sie betont leise.

»War da nicht so eine Art ... leises Jammern?«

Neundorf drückte ihr Ohr an die Tür, verharrte mehrere Sekunden in der Position. »Tut mir leid«, erklärte sie dann. »Ich ...« Sie lauschte schweigend, schüttelte dann den Kopf.

Braig ballte seine Hand zur Faust, klopfte an die Tür. »Hallo, öffnen Sie bitte. Wir möchten mit Ihnen sprechen.« Er blieb ruhig, wartete auf eine Reaktion. »Wir sind von der Polizei«, setzte er dann hinzu. Außer dem an- und abschwellenden Baulärm aus der Umgebung war nichts zu vernehmen.

Neundorf drückte die Klinke, rüttelte an der offensichtlich verschlossenen Tür. »Wir versuchen es mit meiner Methode.« Sie griff in ihre Tasche, zog ein kleines Messer mit verschiedenen Klingen hervor, machte sich am Schloss zu schaffen. Drei, vier Versuche, dann war das charakteristische Klacken zu hören. Sie steckte das Messer wieder weg, zog vorsichtig die Tür nach außen. Langsam, wie in Zeitlupe schob sie den Kopf ins Innere.

»Nichts«, hörte Braig ihre Stimme, sah sie kopfschüttelnd zurücktreten. »Überzeuge dich selbst.«

Er kletterte in den Bauwagen, musste sich nicht lange umschauen. Bretter, Schaufeln, eine Schubkarre, nichts als Arbeitsmaterialien. Er lief bis zur Rückwand des Gefährts, konnte nirgendwo Platz für einen eventuellen Hohlraum entdecken.

»Das war's dann wohl, oder?«, fragte Neundorf.

Er nickte, stieg wieder aus dem Wagen, hörte sein Handy läuten. Er zog das Gerät aus der Tasche, nahm das Gespräch an.

»Oh, Herr Hauptgommissar, ich wollte mich nur erkundigen, wie es mit den Ermittlungen steht. Die Frau Schmeckenbecher hat gerade angefragt.«

»Ach, Sie, Frau Prießnitz. Wieso sind Sie im Amt? Ich dachte …«

Die Antwort der Frau ließ wenige Sekunden auf sich warten. »Nu ja«, erklärte sie dann, »die Festividädn warn vorbei. Und anschließend gabs so kleene leckere Köstlichkeitn. Ooch, ich darf überhaupt nicht dran denkn, sonst läuft mir das Wasser im Mund zusammn. Verzeihn Se bitte.«

»Wie? Sie haben die Gelegenheit nicht wahrgenommen und ordentlich zugeschlagen? Als kleine Entschädigung für das langatmige Geschwafel vorher?«

»Ooch, Herr Hauptgommissar, Sie kenn doch mein größtes Probläm. Ich bin doch gerade auf Diät.«

»Schon wieder?«, war es Braig herausgerutscht. Er hätte sich ob seiner wenig galanten Reaktion selbst ohrfeigen können, war sich jedoch keiner Zeitspanne bewusst, während der die recht korpulente Frau nicht irgendeine Diät praktizierte.

»Ja, aber diesmal ist es was ganz Besonderes. Variations-Diät«, erklärte sie mit einem Unterton von Stolz, »fast dreihundert Gramm in fünf Dachn weniger, was sachn Se nu?«

»Hervorragend. Aber deswegen haben Sie auf all die guten Snacks verzichtet?«

»Nu ja, dafür gibt's heute Abend 'ne gude Möhrensubbe.«

Wasser mit Gelberüben-Geschmack, überlegte Braig, vielen Dank, darauf kann ich verzichten.

»Heute ist nämlich mein Subbendach«, fügte Mandy Prießnitz hinzu.

»Ihr Suppentag?«

»Ja«, antwortete die Frau, »heute gommt nur Subbe aufn Disch, sonst gar nischt. Das ist ja das Besondere an der Variations-Diät. Jeden Dach gibt's nur eene Sorde Essen.«

»Aha«, murmelte Braig, »jeden Tag Suppe.« Wenn sie bereit ist, sich das anzutun, überlegte er. Bitte, ich will ihr nicht im Weg stehen. Solange ich nicht mitmachen muss.

»Doch nicht jeden Dach!«, widersprach sie mit kräftiger Stimme. »Ich bin doch nicht meschugge, mich jeden Dach mit Subbe abzufüllen.«

»Ja, was dann?«

»Jeden Dach ne andere Sorde Essen, sach ich Ihnen doch, Herr Hauptgommissar. Gestern gabs zum Beispiel nur Salad. Grienen Salad, ums genau zu sachn. Und vorgestern war Kardoffeldach, wenn Sie verstähn?«

»Wie bitte? Vorgestern haben Sie nur Kartoffeln gegessen? Zum Frühstück, zum Mittagessen, am Abend?«

»Genau so. Ne wunderbare Sache. Das wirkt! Dreihundert Gramm in fünf Dachn, das müssen Se erscht mal nachmachn, sach ich Ihnen. Jeden Dach ne andere Sorde Essen und immer so viel davon wie Sie wolln! Morgen sind Nudeln dran. Und übermorgen Fleisch. Und wissen Se, auf was ich mich schon ganz besonders freue?«

»Keine Ahnung«, gestand Braig.

»Auf den Samsdach. Und wissen Se, warum?«

»Na ja, das ist nicht schwer zu erraten. Sie haben frei am Wochenende.«

»Doch nich deswächn, Herr Hauptgommissar. Sie wissen doch, dass ich gärne zur Arbeit gomme!«

»Ja, schon.« Es gab Leute mit dieser verrückten Einstellung, war er sich bewusst, sogar bei ihnen im Amt. »Aber, weswegen ...«

»Am Samsdach ist Guchndach, verstähn Se, Herr Hauptgommissar? Da darf ich den ganzen Dach Guchn essen, ist das nich wunderbar?«

Kuchen essen als Teil einer Diät? Braig wusste nicht, was er davon halten sollte, hatte Kuchen und sonstige Süßspeisen bisher nur als diätunverträgliche Kalorienbomben eingeschätzt. Und jetzt sollte der Genuss von Kuchen zur Gewichtsabnahme führen? Welchem Scharlatan war seine Gesprächspartnerin da auf den Leim gegangen?

»Also, ich freue mich heute schon auf den Samsdach.«

Er hörte die Begeisterung in ihrer Stimme, hielt seine Kritik zurück. Stattdessen lenkte er von dem Thema ab und erkundigte sich höflich nach dem Verlauf der Preisverleihung.

»Ja, da ham schon so 'n paar verschiedene Leute gesprochn. Aber fragen Se mich nicht, wer genau. Lauder wichtige Bersönlichkeitn hald.«

»Die üblichen Sprücheklopfer«, frotzelte er.

»Das ham jetzt aber Sie gesaacht.«

»Und Sie haben es nicht still und heimlich gedacht? Die ganze Zeit, während all der vielen Reden? Und nur aus reiner Höflichkeit anders formuliert!«

»Nu, Sie sind mir vielleicht eener!«

Er konnte sich die Frau gut vorstellen, wie sie jetzt mit verlegener Miene nach beschwichtigenden Worten suchte. »Sie können es ruhig zugeben!«, setzte er hinzu. »Mir gegenüber.«

Sie hatte sich etwas Zeit gelassen, dann vorsichtig zwei Antwortsätze formuliert: »Nu ja, ich genne Sie ja inzwischen een bischen, Herr Hauptgommissar und ich weeß ooch, was für een gomischer Mensch das ist. Der Herr Oberstaatsanwalt, meene ich.«

Braig musste ein zustimmendes Lachen unterdrücken.

»Aber wissen Se, wenn ich ährlich bin: Irschendwie fand ichs oochmal wieder schön, diese feierlichen Reden, die gut angezogenen Leute und das ganze Brimborium drum herum zu erläbn. Nicht weil ich den Mann so gerne hätte, nee – eenfach fürs Gemüt. Gönn Se das verstähn?«

Ob er das verstehen konnte? Braig kam nicht mehr dazu, auf den Gedankengang seiner Gesprächspartnerin einzugehen, weil Neundorf zum Verlassen der Baustelle drängte. Er folgte seiner Kollegin mit vorsichtigen Schritten an den unzähligen Pfützen vorbei zu ihrem Fahrzeug, bat Frau Prießnitz, ihn mit Maria Schmeckenbecher zu verbinden. »Deswegen rufen Sie doch an?«, vergewisserte er sich.

»Ja, das habe ich Ihnen doch grade mitgedeilt, Herr Hauptgommissar.«

Er verabschiedete sich von ihr, nahm neben Neundorf Platz und schnallte sich fest. Seine Kollegin startete gerade das Auto, als er die Stimme seiner Chefin am Ohr hatte.

Maria Schmeckenbecher klang besorgt. »Söderhofers Party zieht nicht länger«, erklärte sie, »das Schicksal der kleinen Elena steht jetzt ganz oben. Wie ich höre, laufen unsere Telefone heiß. Ich verstehe nicht, wieso sich die Entführer noch nicht gemeldet haben. Irgendwann müssen die doch ihre Forderungen mitteilen! Haben wir überhaupt nichts Neues?«

»Tut mir leid. Katrin und ich überprüfen gerade die Baustellen Schwalbs. Wir können nicht ausschließen, dass der Mann mit der Sache zu tun hat und wollen uns selbst davon überzeugen, dass er das Kind dort nicht irgendwo versteckt hat. Zwischen 18 und 20 Uhr gestern Abend klafft bei dem eine Lücke. Er war definitiv nicht mit seinem Architekten zusammen. Und gegen 19.30 Uhr wurde sein Auto in der Nähe des Tatorts als Unfallverursacher erfasst. Das ist genau die fragliche Zeit. Ich habe Aupperle in die Wohnung des Mannes geschickt, warte auf seinen Bescheid wegen des Schuhabdrucks, und Knudsen ...«

»Ja, ich weiß Bescheid. Er ist immer noch auf der Alb bei den Nachbarn der Leitners unterwegs ... Inzwischen ist die Sache mit dem in Brand gesteckten Wagen durchgesickert. Das ist fatal. Es puscht alles noch mehr auf. Stell dir nur den Shitstorm vor, der auf uns zukommt, wenn wir nicht bald etwas vorweisen können. Die reden schon von sadistischen Gewalttätern ...«

»Da liegen sie ja auch keineswegs daneben, oder? Das Auto, in dem das Kind entführt wurde, anzünden und samt einem Hund über die Klippe jagen, um den Anschein zu erwecken, das Kind sei verbrannt ... Ich will mir den Gemütszustand der Eltern erst gar nicht vorstellen. Wenn irgendwelche Typen uns mit unserer Ann-Sophie so etwas antun würden, ich würde wahnsinnig. Wir haben es wirklich mit außergewöhnlich skrupellosen Verbrechern zu tun. Manchmal frage ich mich nur noch, ob der Wahnsinn, zu dem Menschen fähig sind, überhaupt keine Grenzen kennt.« Braig schwieg, sah den kritischen Blick, mit dem Neundorf ihn von der Seite her musterte.

»Grenzen des Wahnsinns?«, nahm Maria Schmeckenbecher seine Gedanken auf. »Nein, die gibt es nicht. Denke nur an diese Show im französischen Fernsehen. Dieses moderne

Milgram-Experiment. Oder hast du die etwa vergessen?« Sie ließ ein sarkastisches Lachen hören. »Nein. Wir sind zu allem fähig.«

Er steckte das Handy weg, schaute nach vorne, wo ein dunkler Audi gerade in waghalsiger Manier zum Überholen einer fast unübersehbaren Fahrzeugkolonne ansetzte.

»Sollen wir das Schwein aus dem Karren holen?«, fragte Neundorf.

Braig, die von seiner Chefin erwähnte Fernsehshow reflektierend, schüttelte abwehrend den Kopf. Er war im Moment nicht darauf erpicht, sich auf eine Auseinandersetzung mit einem verantwortungslosen Egomanen einzulassen, so sehr das im Sinne der Unversehrtheit der anderen Verkehrsteilnehmer auch geboten schien. Die Gedanken an das im Fernsehen gezeigte Verhalten unzähliger Menschen hatten ihn zu sehr im Griff.

Die Aufzeichnung der Show des zweiten französischen Fernsehkanals aus dem Jahr 2010 war ihm erst vor wenigen Tagen in die Hände gelangt. Er hatte sie sich gemeinsam mit seiner Partnerin angesehen, die DVD daraufhin an Neundorf und seine Chefin weitergereicht. Der französische Regisseur Christophe Nick hatte Kandidaten für eine neue Spielshow gesucht und achtzig Leute, einem Querschnitt der Bevölkerung gemäß ausgewählt. Ihre Aufgabe war es, einen an einen Stuhl gefesselten und an elektrische Drähte angeschlossenen Studenten zum Verstehen bestimmter Begriffe anzuleiten und anschließend seinen Lernerfolg zu testen. Unterliefen ihm dabei Fehler, sollten die Kandidaten ihn mit Stromschlägen von 20 bis 460 Volt bestrafen, um ihn zu besserer Konzentration zu veranlassen.

Braig erinnerte sich mit Grauen an den Verlauf dieser Show. Ein Kandidat nach dem anderen versuchte den ihm zugeteilten Studenten unter Anleitung einer Moderatorin und an- und abschwellendem Beifall des Publikums zum Lernerfolg zu trainieren: Erklären des Begriffs, Überprüfung der Lernleistung, Stromstöße bei nachlassender Konzentration.

Welche Schmerzen diese Bestrafungsaktionen verursachten, war deutlich zu sehen und zu hören: Schon bei niedrigen Gaben schrien die betroffenen Studenten laut auf. Die meisten Kandidaten ließen sich davon jedoch nicht beeinflussen. Unter den aufmunternden Worten der Moderatorin und begeistertem Klatschen des Publikums schöpften sie einen großen Teil der Palette der Strafmaßnahmen aus. Obwohl die Studenten vor Schmerzen jammerten und händeringend darum bettelten, die Prozedur zu beenden, verabreichte ihnen die überwiegende Mehrheit der Kandidaten Stromschläge aus der höchsten Kategorie. Und – wie Braig fassungslos verfolgt hatte – achtzig Prozent der Akteure ließen sich nicht davon abhalten, den bereits leblos in ihren Stühlen hängenden Belehrten auch noch die maximale Bestrafung von 460 Volt zu verabreichen.

Natürlich handelte es sich bei den Studenten in Wirklichkeit um Schauspieler und bei den verabreichten Stromschlägen um bloße Simulation. Doch keinem der ausgewählten Kandidaten war das bekannt. Alle hatten im Bewusstsein realen Geschehens gehandelt.

Christophe Nicks Absicht war es auch nicht, ein neues Show-Format zu entwickeln. Der Regisseur hatte vielmehr die Manipulationsmöglichkeiten moderner Massenmedien darlegen wollen, was ihm voll geglückt war.

Braig war sich bewusst, dass der Mann auf die Erkenntnisse Stanley Milgrams zurückgegriffen hatte. Er erinnerte sich noch genau daran, wie sie sich im Studium die Köpfe über die Experimente des amerikanischen Psychologen zerbrochen hatten und wie nahe es ihm gegangen war, als er die

Konsequenz dieser Forschungen zum ersten Mal voll begriffen hatte. Seine grundsätzliche Einschätzung des menschlichen Charakters, ja, sein gesamtes Weltbild war ihm zu Bruch gegangen. Tagelang hatte er die Erkenntnisse Milgrams als einseitige, menschenverachtende Interpretationen eines irregeleiteten Wissenschaftlers abzutun versucht, bis ihm endlich klar geworden war, in welch eklatantem Ausmaß die Ergebnisse dieser Experimente mit allzu vielen Geschehnissen auf dieser Welt korrespondierten: Ein überraschend großer Teil der Menschen, so hatten es Milgram und Hunderte ähnlicher Forschungsreihen belegt, war unter bestimmten Umständen bereit, anderen immensen Schaden zuzufügen, ja sogar, sie zu töten, ohne dass ihnen diese Personen selbst etwas getan hatten.

Ähnlich wie Jahrzehnte später in der Aufzeichnung des französischen Fernsehens hatte der amerikanische Psychologe erstmals 1961 Menschen aus allen Bevölkerungsschichten – darauf hatte er bei seinen Experimenten eigens geachtet – in der Funktion eines Lehrers tätig werden lassen: Schüler zu unterrichten, sie zu testen und ihnen bei schlechten Ergebnissen Strafen in der Form von Stromstößen zu verabreichen, war ihre Aufgabe. Dass es sich bei den als Schüler fungierenden Personen ausschließlich um Schauspieler handelte und sie, die »Lehrer«, die eigentlichen Testkandidaten waren, hatte ihnen niemand verraten.

Dass Milgram ursprünglich der Frage nachging, wie es im Nazi-Deutschland zum unvorstellbaren Massenmord an Juden und anderen Verfolgten hatte kommen können, spielte dabei keine Rolle. Entscheidend war allein die Tatsache, dass eine große Mehrheit aus allen Bevölkerungsschichten, sowohl Männer als auch Frauen besonders unter dem Einfluss vermeintlicher Autoritäten zur Ausübung brutalster Gewaltakte bereit war.

»Was macht dir zu schaffen?«, hörte er die Stimme seiner Kollegin. »Die Entführung des Mädchens?«

Braig schrak aus seinen Gedanken, wandte sich ihr zu. »Und der Sadismus der Täter«, setzte er hinzu.

»Das Auto in Brand stecken und mitsamt einem Tier den Abhang hinunterjagen.«

Er verzichtete auf eine Antwort, nickte kaum merklich.

»Das ist eine neue Dimension«, stimmte sie ihm zu. »Es gibt wirklich keine Grenzen mehr. Wenn es die je gab.«

Braig starrte einem Motorradfahrer hinterher, der sie mit irrsinnigem Tempo überholt hatte. »Ich denke nur an Ann-Sophie.«

»Sie ist im gleichen Alter.«

»Dreieinhalb.«

»Mir ginge es mit Johannes auch nicht besser. Trotz seiner dreizehn Jahre.«

»Die Eltern werden sich nicht so schnell davon erholen. Selbst wenn wir die Kleine finden«, sagte er.

»Lebendig«, fügte Neundorf hinzu.

»Lebendig, ja.«

»Ich würde mir die Schweine vorknöpfen. Wenn sie mir Johannes …« Sie brach mitten im Satz ab, konzentrierte sich auf den Verkehr.

Braig sah, dass sie von der Fahrbahn abbog und sich der Beschilderung zufolge Richtung Ostfildern einfädelte. »Du würdest sie dir vorknöpfen?«, fragte er.

Seine Kollegin gab keine Antwort. Sie passierten eine große, stark befahrene Kreuzung, sahen in der Ferne die schroff ansteigende Silhouette der Schwäbischen Alb, davor ein startendes Flugzeug.

»Die würde ich mir persönlich vorknöpfen«, bekräftigte Neundorf nach einer Weile. »Genau. Die kämen kein zweites Mal auf die Idee, ein Kind zu entführen. Die kämen zu überhaupt gar nichts mehr. Das kann ich dir garantieren.« Sie warf ihm einen kurzen Blick zu, schaute wieder nach vorne. Ein breiter LKW versperrte die Fahrbahn.

»Hoffentlich finden wir das Kind«, sagte er. »Lebendig.« Er wollte sich nicht auf eine Diskussion über gerechte Strafen, Vergeltung und persönliche Rache einlassen, hatte keine Lust, sich von hitzigen Emotionen die Sinne vernebeln zu lassen. Was sie jetzt benötigten, waren kühle Köpfe und ein klarer Verstand, sonst hatten sie nicht einmal den Ansatz einer Chance, das Mädchen aufzuspüren und die Entführer festzusetzen.

»Wir werden sie kriegen«, hörte er Neundorfs Stimme, »das darf nicht ungestraft bleiben.« Sie hatte den Lastwagen mit einem weiten Schlenker umfahren, das kleine Baugebiet wenige Hundert Meter dahinter erreicht. Eine unübersehbare Ansammlung dunkler Limousinen, normaler Pkws und einiger weniger Baufahrzeuge versperrte die Zufahrt. »Liebe Leute, was ist denn hier los!«, maulte sie. »Das sieht aber nicht nach unseren Kollegen aus.«

»Nein, die haben wohl noch nicht genügend Leute beisammen, das Areal zu durchkämmen. Wir gehen den Rest zu Fuß«, schlug er vor. »Schwalbs Häuser können nicht mehr weit entfernt sein.«

Sie parkten das Auto unmittelbar hinter einem großen, schwarzen Daimler, hörten die von Lautsprechern verstärkte Stimme schon beim Aussteigen. Irgendwelche Parolen von Fortschritt, Weitsicht und Verantwortung.

Braig kämpfte sich durch die Lücken zwischen den Fahrzeugen, sah den Kranz neu errichteter Gebäude um sich herum. Große, unförmige Klötze mit auffälligen Metall- und Kunststofffronten in schrillen Farben, zwei Dutzend in einheitliches Grau gewandete, würfelähnliche Einfamilienhäuser drum herum. Ihnen benachbart mehrere Plakatwände,

Baucontainer und eine große Anzahl des fehlenden Windes wegen schlaff von ihren Masten baumelnder Fahnen.

»Welcher Vollidiot hat diesen Scheißdreck zu verantworten?«, schimpfte Neundorf. »Ich kann nicht hinschauen. Allein der Anblick tut weh.«

Braig musterte die Umgebung, kam nicht umhin, seiner Kollegin zuzustimmen. Das Gemisch aus schrill bemaltem Kunststoff und auf Hochglanz lackiertem Metall wirkte allein schon abstoßend genug. In Verbindung mit den in die Umgebung verteilten, mausgrauen Einfamilienhauswürfeln aber steigerte sich das ganze Ensemble zu einem potthässlichen, jedem menschlichen Wohlgefühl abholden Siedlungsbrei. Hier leben oder auch nur arbeiten zu müssen, kam einer Verbannung ins tiefste Sibirien gleich.

»Zum Kotzen!«, maulte Neundorf. »Der Architekt gehört weggesperrt. Lebenslänglich!«

Sie erreichten einen kleinen Innenhof, sahen eine bunte Ansammlung von Frauen und Männern, einem mit Anzug und Schlips bekleideten Redner auf einer kleinen Tribüne lauschend. Braig blieb stehen, bemerkte ein gutes Dutzend Krawattenträger in den vorderen Reihen. Die von mehreren Lautsprechern verstärkten Worte des Mannes schallten ohrenbetäubend laut über das Gelände.

»Dieses Projekt ist alternativlos. Allein unserer Weitsicht, allein unserer Beharrlichkeit, allein unserem Durchsetzungsvermögen ist es zu verdanken, dass wir heute hier stehen und diese großartigen Gebäude in Augenschein nehmen dürfen. Hätten wir uns nicht so aufopfernd engagiert, hätten wir nicht all unseren politischen Einfluss geltend gemacht, wäre es nie zu diesem neuen, lassen Sie es mich so formulieren, kleinen, aber feinen Stadtteil gekommen. Politische Weitsicht, verbunden mit unternehmerischer Tatkraft und architektonischer Meisterleistung haben uns erneut gezeigt, dass wir das Feld nicht den Ewiggestrigen überlassen, sondern tapfer, jeder an seiner Stelle, für unsere Zukunft kämpfen müssen. Unzählige neue Arbeitsplätze wurden hier durch uns realisiert. Dieses Projekt, lassen Sie mich das betonen, ist alternativlos! Wann begreifen wir endlich ...«

Braig kam nicht dazu, zu erfahren, was er begreifen sollte, weil er Neundorfs heftiges Winken im Eingangsbereich eines der würfelähnlichen Einfamilienhäuser bemerkte und sich eilig zu ihr aufmachte. Die Stimme des Mannes war jetzt nur noch gedämpft zu vernehmen.

»Alternativlos! Wenn ich das schon höre! Der typische Jargon von Vertretern der organisierten Kriminalität«, schimpfte sie und zeigte ins Innere des Hauses, dessen Eingang nur von einem behelfsmäßig errichteten Türersatz aus mehreren zusammengenagelten Brettern geschützt wurde. »Hier, das habe ich auf der Flucht vor diesem dämlichen Geschwalle entdeckt.« Sie hatte die Bretter bereits zur Seite geschoben, leuchtete mit einer Taschenlampe in die vorderen Räume.

Braig bemerkte die Matratze sofort. Sie lag auf dem blanken Boden, jeweils an einer Schmal- und einer Breitseite von Wänden begrenzt. Am Stirnende der Matratze eine alte dicke Decke, unmittelbar daneben ein Becher und zwei Teller, beide unübersehbar benutzt.

»Da hat jemand campiert, wie mir scheint.« Sie durchsuchten die restlichen Räume, fanden keine weiteren Hinweise auf die Anwesenheit eines oder mehrerer Menschen.

»Der Kasten wurde von Schwalb gebaut?«, erkundigte er sich.

Neundorf wies zum Eingang. »Hast du das Plakat nicht bemerkt?«

Braig lief nach draußen, umrundete den mausgrauen Würfel, sah Schwalbs Werbung vor sich. *Himmlische Wohnträume für Menschen von heute.*

»Unsere Energie und unsere Tatkraft bilden das Fundament, dem wir unseren wirtschaftlichen Erfolg zu verdanken haben«, schallte es vom Innenhof der Anlage her, »ohne uns keine Zukunft.«

»Die gleichen Lügen, wie gewohnt«, meinte Neundorf.

Braig wusste nicht, ob sie das Plakat oder die Worte des Politikers gemeint hatte, musterte die riesige, quer über die Front eines der mehrgeschossigen Gebäude gespannte Folie, die für den Erwerb von Büros und Wohnungen in einem der umliegenden Häuser warb.

»Damit scheint Schwalb nichts zu tun zu haben«, sagte er, auf den Namen der Firma am unteren Rand der Folie weisend. »Wir sollten uns die Gebäude sicherheitshalber aber trotzdem anschauen.«

»Zuerst die Würfel, dann die größeren Blöcke«, stimmte Neundorf ihm zu.

Sie verteilten sich in beide Richtungen, kämmten einen Neubau nach dem anderen durch. Die Ansprache des Politikers hatte immer noch kein Ende gefunden, je nach Lage des jeweiligen Hauses schallten Satzfetzen ohrenbetäubend laut oder gedämpft über das Gelände.

»... Fortschritt statt Steinzeit ...«

»... gegen die Ewiggestrigen ...«

»... das ist alternativlos ...«

Braig versuchte, sich nicht von dem immer gleichen inhaltslosen Gebläxe vereinnahmen zu lassen, betrat einen der höheren Betonklötze. Die in Teilbereichen mit Glas- und Metallfronten ausgestattete Außenwand des Gebäudes schirmte den Lärm nur unzureichend ab. Er hatte Mühe, sich auf die Suche nach Hinweisen auf den Aufenthaltsort eines Menschen zu konzentrieren. Im Innenbereich des mehrgeschossigen Hauses hatte man die Arbeit noch nicht aufgenommen, lediglich der Estrich war weitgehend sauber und ohne Mängel verlegt. Braig durchsuchte Gebäude um Gebäude, kämpfte sich unter dem an- und abschwellenden Lärm der Lautsprecher von einem Stockwerk zum anderen. Die Hinterlassenschaften der Bauarbeiter waren nicht zu übersehen: Leere Plastikflaschen, Ansammlungen von Zigarettenkippen, Konservendosen mit angeschimmelten Resten des ursprünglichen Inhalts, alte, zerrissene Kleidungsstücke und – schon von Weitem zu riechen – menschliche Exkremente, fein säuberlich ins Eck eines großzügig geschnittenen Raumes platziert. Handelte es sich um die unappetitliche Hinterlassenschaft eines Menschen, der hier irgendwo in den noch leeren Gemächern versteckt gehalten wurde?

Braig suchte die übrigen Räume und die darüber gelegenen Stockwerke ab, fand keinerlei weitere Hinweise, die den Verdacht bestätigten. Nein, falls Schwalb das Mädchen irgendwo versteckt hielt, hier auf keinen Fall. Er folgte den holprigen Stufen abwärts, trat ins Freie. Der Lärm der Lautsprecher prasselte in fast unerträglichem Ausmaß auf ihn ein. Er sah Neundorf vom Eingang eines der anderen Gebäude her winken, lief auf seine Kollegin zu. Im gleichen Moment spürte er das Vibrieren seines Mobiltelefons. Er blieb stehen, drehte sich zur Seite, um dem Lärm etwas zu entgehen, nahm das Gespräch an.

Aupperle war am Apparat. »Die Abdrücke passen nicht«, erklärte der Mann. »Die Schuhe, die wir in der Wohnung Schwalbs aufgabelten, haben alle …«

Braig hatte Mühe, den Kollegen zu verstehen, weil die Stimme aus dem Lautsprecher alles übertönte. »Wie bitte?«, hakte er nach. »Kannst du das wiederholen?«

»Ja. Die Schuhe haben alle Größe 40 oder 41. Sie sind also um einiges kleiner als die vom Waldparkplatz. Auch die Einkerbungen von dort waren nirgends zu finden.«

»Das klingt nicht gut.«

»Nein. Trotzdem ist der Typ damit nicht außen vor. Er kann ...«

»Was kann er?«, rief Braig. »Ich verstehe dich nicht.«

»Ich sagte, er kann Komplizen haben«, wiederholte Aupperle.

»Auf jeden Fall. Allein wird er das nicht durchgezogen haben.«

»Außerdem ist nicht geklärt, dass der Abdruck auf dem Parkplatz wirklich von einem der Entführer stammt. Oder täusche ich mich da?«

»Nein«, gab Braig zu. »Das ist reine Spekulation. Die Frau erwähnte eine Pfütze, in die sie beim Aussteigen aus ihrem Wagen getreten sein will, und deswegen...«

»Ja, das ist mir bekannt«, fiel Aupperle ihm ins Wort. »Aber, wie gesagt: Von Schwalb stammt der wohl nicht. Es sei denn, der Mann trug ...«

»Was trug er?«, fragte Braig. Er verwünschte den Politiker, dessen großspurige Parolen unverändert laut über das Gelände schallten.

»Was ist denn bei dir los?«, fragte Aupperle. »Wer schreit denn da so im Hintergrund?«

»Was weiß ich. Irgend so ein Politschwaller. Wir untersuchen Schwalbs Neubauten. Da findet wohl gerade so eine Art Richtfest statt.«

»Na, dann viel Vergnügen mit dem Labersack. Was ich sagen wollte: Es könnte ja sein, dass Schwalb bei der Entführung ausnahmsweise größere Schuhe trug.«

»Weshalb denn? Um uns zu foppen? Ich denke, wenn er es wirklich war, hatte er in dem Moment andere Probleme.«

»Ja, klar. Das scheint mir genauso. Ich fürchte, ihr müsst euch anderweitig umsehen.«

Braig bedankte sich für die Information, folgte seiner Kollegin, die hinter einem der Gebäude verschwunden war. Er trat um die Ecke, sah sie zwischen einer Ansammlung alter Bauwagen knien.

»Was machst du da?«, schrie er gegen den Lautsprecherlärm auf sie ein.

Neundorf machte sich an einem grauen Schaltkasten zu schaffen, wandte sich nur kurz zu ihm um. »Ich bin Kriminalbeamtin«, brüllte sie. »Ich bin beruflich verpflichtet, einzuschreiten, wenn Leute systematisch belogen werden.« Sie griff nach einem Kabel, zog es aus dem Stecker, warf es in eine mit Wasser gefüllte Tonne.

Die abgedroschenen Parolen des Politikers, der zum wiederholten Mal über irgendeine angebliche Alternativlosigkeit schwadronierte, hingen wie ätzende Giftwolken in der Luft, als plötzlich Ruhe einkehrte. Absolute Stille, nicht ein Windhauch war zu vernehmen.

»So. Wir können gehen«, meinte Neundorf. »Du hast nichts entdeckt, nehme ich mal an.«

Sie verließen das Baugelände auf dessen rückwärtiger Seite, liefen zu ihrem Wagen. Von Weitem war ein ganzer Pulk von Polizeifahrzeugen zu hören, der sich dem Areal näherte, sonst herrschte wohltuende Ruhe.

»Ich habe nichts entdeckt, was auf den zeitweiligen Aufenthaltsort eines Menschen schließen lässt«, sagte er, als sie Platz genommen und sich in den Verkehr auf der nahen Hauptstraße eingefädelt hatten, »mit Ausnahme einer zutiefst menschlichen Hinterlassenschaft. Aber die stammt wohl von einem Arbeiter, der es eilig hatte. Wie sieht es bei dir aus?«

»Na ja, die Matratze. Wir müssen abwarten, ob die Kollegen irgendwelche Spuren entdecken. Hoffentlich gehen sie gründlich vor. Genügend Leute scheinen es ja zu sein.«

»Aupperle hat angerufen. Der Abdruck stammt wahrscheinlich nicht von Schwalb. Die Größe und die Profile weichen zu stark voneinander ab.«

Neundorf seufzte laut. »Was tun wir, wenn sich wirklich nichts ergibt?«

»Ich muss endlich mit Schwalb sprechen. Hoffentlich ist der bald wieder bei Bewusstsein. Vielleicht bringt uns das weiter. Wenn der aber nicht so schnell zu sich kommt ...«

»Ich kümmere mich um diesen Strackner, den ich heute Morgen nicht erreichen konnte. Gegen 15 Uhr wollte der von Düsseldorf zurück sein. Das müsste jetzt klappen. Könntest du nicht zu den Eltern des Mädchens fahren? Vielleicht ist ihnen inzwischen doch noch jemand eingefallen, der mit der Entführung zu tun haben kann.«

»Darüber habe ich auch schon nachgedacht«, meinte Braig. »Ich werde sofort anrufen, ob sie sich zu einem weiteren Gespräch imstande fühlen.«

16. Kapitel

Das Haus der Familie des entführten Mädchens lag am Rand des Ludwigsburger Vororts Hoheneck, nicht weit vom östlichen Saum des an dieser Stelle geradlinig von Nord nach Süd verlaufenden Favoriteparks entfernt. Die Harttvallers wohnten in einem der wenigen älteren Einfamilienhäuser, die noch nicht erweitert, umgebaut oder zugunsten eines profitträchtigeren Eigentumswohnungsblocks abgerissen worden waren. Ein im Moment vom tristen Anblick des Novembers gezeichneter Garten umgab das Anwesen. Kahle Büsche und Sträucher, auch der Obstbaum hatte fast alle Blätter verloren. Ein buntes Keramikmotiv unmittelbar neben der Haustür hieß die Besucher willkommen. *Hier wohnen Nele, Elena und Daniel Harttvaller.*

Braig drückte auf die Klingel, hörte den Gong im Inneren des Hauses erschallen. Er hatte sich telefonisch angemeldet und dabei von seinen Kollegen erfahren, dass immer noch keine Nachricht vonseiten der Entführer eingegangen war. Ein kleiner, etwas dicklich wirkender und mit einer grauen Strickweste bekleideter Mann öffnete die Tür. Er war von einer weit fortgeschrittenen Stirnglatze gezeichnet, machte einen völlig erschöpften Eindruck. Braig stellte sich vor, reichte dem Mann die Hand.

»Daniel Harttvaller.« Es war mehr ein Hauchen als ein Sprechen. Hätte Braig den Namen des Mannes nicht gekannt, er hätte ihn nicht verstanden.

Harttvaller machte ihm wortlos Platz, ließ ihn eintreten. Der Kommissar schloss die Haustür, folgte dem Mann durch die Diele in ein geräumiges Zimmer, an dessen Schwelle er von Ohmstedt erwartet wurde.

»Nichts Neues?«, fragte der Kollege mit gedämpfter Stimme.

Braig sah Markus Schöffler, einen der Techniker des Amtes, in einem der Stühle neben dem Telefon sitzen, nickte ihm zu. Hinter ihm, in einem der dunklen Sessel, kauerte eine schlanke, mit einem schlabbrigen Sweatshirt und einer schwarzen Jeans bekleidete Frau. Sie trug mittellange, über die Schulter reichende, dunkelblonde Haare, sah mit verweinten Augen zu dem Besucher auf. Braig wollte ihrer Erfolglosigkeit nicht auch noch sprachlich Ausdruck verleihen, schüttelte nur sachte den Kopf. Er querte den Raum, trat auf die Frau zu, reichte ihr die Hand.

»Nele Harttvaller.« Sie versuchte, in die Höhe zu kommen, spürte Braigs Rechte, der sie sanft in den Sessel zurückdrückte.

»Bleiben Sie bitte, Frau Harttvaller«, bat er mit leiser Stimme. Er zog sich einen der Stühle heran, setzte sich. Jetzt erst bemerkte er das Bild auf dem Tisch. Es lehnte an einer Blumenvase, zeigte am oberen und seitlichen Rand Spuren intensiver Berührungen. Ein junges, blond gelocktes Kind. Drei oder vier Jahre alt. Wie ein kleiner fleischgewordener Engel.

Mein Gott, nein! Braig spürte den Schmerz wie einen Stich ins Herz. Wie meine Ann-Sophie, dachte er.

»Elena«, hauchte Nele Harttvaller, den Blick des Besuchers vor Augen.

Braig fühlte sich hilflos und schwach, wusste nicht, wie er reagieren sollte. Irgendeine dumme, inhaltsleere Floskel von sich geben? Eine Bemerkung, die von ihm als Kriminalbeamten erwartet wurde?

Wir werden Ihr Kind finden, lebendig und unversehrt, keine Angst. Wir sind Profis. Wir sind das gewohnt. Wir machen das seit Jahren. Und die Verbrecher schnappen wir uns ebenfalls. Ist doch selbstverständlich, dass die nicht ungestraft davonkommen werden! Nicht bei uns. Nicht hier in diesem Land!

Er kämpfte mit sich selbst, ersparte sich und der so schrecklich leidenden Familie derlei hohle Worthülsen. Die Eltern belügen nach Politikerart, ihnen billigen, durch nichts zu begründenden Trost spenden? Er brachte es nicht über die Lippen.

»Ich habe auch eine Tochter. Ann-Sophie«, sagte er stattdessen. »Sie ist dreieinhalb.«

Er bemerkte die Veränderung im Gesicht und der Körperhaltung der Mutter.

Nele Harttvaller richtete sich auf, wandte ihm den Blick zu. Sie wischte sich die Tränen von den Wangen, atmete kräftig durch. »Ann-Sophie«, wiederholte sie. Ihre Stimme hatte deutlich an Kraft gewonnen.

»Ja«, bekräftigte Braig. »Ich weiß, wie Ihnen zumute ist.«

»Elena wird im Februar vier. In drei Monaten.«

»Ann-Sophie im Mai. Sie sind fast gleich alt.«

Sie erhob sich von ihrem Platz, kam zum Tisch, nahm das Foto in ihre Hand. Braig sah, wie sehr sie zitterte.

»Warum?«, fragte Daniel Harttvaller. »Warum?« Er hatte sich dem Besucher gegenüber auf einem Stuhl niedergelassen, musterte Braigs Gesicht.

»Wir haben Alexander Schwalb überprüft. Es gibt keine Hinweise, dass er seine Hände im Spiel hat. Wir können ihn im Moment aber nicht sprechen. Er hatte einen schweren Autounfall und liegt seither im Koma.« Noch während der Fahrt von der Baustelle nach Ludwigsburg hatte Braig mit einem der Ärzte im Esslinger Klinikum telefoniert. Es ginge ihm besser, hatte der Mediziner erklärt, sie hofften, dass er bald zu sich kam. Sobald er ansprechbar sei, wollte er Bescheid geben.

»Er liegt im Koma?«, hakte Daniel Harttvaller nach.

»Frontalzusammenstoß. Mit einem Lieferwagen.«

»Aber Elena war nicht ...«

»Nein, keine Angst.« Braig ahnte seinen Gedankengang, fiel ihm mitten ins Wort. »Wir haben keine Hinweise, dass er dahintersteckt. Meine Kollegen haben seine Wohnung auf den Kopf gestellt. Ich selbst war auf seinen Baustellen und habe sie untersucht. Sobald er ansprechbar ist, werden wir mit ihm reden. Die anderen Männer, die sie uns genannt haben, wurden ebenfalls überprüft. Bleibt nur noch einer, dieser Andreas Strackner. Meine Kollegin kümmert sich gerade um ihn. Sollte sich bei dem etwas ergeben, informiert sie mich auf der Stelle.« Er deutete auf sein Handy, sah, wie Nele Harttvaller das Foto ihrer Tochter unruhig in ihren Händen hin und her bewegte.

»Glauben Sie, unsere Elena …« Die Stimme der Frau drohte zu versagen.

»Die Hoffnung«, antwortete Braig. »Die Hoffnung gebe ich nie auf.« Die Worte waren ihm fast mechanisch über die Lippen gekommen. Hatte er sich falsch verhalten? Er bemerkte den finsteren Blick Schöfflers, wusste, dass eine gehörige Portion Optimismus notwendig war, sich jetzt, nach so langem, vergeblichem Warten auf ein Lebenszeichen des Kindes noch so zu äußern. Hoffnung. Gab es wirklich noch das Recht auf Hoffnung, die kleine Elena lebendig aufzufinden?

»Wir wollten ins Tierheim.« Nele Harttvallers brüchige Stimme unterbrach Braigs Gedankengang. »Sie warten auf uns.«

»Ins Tierheim?«

Die Frau strich sich mit abwesendem Blick über die Haare, nickte zustimmend.

»Mittwochs gehen sie ins Tierheim«, erklärte Daniel Harttvaller. »Es liegt bei uns um die Ecke, keine fünfhundert Meter entfernt, nur am Umspannwerk vorbei. Hunde ausführen. Mehrere Stunden. Den ganzen Nachmittag. Die Tiere sind verrückt danach. Dann kommen sie endlich mal raus und haben Auslauf.«

»Primel und Spike«, ergänzte seine Frau.

Braig kannte das Ludwigsburger Tierheim. Es lag in einer Senke am Kugelberg, umrahmt von einer parkähnlichen Landschaft, die Richtung Freiberg in offene Felder überging. Das Tierheim genoss einen hervorragenden Ruf weit über die Grenzen der Stadt hinaus, obwohl es nur wenig städtische Zuschüsse erhielt. Das Engagement und die Kompetenz seiner Mitarbeiter ließen die mangelnde finanzielle Ausstattung fast vergessen.

»Sie führen immer dieselben Tiere aus?«, fragte er Nele Harttvaller.

Die Augen der Frau leuchteten für einen Moment kurz auf. »Elena darf Primel führen, ich nehme Spike. Elena ist richtig verliebt in die beiden.« Sie erschrak über ihre eigenen Worte, hielt inne. Braig bemerkte an ihrer Mimik, wie es in ihr arbeitete. »Sie warten auf uns. Auf Elena. Wir ...«

»Sollen wir anrufen?«, fragte er. »Das Tierheim verständigen, dass Sie heute nicht können?«

Nele Harttvaller wusste keine Antwort. »Aber, was, was ... sollen wir sagen?«

»Heute geht es nicht, leider«, erklärte Braig. »Nächste Woche wieder, nächsten Mittwoch, wie gewohnt.«

»Nächste Woche?« Sie schaute an ihm vorbei, in die Richtung ihres Mannes, der sich von seinem Stuhl erhob.

Daniel Harttvaller lief um den Tisch, nahm seine Frau vorsichtig an der Hand, führte sie zu dem dunklen Sessel, in dem sie vorher schon Schutz gesucht hatte. »Heute ist es schon zu spät«, sagte er besänftigend. Er wies auf seine Uhr. »Es ist kurz nach vier. Jetzt warten die doch nicht mehr. Wahrscheinlich haben Primel und Spike längst andere freundliche Leute gefunden, die sie ausführen.«

»Primel und Spike? Aber die warten doch auf Elena und mich.«

»Ja«, versuchte Daniel Harttvaller sie zu trösten, »du hast doch gehört, was der Kommissar hier gesagt hat: Nächste Woche wieder, nächsten Mittwoch. Dann könnt ihr mit ihnen spazieren gehen, so lange ihr wollt.« Er schob sie vollends zu dem Sessel. »Aber jetzt setz dich erst mal wieder. Das ist besser als die ganze Zeit zu stehen.«

Braig verfolgte die Szene, spürte förmlich, wie sehr die Situation der Frau zusetzte. Das eigene Kind entführt, seit jetzt etwa zwanzig Stunden und weit und breit keine Hilfe, nicht ein einziger Hinweis, wann und ob das Mädchen heil und gesund ...

»Ich bin noch nicht dazu gekommen ...«

Daniel Harttvallers Worte schreckten ihn aus seinen Gedanken. Er sah den Mann unmittelbar vor sich, die Hände unruhig ineinander mahlend, nervös von einem Bein aufs andere tretend.

»Ihre Kollegen ...« Harttvaller deutete auf Ohmstedt und Schöffler, »sie haben mich gebeten ...« Er verstummte erneut, wischte sich übers Kinn. »Wer könnte, also, gibt es außer diesen Männern, die ich heute Morgen schon erwähnt habe, eine Person ...«

Braig verstand sein Anliegen, nickte.

»Ich weiß nicht, ich...«

»Ja?«

»Mir fehlt die Kraft«, erklärte der Mann, »es geht einfach nicht, verstehen Sie? Ich kann mir beim besten Willen nicht vorstellen, wer uns das antun sollte.« Er wies mit seiner Rechten quer durch den Raum, als wollte er die bedrückende Stimmung, die hier von allen Anwesenden Besitz ergriffen hatte, physisch sichtbar machen. »Nur weil sich irgendjemand beruflich von mir überfahren glaubt?«

Wie auch, überlegte Braig, wie sollte man auf eine solche Person kommen? Einen Menschen, der so krank, so verkommen, so sadistisch veranlagt war, dass er einem anderen das Liebste, das Wichtigste, den Inhalt seines Lebens zu rauben bereit war, nur weil er sich von dem Vertreter einer staatlichen Behörde nicht korrekt behandelt fühlte? Ann-Sophie entführt, weil er als Kriminalbeamter einem falschen Verdacht nachgegangen und einen Unschuldigen zu Unrecht ins Visier genommen hatte?

Er hörte das laute Schniefen vor sich, sah, wie Harttvaller schwerfällig ein Papiertaschentuch auseinanderfaltete und sich die Nase putzte. Der Mann wischte und schnaufte, steckte das Tuch dann weg. »Es tut mir leid«, presste er schließlich hervor, »ich weiß es nicht. Im Moment jedenfalls. Vielleicht …«

»Lassen Sie sich Zeit«, versuchte Braig, ihn zu beruhigen, »und wenn Ihnen doch noch etwas einfällt … Meine Kollegen …« Er sah Ohmstedts und Schöfflers zustimmendes Nicken, wollte den Hinweis ergänzen, dass die beiden Männer ihn umgehend über jeden Verdacht informieren würden, wurde mitten in seinem Satz unterbrochen.

Plötzlich, von jetzt auf gleich, veränderte sich die gesamte Atmosphäre. Ohmstedt und Schöffler sprangen auf, Nele und Daniel Harttvaller starrten wie elektrisiert zum Tischende. Das Telefon läutete, laut und schrill, durchbrach die gespenstische Ruhe des Zimmers wie eine alles erschütternde Explosion.

Endlich, wusste Braig, endlich melden sie sich und stellen ihre Forderungen.

17. Kapitel

Zwei Monate zuvor

»Ich habe sie gefunden!«
Ein Schwall stickiger Luft strömte durch das Erdgeschoss des Mehrfamilienhauses in Urbach. Es war heiß in dieser ersten Septemberwoche, unangenehm schwül und drückend. Petra Weidner sah ermattet aus, sie wischte sich den Schweiß von der Stirn, musterte überrascht die Frau, die unmittelbar vor ihr stand. »Sie?«, vergewisserte sie sich.

Claudia Steib nickte. »Beide.«

»Beide?«, wiederholte Petra Weidner ungläubig.

»Beide«, bestätigte sie. »Ich bin mir absolut sicher.«

Ohne ein weiteres Wort zu verlieren, fielen sie sich in die Arme, blieben eng umschlungen stehen, lösten sich erst wieder voneinander, als sie die Stimme aus der Wohnung hörten.

»Wer ist es?«

Petra Weidner lief ins Innere, forderte ihre Besucherin mit einer kurzen Handbewegung auf, ihr zu folgen.

Das Wohnzimmer bot das gewohnte Bild. Die eine Seite bis fast zur Decke vollgestellt mit Schränken, Kisten und Kartons, der Rest freigeräumt, damit er sich ungehindert bewegen konnte.

»Du?«, rief er überrascht, als sie vor ihm stand.

Claudia Steib bückte sich zu dem Mann im Rollstuhl nieder, küsste ihn erst auf die linke, dann auf die rechte Wange, nahm erfreut den leicht gebräunten Ton seiner Gesichtsfarbe wahr. »Du warst in der Sonne«, sagte sie.

Er wies auf seine Frau. »Sie drohte mir mit Scheidung, wenn ich nicht öfter rausgehe. Mir blieb nichts anderes übrig.«

»Sie hat recht. Die Farbe steht dir.«

Karsten Weidner lachte leise. »Danke für das Kompliment. Wenigstens eine Person, die etwas Gutes an mir findet.«

»Oh, da gibt es noch genügend andere«, erwiderte sie. »Petra zum Beispiel.« Sie drehte sich zur Seite, ließ ihn an sich vorbei.

»Du hast bestimmt Durst«, sagte er, »bei der Temperatur. Ich hole uns Wasser.«

Sie folgte ihm mit ihrem Blick, wie er aus dem Zimmer rollte, hörte kurz darauf eine Schranktür quietschen. Wenige Augenblicke später kam er zurück, einen kleinen Korb mit einer Flasche Wasser und drei Gläsern auf dem Schoß.

»Du siehst, es geht«, sagte er.

Sie setzte sich auf einen der Stühle, unmittelbar neben ihrer Gastgeberin, beobachtete ihn, wie er die Gläser und die Flasche auf dem Tisch platzierte und dann einschenkte. Ja keine Hilfe anbieten, wusste sie, das war sein wunder Punkt. Er will zeigen, wie gut er es bewältigt.

Er stellte die Flasche zurück, verteilte die vollen Gläser. Sie prosteten sich zu, tranken von dem kräftig sprudelnden Wasser.

»Du hast lange nichts hören lassen«, sagte er dann.

Claudia Steib behielt das Glas in der Hand, nickte. »Ich war ziemlich beschäftigt.« Sie sah seinen sie aufmerksam musternden Blick, bemerkte die leichte Unruhe, die sich seiner bemächtigte.

»Du hast einen neuen Auftrag?«, fragte er.

»Ja«, antwortete sie. »Es war Markus' Idee. Er will mir unbedingt helfen.«

»Das ist gut«, erklärte er. »Dann läuft es wenigstens bei dir wieder.« Sein unausgesprochenes ›Während für mich elenden Krüppel die Sache für immer gelaufen ist‹ lag fast mit den Händen greifbar in der Luft.

»Worum geht es?«, fragte Petra Weidner.

»Kuriose Kontaktanzeigen. Und die Menschen, die dahinter stehen.«

»Das klingt lustig«, kommentierte er mit brüchiger Stimme.

»*Junger, seine Tiere liebender Öko-Bauer sucht ebenso empfindende Frau. Bitte Bild von deinen Tieren beilegen.*«

»*Von deinen Tieren?*«, wiederholte er.

Claudia Steib nickte.

»Du hast ihn besucht?«

»Er hat mir geantwortet, obwohl ich ihn sofort über das Filmprojekt aufgeklärt habe.«

»Und? Die Aufnahmen haben geklappt?«

»Bis jetzt habe ich nur das Skript erstellt«, antwortete sie. »Über ihn und den zweiten Kandidaten.«

»Wie hat der sich vorgestellt?«

»*Hässlicher, manisch depressiver, kinderhassender Lehrer sucht Frau zum Wiedereintritt in die menschliche Zivilisation.*«

»Was sind das für Leute?«

»Nicht uninteressant. Intelligent und überhaupt nicht menschenscheu. Nur des ganzen oberflächlichen Show-Zirkus überdrüssig. Beide.«

»Markus ist einverstanden?«, fragte Karsten Weidner.

Claudia Steib nickte. »Unser altes Team«, bestätigte sie. »Unser gemeinsames ...« Sie sah, wie sich seine Augen zu schmalen Schlitzen zusammenzogen.

»Du bist verrückt.« Er hatte sofort begriffen.

»Das hast du ihm wirklich vorgeschlagen?«, vergewisserte sich Petra Weidner.

»Von Anfang an.«

»Und Adler gibt sein Okay?«

»Ja«, bestätigte sie mit fester Stimme. »Unser altes Team.«

Karsten Weidner setzte den Rollstuhl in Schwung, bewegte ihn vom einen Ende des Zimmers zum anderen, schwenkte abrupt um, rollte an den Ausgangspunkt zurück. »Du bist verrückt. Wie soll das gehen?«

»Wie? Das werden wir sehen. Es wird gehen, da bin ich mir absolut sicher.«

»Du träumst mit offenen Augen. Schau mich an. Kannst du mir sagen, wie ich die Kamera in Hoch- und Tieflage bringen soll?«

»Du kannst das«, erklärten beide Frauen gleichzeitig. Petra Weidner griff nach der Hand ihrer Besucherin, drückte sie. Beide verfielen in lautes Lachen.

»Der Krüppel, der sich an einem Film versucht«, spottete er. »Der Boulevard hat was zu lachen.«

»Ja und? Haben wir uns je um die gekümmert? Hauptsache, wir zeigen, dass es funktioniert.«

Er schniefte laut, starrte sie mit großen Augen an. »Du meinst das wirklich, wie?«

Claudia Steib blieb ruhig, musterte ihren Gesprächspartner, der seinen Rollstuhl wieder in Bewegung setzte.

Er hatte eine erneute Widerrede auf der Zunge, wurde von ihr mitten im Satz unterbrochen. »Das geht nicht. Du bist …«

»Ich habe sie gefunden. Beide.«

Karsten Weidner erstarrte mitten in seiner Bewegung. Er hatte die rechte Hand auf dem Reifen, ließ ihn augenblicklich los. Das Gefährt rollte ein paar Zentimeter weiter, prallte von der Seite an den Tisch. Die Gläser klirrten leise. »Du hast …«, stieß er hervor.

Ihr Kopfnicken war Bestätigung genug. Er hatte sofort verstanden.

»Wo?«, mischte sich seine Frau ins Gespräch.

»Nicht weit von hier. Vor unserer Haustür sozusagen. Das Ekel. Durch meine Recherchen kam ich ihm auf die Spur. Bei meinem tierliebenden Ökobauern.«

»Er hat mit ihm zu tun?«

»Keine Angst, nein. Er kauft nur bei ihm ein. Ab und an jedenfalls. Eier von freilaufenden Hühnern und selbst gebackenes Brot.«

»Und der andere? Der Stiernacken?«

»Gestern habe ich ihn ausfindig gemacht. Drei Wochen hatte ich es vergeblich versucht. Er hat ihn besucht. Ich bin ihm gefolgt. Mit viel Glück habe ich die Wohnung in Stuttgart entdeckt.«

»Du machst es nicht allein«, betonte Petra Weidner. »Der Stiernacken gehört mir.«

»Ich weiß«, erklärte Claudia Steib. »Du den Stiernacken, ich das Ekel. Fragt sich nur, wie wir es anstellen.«

»Das wird sich zeigen«, war ihre Gesprächspartnerin überzeugt. »Hauptsache, sie werden büßen. Und das werden sie. Auf jeden Fall.«

18. Kapitel

November

Kurz vor 18 Uhr hatte Braig das Esslinger Klinikum erreicht. Er folgte der Treppe mit schnellen Schritten ins zweite Obergeschoss, kam heftig atmend oben an. Um Luft ringend verharrte er mehrere Sekunden an der Tür, trat dann auf den uniformierten Beamten zu, der gelangweilt auf einem Stuhl lehnte.

»Mein Name ist Braig. Ich bin Kollege und möchte zu Herrn Schwalb.« Er zog seinen Ausweis, reichte ihn dem Polizeibeamten.

Der Mann warf einen Blick darauf, wies auf die gegenüberliegende Tür. »Bitte«, sagte er. »Sie finden ihn hier, in diesem Raum.«

Braig nahm seinen Ausweis wieder an sich, drückte die Klinke.

»Herr Schwalb ist wieder voll da. Wenn Sie ihn nicht zu hart anfassen, können Sie mit ihm sprechen. Von meiner Seite gibt es nichts dagegen einzuwenden«, hatte er die Stimme des Arztes eine gute Stunde vorher auf seiner Mailbox vernommen.

Braig war froh, der tristen Stimmung in Hoheneck entkommen zu sein. Das Läuten des Telefons hatte ihn und die übrigen Anwesenden zwar aus ihrer Lethargie gerissen und für einen Moment mit geradezu euphorischen Gedanken beseelt, weil alle davon überzeugt waren, dass es sich bei dem Anruf endlich um den lange ersehnten Kontakt mit den Entführern handelte, doch waren sie bitter enttäuscht worden. Er sah die Szene jetzt noch vor sich, als Daniel Harttvaller fiebernd vor Aufregung auf einen Fingerzeig Schöfflers hin zum Telefon gegriffen und sich gemeldet hatte.

»Harttvaller hier. Sie haben unsere...«

Ein lauter, selbst Braig auf der anderen Seite des Tisches verständlicher Wortschwall hatte den Mann zum Verstummen gebracht.

»Ich habe überhaupt nichts. Ich nehme aber an, dass sich einige Beamte des Landeskriminalamtes bei Ihnen aufhalten, zum Beispiel ein gewisser Braig. Falls das der Fall sein sollte, reichen Sie ihm ohne langes Federlesen den Hörer. Ich muss dringend mit dem Mann sprechen, auch wenn er nicht an sein Handy geht. Haben Sie mich verstanden?«

Daniel Harttvaller war nicht imstande gewesen, zu begreifen, hatte nur immer wieder die einzige Frage wiederholt, die ihm seit unzähligen Stunden auf dem Herzen lag. »Unsere Elena, Sie haben unser Kind ...«

Braig wollte jetzt, beim Betreten des Zimmers im Esslinger Klinikum, nicht länger an die Auseinandersetzung denken, die er im Wohnzimmer der Familie des entführten Mädchens am Telefon hatte durchstehen müssen. Sein ganzer Rücken hatte sich im Moment einer Sekunde mit Gänsehaut überzogen, als ihm klar geworden war, wer sich da am anderen Ende der Leitung befand und den Anschluss der Harttvallers für einen eventuellen Anruf der Entführer blockierte. Söderhofer, der Oberstaatsanwalt.

Er hatte ihn mit der missbräuchlichen Nutzung der Verbindung konfrontiert, war anstelle einer Antwort von dem Mann beschuldigt worden, über sein Handy nicht erreichbar zu sein.

»Was wollen Sie überhaupt von mir?«, hatte Braig gemault. »Ich dachte, Sie sind mit Ihrer seltsamen Preisverleihung beschäftigt?«

Söderhofers Stimme war explodiert. »Braig, was erlauben Sie sich? Wissen Sie nicht, wen Sie vor sich haben? Mir wurde heute die überwältigende Ehre zuteil, als dritter Deutscher die einzigartige Buonagrappa-Medaille entgegennehmen zu dürfen. Als dritter Deutscher! Und haben Sie eine Ahnung, wer der erste und der zweite Deutsche waren?«

Braig hatte auf eine Antwort verzichtet.

»Albert Schweitzer und Konrad Adenauer. Konrad Adenauer, verstehen Sie? Und kennen Sie einige der übrigen Preisträger?« Söderhofers Frage war rhetorischer Natur. Er hatte seinem Gesprächspartner erst gar keine Gelegenheit gegeben, irgendwelche Namen zu nennen, sondern ohne Pause weitererzählt. Braig hatte den Hörer weit von sich gehalten, ihn erst nach einer Weile wieder ans Ohr gelegt. Der Mann schien immer noch mit der Aufzählung von irgendwelchen Personen beschäftigt gewesen. »... und heute ich, Eduard T. Söderhofer. Begreifen Sie jetzt endlich, mit wem Sie es im Moment zu tun haben?«

Jetzt war die Pause deutlich länger ausgefallen. Wenn es seine Absicht war, Braig in Ehrfurcht vor der einzigartigen Leistung seines Gesprächspartners erstarrt zu wissen, hatte er sein Ziel vollkommen verfehlt. Daran änderte auch der Wortschwall nichts, mit dem er ihn kurz darauf traktiert hatte.

»Doch was muss sich der dritte deutsche Buonagrappa-Preisträger an seinem Ehrentag inmitten all der Damen und Herren der gehobenen Gesellschaft anhören? Lob und Dank, seine jahrzehntelang geleistete, über alle Maßen verdienstvolle Arbeit betreffend, ja, selbstverständlich. Gratulanten und Ehrerbietungen vom frühen Morgen bis in den Nachmittag hinein, wie es sich der herausragenden Persönlichkeit des Preisträgers geziemt, ohne Ende. Alles, was Rang und Namen hat in diesem Land, erweist ihm den Kotau. Die Spitzen unserer Gesellschaft, die Elite aus Wirtschaft, Politik, Kultur und Sport defiliert in großer Bewunderung vor dem Buonagrappa-Preisträger. Ehre, wem Ehre gebührt, Braig! Das ganze Land, auch die Vertreter der Medien, sind sich mit dem heutigen Datum endgültig bewusst, welch herausragende Persönlichkeit mitten unter ihnen lebt. Doch glauben Sie, dass ich mich an meinem Ehrentag der Huldigung meiner Bewunderer hingeben darf? Weit gefehlt ...«

Söderhofers selbstgefälliges Gebläxe hatte kein Ende genommen. Braig war es von Minute zu Minute schwerer gefallen, stillzuhalten. Kein Wunder, dass der Kerl jetzt auch noch eine politische Karriere einschlägt, war es ihm durch den Kopf gegangen, er bringt die optimalen Voraussetzungen dafür mit.

Nach mehreren pathetischen Wortklaubereien hatte er endlich verstanden, weshalb Söderhofer zum Telefon gegriffen hatte. Der Mann hatte sich allen Ernstes darüber beschwert, dass seine Feier von immer kritischeren Fragen der anwesenden Journalisten nach dem Verbleib des entführten Kindes gestört worden war.

»Ist der Polizeiapparat in unserem Land denn völlig lahmgelegt, sobald ich mir für ein paar Stunden eine kurze Auszeit gönne? Sind Sie denn ohne meine persönlichen Anweisungen vollkommen unfähig, auch nur die banalsten Ermittlungen durchzuführen?«

Söderhofers Ausführungen hatten darin kulminiert, dass der Oberstaatsanwalt noch am Abend mit einem ausführlichen Bericht über das Geschehen informiert werden und daraufhin den an den Ermittlungen beteiligten Beamten sein persönliches Konzept zum weiteren Vorgehen anweisen wollte.

Braig hatte dem Mann, einzig und allein um ihn endlich wieder loszuwerden, die Erfüllung seiner Wünsche zugesagt, das Telefonat dann schnellstmöglich beendet.

»Nichts Neues von Elena?«, hatte Nele Harttvaller mit abwesendem Blick gefragt.

Dem Kommissar war es schwergefallen, tröstende Worte zu finden. »Wir werden alles tun, sie bald wieder nach Hause zu bringen«, hatte er schließlich geantwortet.

Er hatte sich mit einem Händedruck von den Harttvallers verabschiedet, war unmittelbar nach der Nachricht des Arztes auf dem kürzesten Weg nach Esslingen zum Klinikum gefahren.

Ein Schwall frischer, nach intensivem Reinigungsmittel riechender Luft strömte ihm entgegen, als er Schwalbs Zimmer betrat. Drei Betten waren nebeneinander aufgereiht, nur das erste von einem im Bereich seines Oberkörpers stark bandagierten Mann belegt. Der Patient schien zu schlafen; erst im Moment, als Braig die Tür etwas zu heftig mit einem lauten Schlag hinter sich schloss, wandte er den Kopf dem Besucher zu.

»Entschuldigung. Sie ist mir aus der Hand gerutscht.« Der Kommissar trat ans Bett, sah, dass das Unfallopfer offensichtlich voll bei Bewusstsein war. »Braig ist mein Name«, sagte er, die Augen des Mannes fest im Blick, »aber das wissen Sie ja. Wir haben uns heute Morgen schon einmal gegenseitig vorgestellt.«

»Heute Morgen?«, krächzte Schwalb. Seine Stimme schien ebenso wie ein großer Teil seines Körpers von dem Unfall in Mitleidenschaft gezogen. Vor ein paar Stunden hatte sie noch bedeutend kräftiger und lebendiger geklungen.

»Heute Morgen«, bestätigte Braig. »Auf der Baustelle in Möhringen. Sie unterhielten sich gerade mit Ihrem Architekten, Herrn Tischek, als ich dazukam. Sie boten mir eine Wohnung an.«

»Verdammte Scheiße, ja. Das war genau in dem Moment, als die«, der Mann zögerte, musterte ihn dann mit leicht verschlafenem Blick, »die Bullen auftauchten.«

»Richtig. Und plötzlich hatten Sie es eilig. Sehr eilig sogar. Sie rasten nach Nellingen, mit einem unterwegs gestohlenen Auto und prallten dort mit einem anderen Fahrzeug …«

»Ja ja«, brummte der Mann. »Was wollen Sie von mir? Doch keine Wohnung …«

»Nein, keine Wohnung kaufen. Gestern Abend zwischen 18 und 20 Uhr. Wo waren Sie da?«

Schwalb versuchte seinen Kopf leicht aufzurichten, ließ es aber, laute Schmerzensschreie ausstoßend, sofort wieder sein. »Verdammt, Sie sind ebenfalls Bulle?« Er forschte nach einer Reaktion in Braigs Gesicht, nahm dessen langsames Kopfnicken wahr. »Das hätte ich mir ja denken können.« Er zischte durch die Zähne, schimpfte laut. »Ich habe Scheiße gebaut, ja. Aus lauter Ärger mit dieser dämlichen Zicke!«

»Sie sprechen von Frau Heiser?«

»Frau Heiser?« Schwalb begann laut zu keuchen. Er hatte offensichtlich Beschwerden beim Atmen, vielleicht von einer starken Prellung, fand erst langsam wieder Ruhe. »Die doch nicht!«, zischte er dann.

Braig wusste nicht, wen er stattdessen meinte, wiederholte seine Frage. »Wo waren Sie zwischen 18 und 20 Uhr?«

»Zwischen 18 und 20 Uhr? Was fragen Sie denn? Sie wissen es doch schon.«

»Ich will es aber von Ihnen selbst hören.«

»Von mir?«, keuchte Schwalb. »Mein Gott, Sie haben Probleme!«

Braig verzichtete auf einen Kommentar, wartete darauf, dass sein Gegenüber fortfuhr.

»Ja, ich fuhr viel zu schnell«, bekannte der Mann. »Ich hatte mindestens sechzig, siebzig Sachen drauf. Viel zu viel für die kurvige Straße mitten durch den Ort. Aber ich war es nicht. Ich drängte das Auto nicht von der Fahrbahn, auch wenn Sie mir das jetzt vorwerfen wollen. Das war der Kerl vor mir, da schwöre ich jeden Eid.«

»Welcher Kerl vor Ihnen?«

»Ja, woher soll ich das wissen? Ich hatte keine Zeit, mir sein Gesicht einzuprägen. Der kam in halsbrecherischem Tempo von der Seite her auf mich zugerast. Nur weil ich geistesgegenwärtig das Steuer verriss, prallten wir nicht frontal aufeinander. Ich hatte weiß Gott keine Zeit, den Kerl genauer zu betrachten. Ich sah den dunklen Audi nur noch vor mir davonrasen. Ein Stuttgarter Kennzeichen, mehr kann ich Ihnen nicht sagen.«

Braig hatte Mühe, zu verstehen. »Wovon reden Sie jetzt?«

»Wovon? Von was wohl? Der Unfall in Eningen gestern Abend, deshalb sind Sie doch hier, oder?«

»Der Unfall in Eningen. Nein, eigentlich ...« Er wurde mitten im Satz unterbrochen.

»Ich war es nicht, ich wiederhole es noch einmal. Der Kerl mit seinem dunklen Audi, der mich zuvor geschnitten hatte, der ist daran schuld. Er hatte ein Stuttgarter Kennzeichen und hinten saßen weitere Personen drin, das habe ich in letzter Sekunde noch bemerkt. Der kam von der Seite her, mit irrem Tempo, und ich hatte Mühe auszuweichen. Und dann raste ich hinter ihm her, weil ich so eine Wut hatte, verstehen Sie. Und dabei wurde ich Zeuge, wie er das entgegenkommende Auto von der Fahrbahn drängte, mitten im Ort. Aber ich bin nicht schuld, sondern der Kerl mit dem Stuttgarter ...« Er wurde von einem kräftigen Schmerz geplagt, schrie laut auf. »So eine Scheiße!«

»Okay. Es war also dieser dunkle Audi, der das entgegenkommende Fahrzeug von der Straße abkommen ließ, behaupten Sie. Das werden wir überprüfen. Wo kamen Sie her?«, drängte Braig.

Schwalb musste sich erst Luft verschaffen, schnaufte laut. »Mein Gott, warum wollen Sie das unbedingt wissen?« Er rollte mit den Augen, kam nur langsam zur Ruhe. »Luisa, meine Ex, hatte mich bestellt. In ihr Haus, nach Eningen unter Achalm.«

»Und?«

»Angeblich, weil sie Probleme mit der Drainage hatte. Wasser drücke ins Haus. Ich sollte es mir mal ansehen. Seit

Tagen lag sie mir damit in der Leitung. Eine SMS nach der anderen. Ich hätte es mir gleich denken können.«

»Was?«

»Was wohl? Sie fühlte sich einsam und verlassen und wollte 'ne Nummer schieben, weil ihr Lover sich im Sommer aus dem Staub gemacht hat. Seither hockte sie auf dem Trockenen. Und erinnerte sich plötzlich wieder an mich. Anscheinend war doch nicht alles so schlimm mit mir.«

»Sie wollen mir also sagen ...«

»Dass ich bei ihr war gestern Abend, ja. Gegen fünf verließ ich die Baustelle in Möhringen. Fragen Sie Tischek, meinen Architekten. Ich fuhr nach Eningen, die defekte Drainage anschauen. Eine Sache von ein paar Minuten, bestenfalls einer halben Stunde, dachte ich. Aber dann hatte Luisa ein wunderbares Essen vorbereitet und ... Na ja, Sie können sich ja denken, welches Programm dann lief. Dabei hatte ich Edith versprochen, spätestens gegen sieben bei ihr aufzukreuzen und sie ins Konzert zu begleiten. *Silbermond*, irgend so eine schnulzige Gruppe, aber manche Weiber stehen eben drauf. Aber bis ich mich bei Luisa endlich wieder dünnmachen konnte, war es schon halb acht. Ja, und jetzt wissen Sie, warum ich es eilig hatte und mich nicht um den Wagen kümmerte, der wegen dem unverschämten Kerl vor mir von der Straße abkam.«

19. Kapitel

Luisa Kremle war gerade auf dem Weg nach Bad Cannstatt. »Ich treffe mich mit meinen Freundinnen. Wie alle vierzehn Tage mittwochs.«

Noch im Eingangsbereich des Esslinger Klinikums hatte Braig sein Handy aus der Tasche gezogen und mit der Verflossenen von Schwalb Verbindung aufgenommen. »Mein Name ist Braig. Ich bin Kriminalbeamter und muss dringend mit Ihnen sprechen«, hatte er ihr erklärt.

»Kriminal… Was wollen Sie …« Der Schreck schien ihre Stimme gelähmt zu haben.

»Keine Angst. Es geht nicht um Ihre Person«, hatte er sie zu beruhigen versucht. »Ich möchte Sie nur als Zeugin sprechen.«

Ihre Antwort war von einer lauten Stimme übertönt worden, die die unmittelbar bevorstehende Ankunft ihres Zuges in Bad Cannstatt verkündete.

»Wo können wir uns kurz treffen?«

Sie hatte ihm erklärt, dass sie gemeinsam mit ihren Freundinnen Karten für das Theaterschiff erworben hatte, das unweit der Cannstatter Fußgängerzone im Neckar vor Anker lag.

»Dort genehmigen wir uns einen Aperitif vor der Vorstellung. Damit wir in Stimmung kommen. *Suche impotenten Mann fürs Leben.* Sie beginnt um 20 Uhr. Reicht das vorher? Ich möchte das Stück nicht versäumen, wir freuen uns seit Wochen darauf.«

»Das reicht gut. In einer halben Stunde bin ich bei Ihnen.«

Die fünfköpfige Damenrunde war bereits in bester Stimmung, als Braig das Theaterschiff erreichte. Er lief vom Bahnhof zum Wilhelmsplatz, folgte der stimmungsvollen Szenerie der Fußgängerzone bis zum Ufer des Neckar. Das Schiff lag nur wenige Schritte entfernt. Er nahm den Steg zum Bistro des Schiffes, sah eine lautstark parlierende Menschenmenge vor sich. Die Tische waren fast vollständig besetzt, nur wenige Plätze frei. Überrascht stellte er fest, dass es sich bis auf einen einzigen Geschlechtsgenossen ausschließlich um Frauen handelte. Frauen in auffällig ausgelassener Stimmung.

»Dem sei einziges Problem isch seine Dauererektion«, schallte es vom Tisch unmittelbar vor ihm. »I han scho Angscht um unsere Hündin. Eines Tages stürzt der sich noch uf die.«

Vielstimmiges Gelächter setzte ein.

Braig schaute sich suchend um, sah das Winken einer attraktiven Mittvierzigerin im rückwärtigen Teil des Bistros. Er kämpfte sich durch die dicht besetzten Reihen, wurde mit einem lauten »Send Sie der Kommissar?« empfangen. Mehrere Köpfe drehten sich zu ihm her. Für einen Moment wurde es bedeutend ruhiger.

Braig näherte sich der Frau von der Seite, stellte sich vor. »Und Sie sind Frau Kremle?«, fragte er.

Lautes Gelächter setzte ein. Vier der fünf um den Tisch gruppierten Frauen ergötzten sich offensichtlich an seiner Äußerung. Unschlüssig wartend blieb er stehen, betrachtete die beiden fast vollständig geleerten Sektflaschen auf der Tischplatte.

»Noi, des ischd net d'Luisa«, verlautbarte schließlich eine der bestens gelaunten Damen. »Des ischd d'Annette. A Hübsche, moinet Sie net? Ond wieder frei. Frisch gschiede, will i sage. Hent Sie koi Interesse?«

Braig kam zu keiner Antwort. Kreischendes Gelächter übertönte alle anderen Geräusche. Sogar mehrere Gesichter an den Nachbartischen drehten sich zu ihnen her. Er musterte die ihm als frisch geschieden vorgestellte Frau, eine in der

Tat hübsche Dunkelhaarige um die Vierzig, bemerkte ihre verlegene Miene.

»Also in nächster Zeit lauft bei mir nix«, verlautbarte sie, kaum dass das Gelächter etwas verebbt war, »von Männer han i vorerscht genug.«

»Ach was schwätzsch denn jetzt für a Zeugs? Di kribbelts doch em gsamte Unterleib, wenn du den knusprige Kommissar do vor dir siehsch!«, wandte ihre Nachbarin mit kräftig rollendem R ein. »Den dätsch du doch net von der Bettkante stoße, wenn er heut Abend noch Luscht und Laune hätt!«

Braig benötigte mehrere Minuten, die schmale, zierliche Frau auf der gegenüberliegenden Seite des Tisches als Luisa Kremle zu identifizieren. Der ausgiebige Alkoholkonsum und das gesellige Miteinander hatten die Teilnehmerinnen des Treffens bereits dermaßen in Fahrt gebracht, dass der wechselseitige Redefluss kaum zu bremsen war. Lediglich die von ihm Gesuchte, eine dunkelblond gelockte, mit einem hellgrünen Sweatshirt und dunklen Jeans bekleidete, adrett wirkende Frau um die Vierzig schien etwas ruhiger zu bleiben.

Braig spürte seine durch den langen Arbeitstag zunehmende Erschöpfung, bat Luisa Kremle, ihn für ein kurzes Gespräch nach draußen zu begleiten. Er verabschiedete sich von ihren Freundinnen, kämpfte sich durch die dicht gedrängten Reihen aus dem Bistro.

»Aber für a Stundehotel reicht des nimmer, Luisa!«, ertönte es hinter ihm, schallendes Gelächter in Folge. »Höchstens ihr sorget für a ganz schnelle Nummer!«

Er öffnete die Tür, wartete, bis Luisa Kremle zu ihm aufgeschlossen hatte, sah die verlegene Miene der Frau vor sich.

»Sie müssen entschuldigen«, setzte sie an. »Meine Freundinnen … Wenn wir zusammen sind …«

Braig winkte ab, spürte die kalte Luft, die vom Neckar herströmte und ein leichtes Frösteln auf der Haut verursachte.

Die Dunkelheit war längst angebrochen, die Umgebung nur noch in Umrissen zu erkennen. Er schlug der Frau vor, das Schiff zu verlassen und sich kurz am Ufer zu unterhalten, sah ihr zustimmendes Nicken.

Sie querten den Steg, blieben am anderen Ende der schwimmenden Vergnügungsstätte unmittelbar unter einer Straßenlampe stehen. Braig drehte sich leicht zur Seite, damit das Gesicht seiner Gesprächspartnerin vom fahlen Schein der Laterne beleuchtet wurde, versuchte, die Mimik der Frau genau im Auge zu behalten.

»Ich will Sie nicht lange aufhalten«, eröffnete er das Gespräch, »aber Ihre Auskunft ist für uns eminent wichtig. Deshalb bin ich jetzt noch vorbeigekommen.«

Sie schien zu frieren, hüllte sich fester in ihre Jacke. »Ich weiß überhaupt nicht, um was es geht«, antwortete sie.

Braig sah keinen Anlass, den Grund seines Besuchs länger zurückzuhalten, kam direkt zum Thema. »Alexander Schwalb ...«

»Mein Ex?«, fiel sie ihm mitten ins Wort. Die Überraschung war ihr ins Gesicht geschrieben. Sie trat einen Schritt zurück, gab ihm so Gelegenheit, ihre Mimik genauer beobachten zu können.

»Genau«, bestätigte Braig. »Darf ich fragen, wann Sie ihn zuletzt gesehen haben?«

»Alex? Aber wieso denn? Hat er was angestellt?«

»Nein, nein, darum geht es nicht«, versuchte er, die Frau zu beruhigen. »Der Name von Herrn Schwalb tauchte nur am Rand einer unserer Untersuchungen auf und deshalb ...«

»Doch nicht wegen der Entführung des kleinen Mädchens?«

Braig hielt überrascht inne. Wie kam seine Gesprächspartnerin auf dieses Thema? Weil ihr ehemaliger Mann doch damit zu tun hatte? Oder weil sie gar selbst in die Sache verwickelt war?

Ein Auto raste mit laut dröhnendem Motor in ihrer Nähe vorbei, riss ihn aus seinen Überlegungen. »Die Entführung der kleinen Elena?«, hakte er nach.

»Sie bringen Alex doch nicht damit in Verbindung?«, betonte Luisa Kremle.

»Sollte ich denn?«

»Alex? Sie sind verrückt!« Ihre Entrüstung war nicht gespielt, unmöglich. Sie war einen Schritt nach vorne getreten, starrte ihn mit großen Augen an. »Was soll das?«, zischte sie.

»Wann haben Sie ihn zuletzt gesehen?«, wiederholte er seine Ausgangsfrage.

Sie hatte offensichtlich Mühe, sich zu beruhigen, wippte mit den Füßen hin und her. »Gestern Abend«, sagte sie dann.

»Wann genau?«

Luisa Kremle seufzte laut. »Wann genau? Ich habe nicht auf die Uhr geschaut.«

»So ungefähr?«, bat Braig.

»Gegen halb sechs«, antwortete sie. »Etwa eine halbe Stunde, nachdem ich aus dem Geschäft nach Hause gekommen war. 17.30 Uhr also, schätze ich mal.«

»Wo war das?«

»Bei mir zu Hause, ich sagte es doch. In Eningen. In meinem Haus.«

»Herr Schwalb hat Sie besucht?«

»So kann man das sagen, ja. Und wenn Sie es genau wissen wollen: Ich hatte ihn darum gebeten. Eine Kellerwand in meinem alten Elternhaus ist seit Langem feucht, und Alex als alter Bautiger ... Er sollte mir helfen.«

»Waren weitere Personen anwesend?«

»Weitere Personen? Wozu denn?«

»Ich frage ja nur.«

»Nein, nur Alex und ich.«

Wenn es wirklich stimmt, was er mir erzählt hat, waren weitere Leute in der Tat überflüssig, überlegte Braig. »Und wie lange blieb Herr Schwalb bei Ihnen?«

»Er hatte es eilig, wie immer. Irgendein Termin auf einer Baustelle, wie soll es anders sein? Gegen halb acht rannte er aus dem Haus, glaube ich.«

»19.30 Uhr«, vergewisserte er sich. »Dann war er also etwa zwei Stunden mit Ihnen zusammen, ja?«

Luisa Kremle warf ihren Kopf zurück, überlegte. »Von halb sechs bis halb acht, ja. Er schaute sich die Wand in meinem Haus an und dann aßen wir zusammen. Und schon waren die zwei Stunden um, ja.«

Das klang fast genau so, wie Schwalb es erzählt hatte. Weil es der Realität entsprach, oder weil die beiden Ex-Partner es aus welchen Gründen auch immer so abgesprochen hatten?

»Das würden Sie im Notfall vor Gericht beeiden?« Braig musterte ihr Gesicht, bemerkte die Irritation, die er mit seiner Frage auslöste.

»Warum sollte ich das vor Gericht beeiden? Was haben Sie denn mit Alex? Sie verdächtigen ihn doch nicht tatsächlich, mit der Entführung des kleinen Mädchens in Verbindung zu stehen?« Sie stampfte vor Erregung auf den Boden, schüttelte energisch den Kopf. »Alex ist ein unverbesserlicher Schürzenjäger und hat mich deshalb oft genug zum Wahnsinn gebracht ... Aber ein Kind entführen? Sie sind verrückt. Er war gestern Abend von halb sechs bis halb acht bei mir.« Sie reckte ihren rechten Arm in die Höhe, spreizte die Finger zum Schwur. »Darauf schwöre ich jeden Eid, wenn Ihnen das hilft.«

Wie zur Verdeutlichung ihrer theatralischen Geste begann ein Auto wenige Meter neben ihnen ein lautes Hupkonzert. Entnervt starrte Braig auf die Straße.

20. Kapitel

Nachbarschaftsbefragung.
So eine Zumutung! Von Haus zu Haus, von Tür zu Tür. Wenn Bent Knudsen etwas ganz besonders hasste, dann dieses vollkommen sinnlose Unterfangen. Angehörige dieses eigentümlichen Bergvolkes befragen, denen die deutsche Sprache nur bruchstückhaft geläufig war. Es klang wie das unmöglich nachvollziehbare Gestammel eines zentralafrikanischen Eingeborenenstammes, der jetzt zum ersten Mal mit Menschen aus einem anderen Kulturkreis in Verbindung trat, was er sich da anhören musste. Urwüchsige Laute und Begriffe, deren einigermaßen verständliche Übersetzung in eine zivilisierte Kommunikationsform ihm alles abverlangte. Und das jetzt auch schon den zweiten Tag hintereinander.

Er durfte nicht daran denken, was für seltsame Exemplare dieser außergewöhnlichen Ethnie ihm gestern schon ihre Türen geöffnet hatten.

»Knudsen. Moin. Polizei. Haben Sie gestern im Verlauf des Tages hier in Ihrer Umgebung irgendwelche Personen beobachtet?«

»Was sellet mir gsehe han?«

»Fremde Personen.«

»Fremde? Außer Eahne geits bei os koi Fremde.«

»Wie bitte?«

»Verstandet Se koi Deutsch?«

»Ich?«

»Wer denn sonscht?«

»Wieso?«

»Weil Sie so blöd fraget.«

»Ich möchte wissen, ob Sie gestern im Verlauf des Tages hier fremde Personen beobachtet haben!«

»Send Sie denn überhaupt wirklich von der Bollizei?«

»Wer?«

»Hano, was für a saudomme Frag? Stoht außer Eahna noch jemand vor onserer Dür?«

Knudsen hatte sich von Haus zu Haus gekämpft, immer darum bemüht, Teile des urwaldähnlichen Bergvolkdialekts in verständliches Deutsch zu übersetzen.

»Knudsen. Moin. Polizei. Haben Sie gestern im Verlauf des Tages hier in Ihrer Umgebung irgendwelche Personen beobachtet?«

»Noi, mir gucket net aus em Fenschter. Des ghört sich net! Wie sieht des denn aus? Da denket ja osere Nachbarn, mir spionieret eahne hinterher.«

»Ich spreche von Fremden.«

»Fremde geits bei os net.«

»Überhaupt nicht?«

»Nur ab und zu so Lompegsindel.«

»Woher?«

»Was woiß i? Einbrecher halt. Die gucket rom ond nom, wo sich's lohnt. Ond dann kommet se, sobald's donkel ischd.«

»Haben Sie gestern solche Leute gesehen?«

»Noi, obwohl mir extra genau uffpasset, damit des Lompegsindel bei os nix stiehlt.«

»Dann schauen Sie also doch aus dem Fenster.«

»Was soll denn des jetzt hoiße? Des goht doch Sie überhaupt nix a, was mir de Dag über so dehnt. Des lasset mir os von Eahne net verbiete. Noch läbet mir in einem freie Land!«

Erschöpft und ohne jedes greifbare Ergebnis hatte er am späten Nachmittag den kleinen Ort auf der Hochfläche der Alb verlassen, einzig und allein den Hinweis im Ohr, es doch unbedingt beim *Breigles Geka* zu versuchen, wenn er über irgendwelche Vorgänge im Dorf Informationen erlangen wolle.

»Breigles Geka?«, hatte er nachgefragt.

»Der wohnt im drittletschte Haus. Das Gebäude mit dem baufällige Schuppe und dem verwahrloste Garte danebe. Seit dem sei Weib auf ond davo isch, packt der nix mehr. Des könnet Se net übersehe.«

»Und Sie glauben, der könnte gestern etwas beobachtet haben?«

»Der Geka sieht älles. Dem entgoht nix.«

Knudsen hatte zwar weder ein Namensschild noch eine Klingel am Zaun des offenkundig treffend beschriebenen Anwesens entdeckt, war aufgrund mehrfach geäußerter Empfehlungen, den Breigles Geka unbedingt zu befragen, dennoch durch den verwilderten Vorgarten zum Haus gelaufen und hatte dort in Ermangelung einer Glocke mehrfach an die Haustür geklopft. Zuerst nur sachte, um nicht zu aufdringlich zu erscheinen, dann mit geballter Faust und wesentlich mehr Kraft.

Erst die lauten Rufe einer älteren Frau, die in eine dicke Jacke gehüllt mit dem Fahrrad vorgefahren und seinen Bemühungen interessiert gefolgt war, hatten ihn zur Umkehr veranlasst.

»Wellet Sie zum Geka?« Die Frau war von ihrem Fahrrad gestiegen und hatte sich vor der Gartentür aufgebaut.

Knudsen hatte zustimmend genickt.

»Oh, do hent Se aber Pech, guter Ma. Der Geka ischd heut net dahoim. Ausnahmsweis. Den hent se nach Tübinge bstellt in d' Klinik. Wege der Proschtata. Der kommt erscht heut Abend wieder.«

»Heute Abend?«

»Der bleibt net über Nacht, gwiß net! Der muss ja morge früh wieder seine Zeitunge austrage.«

Knudsen war von den Strapazen der letzten Stunden zu erschöpft, die Rückkehr des Mannes abzuwarten, hatte sich das Gespräch mit ihm wie mit zwei weiteren Dorfbewohnern, die er nicht angetroffen hatte, für den nächsten Tag vorbehalten. Aller Wahrscheinlichkeit nach brachte es ohnehin nichts Verwertbares für ihre Ermittlungen, sich auch noch diese Leute anzuhören. Belanglosigkeiten ohne Ende, hohles Geschwätz, wozu tat er sich das alles an?

Beißend kalte Luft hüllte ihn ein, als er am frühen Morgen kurz nach acht Uhr vor Breigles Haus aus seinem Auto stieg. Dass die Temperatur hier oben schon jetzt im November unter den Gefrierpunkt fiel, hatte er nicht erwartet. Bibbernd vor Kälte hüllte er sich in seine viel zu dünne Jacke, lief auf die Gartentür des Mannes zu. Die eisige Luft kroch unter seine Kleidung, ließ ihn frösteln. Er schnappte nach Luft, hielt erschrocken inne. Jeder Atemzug schmerzte.

So ein Mist aber auch! Was war das für ein Land? Temperaturen wie am Nordpol, kaum dass der Sommer vergangen war. Wohin würde das erst im Dezember und im Januar führen? Kein Wunder, dass sich unter den Angehörigen dieses Bergvolkes so viele verschrobene Typen fanden.

»Es ist ganz schön kalt heute, was?«

Knudsen schaute überrascht auf. Irgendetwas stimmte hier nicht. Ein Bergvolkexemplar, das die deutsche Sprache beherrschte?

Er sah einen Mann in einem dicken Norweger-Pullover und abgewetzten, hellblauen Jeans in der Tür des Hauses stehen. Seine dunklen Haare reichten ihm bis auf die Schulter. Knudsen schätzte ihn auf Anfang, Mitte fünfzig, bemerkte seine freundliche Miene.

»Sie sind der Polizeibeamte mit diesem seltsamen, unverständlichen Dialekt, nehme ich an? Das halbe Dorf spricht von Ihnen. Sie waren gestern schon unterwegs.«

Knudsen glaubte, nicht richtig zu hören. Er blieb stehen, drehte sich zur Seite, suchte die Straße nach einem potentiellen Gesprächspartner des Mannes ab. Ein einzelnes Auto fuhr mit hoher Geschwindigkeit vorbei, sonst war nichts zu entdecken.

»Warum schauen Sie zur Straße?«, hörte er hinter sich. »Erwarten Sie einen Kollegen?«

Knudsen wandte sich wieder dem Mann zu, blieb wenige Meter vor ihm stehen. »Knudsen. Moin. Polizei. Sie sind Herr ...« Er ersparte sich den Namen, weil er nicht genau wusste, wie er ausgesprochen wurde, hörte das kräftige Lachen seines Gegenüber.

»Breigle«, erklärte der Mann, ihm freundlich die Hand reichend, »Sie wurden mir mehrfach angekündigt. Ich war gestern leider nicht zu Hause. Ärztliche Untersuchung in Tübingen. Muss ab und zu sein, leider.«

Irritiert starrte Knudsen auf die ausgestreckte Hand. Was war jetzt los? Hatte der Typ es nötig, sich so plump anzubiedern? Oder war das hier Fremden gegenüber so üblich?

»Sie hören sich nach Beobachtungen im Zusammenhang mit der Entführung des kleinen Mädchens um, das vorgestern mit seiner Mutter bei den Leitners zu Besuch war, richtig?«, erkundigte sich Breigle.

»Richtig.«

»Dann kommen Sie erst mal rein. Hier draußen ist es viel zu ungemütlich.«

Knudsen zögerte. Ein Hausbesuch? Wozu? Lohnte sich dieser Zeitaufwand?

Breigle trat ins Innere, winkte seinem Besucher, es ihm gleichzutun. »Am besten, Sie kommen sofort mit nach oben. Dann verstehen Sie alles besser.«

Knudsen warf die Tür hinter sich ins Schloss, folgte seinem Gastgeber mit kleinen Schritten durch die geräumige Diele geradewegs zu einer Holztreppe. Er stieg die knarzenden Stufen hoch, fand sich oben in einem geräumigen Zimmer, das fast das gesamte Stockwerk ausfüllte, wieder. Auf drei Seiten Fenster, in der Mitte ein breiter, über und über mit Büchern und Papieren bedeckter Tisch, an der gegenüberliegenden Wand ein großes, etwas abgenutztes, dunkles Sofa. Hinten im Eck bullerte ein Ofen leise vor sich hin, hüllte den großen Raum in überraschend wohltuende Wärme. Unweit der Treppe, vor dem zur Straße ausgerichteten Fenster ein mächtiges, auf drei weit ausladenden Beinen postiertes Fernrohr.

Pole Poppenspäler, ein Voyeur. Knudsen rang um Fassung. Der gafft den eigenen Nachbarn nach und gibt das auch noch offen zu. Diese Bergvolkexistenzen ...

»Hier, sehen Sie: Das ist meine Arbeitsplatte.« Breigle stand hinter dem breiten Tisch, deutete auf die Papiere, die darauf ausgebreitet lagen.

Knudsen wandte sich vom Fenster ab, lief zu dem hölzernen Monstrum. »Sternkarten?«, wunderte er sich.

»Astronomie ist mein Hobby«, bestätigte Breigle. »Seit ich nicht mehr berufstätig bin, habe ich endlich Zeit dafür.«

Der Kerl arbeitete nicht mehr? Der war doch viel zu jung ...

»Mein Frau. Sie wollte es nicht anders«, erklärte der Mann.

Knudsen musterte ihn mit kritischer Miene.

»Vor zwei Jahren ließ sie sich scheiden. Betrog mich jahrelang mit ihrem Kollegen. Physiotherapeuten.« Breigles süffisante Aussprache brachte deutlich die Verachtung zum Ausdruck, die er seiner ehemaligen Partnerin und ihrem Kollegen gegenüber empfand.

Ja und? Knudsen konnte seine Ungeduld nur schwer zurückhalten. Sollte er sich jetzt den Rosenkrieg dieses Bergvolkvoyeurs und seiner Ex anhören?

»Dies hier ist mein Elternhaus. Weil wir im Verlauf unserer Ehe ein paar kleine, bauliche Veränderungen vornahmen, wollte sie die Hälfte davon haben. Die Hälfte, verstehen Sie?«

Knudsen schniefte laut. Na und? Was ging ihn das an? Sollte er mal damit anfangen, was er mit seiner Alten erlebt hatte?

»Zum Glück konnte ich sie davon abhalten. Ich hätte verkaufen müssen«, fuhr Breigle fort. »Als Ausgleich bestand sie auf 33 Prozent meines Verdienstes in den nächsten sieben Jahren. Ich arbeitete als Ingenieur bei Bosch, meist auf Montage. Indien, China, Philippinen und so. Guter Verdienst. Sie betrügt mich über die Jahre hinweg – und ich soll dafür bluten. Sieben Jahre lang. Um mein Elternhaus zu behalten, habe ich unterschrieben. 33 Prozent meines Verdienstes.«

Warum erzählte der Kerl ihm das? Kamen sie so dem Entführer des Mädchens auf die Spur?

»Ein Jahr nach der Scheidung habe ich hingeworfen. Ich soll mich abrackern, damit sie sich mit ihrem neuen Lover ein schönes Leben gönnen kann? Danke, das muss nicht sein. Seither lebe ich vom Zeitungsaustragen und verschiedenen Nebenjobs. Mir reicht's.«

»Ihre Ex geht jetzt leer aus?« Knudsen stand der Mund offen. Der bewundernde Tonfall seiner Stimme war nicht zu überhören.

»Die geht leer aus«, bestätigte sein Gesprächspartner. »Und ich habe endlich Zeit für mein Hobby. Hier, sehen Sie ...« Breigle wies auf das Fernrohr vor dem Fenster. »Damit schaue ich nachts in den Himmel.«

Knudsen trat näher, betrachtete das Gerät. Ein gewaltiges Kaliber, dem Aussehen nach. Pole Poppenspäler, der Kerl war clever. Ließ sich nicht länger von seiner Ex an der Nase herumführen, sondern zahlte es ihr eiskalt heim. Stieg einfach aus seinem Beruf aus. Die Augen meiner Alten wollte ich sehen, wenn ich das genauso auf die Reihe bringen würde, sagte sich Knudsen. Die ganze Schufterei jeden Tag, die

Lumpen und Halunken, das unverständliche Gestammel dieser Bergvolkexistenzen. All das bliebe mir erspart ...

»Aber deswegen sind Sie ja nicht gekommen«, unterbrach Breigle seine Gedanken. »Sie wollen wissen, was ich vorgestern gesehen habe, die Leitners und ihren Besuch betreffend, richtig?«

»Richtig.« Der Mann war ein Phänomen. Nicht nur, dass er ein einwandfreies Deutsch sprach, er verstand es auch, zu leben. Stahl sich einfach so aus seinem Beruf, um seine Ex aufs Kreuz zu legen. Respekt! Wieso war er selbst noch nicht auf diese Idee gekommen?

»Zugegeben, ich bin neugierig«, erklärte Breigle ohne jede Scham. »Was bleibt mir auch anderes übrig, wenn ich nicht ganz versauern will in diesem Kaff? Seit ich hierher zurückgekommen bin ... Hier ist doch nichts los, wir leben am Ende der Welt. Und früher war ich ständig unterwegs, ich erzählte es Ihnen schon, in aller Herren Länder. Dass ich heute ab und zu mal ins Land schaue ... Hier, kommen Sie, überzeugen Sie sich!«

Knudsen folgte zögernd dem Wink des Mannes, trat an das Fenster, das zur Straße hin ausgerichtet war. Der Ausblick war grandios. Fast alle Häuser des Ortes waren zu sehen, dazu die beiden Straßen, die die Verbindung zur Außenwelt herstellten, die Äcker, Wiesen, Wälder und Berge der Umgebung. Wer eine Zeit lang hinter diesen Scheiben verweilte, dem blieb nicht viel von dem verborgen, was sich im und um das Dorf abspielte. Und wenn er sich dann auch noch eines optischen Hilfsmittels bediente ...

»Das ist das Haus der Familie Leitner«, sagte Breigle, nach links in Richtung Ortsrand deutend, »das Auto der Besucherin, ein weißer Golf, stand vorgestern lange neben der Einfahrt.«

»Sie haben es beobachtet?«

»Es war nicht zu übersehen.« Der Mann wies auf das Fenster. »Wollen Sie das Haus aus der Nähe betrachten?«

Knudsen begriff den Sinn der Frage erst in dem Moment, als Breigle sich an dem Fernrohr zu schaffen machte.

»Ich kann die Linse verstellen. Eine Sekunde.« Er richtete das Objektiv neu aus, forderte seinen Besucher auf, seinen Blick darauf zu konzentrieren.

Knudsen trat zur Seite, näherte sich dem Okular, hatte das Haus der Leitners plötzlich unmittelbar vor Augen. Die Eingangstür, das kleine Fenster daneben, die herbstlich kahle Hecke davor.

»Hier ist die Steuerung«, sagte der Mann, auf ein schmales Schaltpult deutend, mit dem das Blickfeld verändert werden konnte.

Knudsen kam der Aufforderung nach, zoomte sich über den Garten und den Vorplatz des Anwesens. Alles gestochen scharf und so stark vergrößert, dass selbst Details zu erkennen waren. Eine kleine, grau getigerte Katze, die auf das Haus zutrottete, sich dann kurz vor dem Gartenzaun auf dem Asphalt niederließ und sich mit ihrem rechten Hinterbein am Kopf kratzte. Wenige Meter von ihr entfernt auf einem der kahlen Äste des Baumes im Vorgarten eine schwarze Amsel, die Katze aufmerksam musternd.

Plötzlich kam Leben in die Szene. Die Amsel flog heftig mit ihren Flügeln schlagend davon; der grau getigerte Vierbeiner beendete seine Körperpflege und trottete langsam in die Richtung des Hauses. Die Eingangstür war einen Spalt weit geöffnet worden, ein kleines Mädchen schaute daraus hervor.

»Anna«, erklärte Breigle, »die Tochter der Leitners.«

Knudsen betrachtete das Kind, schätzte es auf drei, vier Jahre. Genauso alt wie das entführte Opfer. »Was haben Sie noch beobachtet vorgestern?«, fragte er.

Sein Gesprächspartner fuhr sich über seine langen Haare, warf sie sich über die Schulter. »Ich weiß nicht, ob es einen Zusammenhang gibt«, antwortete der Mann. »Nicht, dass Sie sich zu viel davon versprechen oder ich Sie auf eine falsche Spur leite.« Er merkte, dass der Beamte nicht reagierte, sondern nur auf seine Erklärung wartete, lief zum Tisch, holte ein Blatt Papier. »Zwei fremde Autos. Ihre Fahrer beziehungsweise Beifahrer verhielten sich etwas seltsam.«

»Seltsam?« Konnte der nicht kurz und knapp erklären, was er beobachtet hatte? Musste er ihm alles einzeln aus der Nase ziehen?

»Na ja, schon seltsam, ja. Die standen eine ganze Weile an Ort und Stelle. Jedenfalls das eine Fahrzeug, und niemand stieg aus. Erst am frühen Abend, als das Auto erneut auftauchte.«

Pole Poppenspäler, ging es noch umständlicher? »Wo stand das Auto? Wann? Wie lange?«

»Dort hinten zwischen den alten Scheunen, am Ende der Sackgasse.« Breigle wies auf einen schmalen, schwarz asphaltierten und vor zwei etwas baufälligen Holzschuppen endenden Weg etwas abgesetzt von der Durchgangsstraße, keine hundert Meter vom Anwesen der Leitners entfernt.

»Wann?«

»Vorgestern. Zuerst morgens etwa von elf bis zwölf. Und dann noch einmal am frühen Abend zwischen 17 und 19 Uhr ungefähr. Da war es dann aber schon dunkel.«

»Dasselbe Auto?«

»Ein dunkler Audi. Hier, das ist sein Kennzeichen.« Breigle reichte ihm das Blatt.

»Das Kennzeichen?« Knudsen schnappte nach Luft. Dieser Bergvolkvoyeur war doch stets aufs Neue für Überraschungen gut. Er studierte das Papier. »Ein S für Stuttgart«, las er laut vor. Sie mussten es überprüfen, sicherheitshalber. Auch wenn es mit der Entführung des Mädchens überhaupt nichts zu tun hatte.

»Morgens saß nur ein Mann in dem Auto. Abends hatte er einen Beifahrer.«

»Das konnten Sie genau erkennen?«

Breigle lachte leise. »Haben Sie sich nicht gerade selbst von der Qualität überzeugt?« Er wies auf sein Fernrohr.

Knudsen nickte stillschweigend. In der Tat, das Gerät war nicht von schlechten Eltern. »Auch am Abend?«, fragte er. »Bei Dunkelheit?«

Sein Gesprächspartner lief erneut zu dem Tisch, kramte in dem kleinen Papierstapel am Rand, reichte seinem Besucher ein weiteres Blatt. »Das ist der Beifahrer. Gegen 18.30 Uhr habe ich ihn erwischt. Bei Dunkelheit.« Er betonte das letzte Wort, musterte Knudsens Miene.

Der Kommissar starrte auf das Foto, schüttelte den Kopf. »Von hier?« Er sah das in seinen Umrissen leicht verschwommen wirkende, ansonsten gestochen scharf ausgefallene Porträt eines auffallend vornehmen, etwa fünfzigjährigen Mannes mit kurzen, dunklen Haaren und einem schmalen Gesicht vor sich.

Breigle nickte. »Die Arbeit mit dem Teleskop ist mein Hobby. Ich fotografiere den Nachthimmel mit speziellen Materialien. Dämmerlicht ist da kein Problem.«

»Der war nur am Abend in dem Auto. Und der andere Mann?«

»Tut mir leid. Dieser hier kam nur für einen kurzen Moment nach draußen. Ich denke, um sich die Beine zu vertreten. Das reichte mir gerade für die Aufnahme. Der andere blieb im Auto. Jedenfalls in der Zeit, in der ich das Auto beobachtete. Ich kann Ihnen nur sagen, dass es sich um einen Mann handelte. Mitte vierzig vielleicht, ein kräftiger, völlig anders als sein Beifahrer wirkender Typ. Wenn es sein muss, kann ich ihn beschreiben. Es war derselbe, der am Morgen schon in dem Auto hockte. Klobiger als der andere, wenn Sie verstehen, nicht so vornehm wie der.«

»Das Anwesen der Leitners ist von dem Platz, auf dem das Auto mit den beiden Männern parkte, einzusehen?«

»Sehr gut sogar. Der Blick geht genau zu Leitners Haus und Vorplatz.«

»Ich kann das Foto haben?«

»Natürlich. Wenn es Ihnen hilft.«

»Haben Sie beobachtet, wann und wohin die Männer verschwanden?«

Breigle schüttelte den Kopf. »Tut mir leid. Ich musste in meinen Schuppen, Feuerholz holen. Als ich nach unten ging, stand das Auto an Ort und Stelle. Später dann ... Ich weiß nicht mehr, wann ich wieder in die Richtung sah. Warum auch? Von der Entführung hörte ich erst gestern in der Klinik. Und auch da war noch nicht davon die Rede, dass die Mutter des Kindes hier die Leitners besuchte.«

»Erwähnten Sie nicht ein weiteres Auto?«

»Morgens, ja. Ein kleiner, älterer Peugeot mit zwei Frauen. Er tauchte etwa zur selben Zeit auf wie der dunkle Audi, blieb aber nicht so lange. Dort drüben, am Anfang der Sackgasse, vielleicht hundert Meter von dem Audi entfernt, haben sie geparkt.«

Knudsen wies auf das Teleskop. »Sie haben sie nicht zufällig ...«

»Tut mir leid, nein. Ein Foto kann ich Ihnen nicht bieten. Ich banne schließlich nicht alles und jeden, der sich hier in der Umgebung bewegt, auf einen Chip. Das wäre etwas zu anstrengend. Aber das Kennzeichen, das habe ich notiert. Hier, bitte.«

Knudsen sah sich mit einer weiteren Buchstaben- und Zahlenkombination konfrontiert. Wortlos, mit offenem Mund musterte er sein Gegenüber. Pole Poppenspäler, dieser Bergvolkvoyeur hatte es faustdick hinter den Ohren!

21. Kapitel

Eine Hausdurchsuchung im Zusammenhang mit der Entführung der kleinen Elena?« Braig hatte den Anruf Theresa Räubers entgegengenommen, kaum dass an diesem Donnerstagmorgen in Neundorfs Büro die gemeinsame Besprechung mit seinen Kollegen begonnen hatte. »Das kann nicht sein«, erklärte er. »Wir haben keine Hausdurchsuchung angeordnet.«

»So ist es aber. Lothar ist völlig verzweifelt. Irgendwelche Typen vom LKA stehen vor seiner Tür und verlangen Einlass. Das ist absurd. Ich kenne Lothar und seine Frau seit über zehn Jahren. Die haben ihm nur zehn Minuten gegeben, um mit seinem Anwalt zu reden. Er hat aber keinen Anwalt. Stattdessen informierte er mich, weil wir uns noch am Dienstagabend darüber unterhielten, dass meine Schwester mit einem Kommissar vom LKA liiert ist. Das Mädchen wurde doch jetzt am Dienstag entführt, wenn ich richtig informiert bin? Da war Lothar bei uns, den ganzen Abend. Bitte kümmere dich um die Sache. Die beiden sind Ende siebzig. Das haben die nicht verdient, nach dem, wie man ihnen früher in der DDR mitgespielt hat!«

Braig versprach seiner Schwägerin, sich der Angelegenheit ohne Aufschub anzunehmen. Ein alter, pensionierter Pfarrer im Visier des LKA, hinter der Entführung des Mädchens zu stecken?

Er war heute Morgen etwas spät aus dem Haus gekommen, weil Ann-Sophie die halbe Nacht gefiebert und sich zwei Mal erbrochen hatte; erst gegen Morgen war es seiner Partnerin und ihm gelungen, das Kind in den Schlaf zu wiegen und selbst, wenigstens für ein paar Stunden noch, Ruhe zu finden. Ein kalter Ostwind hatte ihm auf dem kurzen Weg von seiner Wohnung am Nordrand des Cannstatter Kurparks zum LKA zu schaffen gemacht; die letzten Blätter der inzwischen meist kahlen Bäume waren wie Schwärme betrunkener Fliegen durch die Luft gewirbelt und ihm ins Gesicht geklatscht. Einen der ersten mit seinen hell erleuchteten, elektrischen Kerzen an die bald bevorstehenden Festtage erinnernden und von den Böen kräftig durchgeschüttelten Weihnachtsbäume in einem der Vorgärten hatte Braig nur am Rande wahrgenommen.

In großer Eile hatte er Neundorfs Büro aufgesucht, wo die Besprechung des aktuellen Standes ihrer Ermittlungen schon im Gang war. Wie er sich bereits unmittelbar nach dem Aufwachen telefonisch hatte informieren lassen, war von den Entführern immer noch keine Nachricht eingegangen, auch jetzt, fast 38 Stunden nach dem Verschwinden der kleinen Elena nicht. Alle im Raum wussten, was das bedeuten konnte.

»Das ist kein gutes Zeichen«, hatte Neundorf erklärt, »wenn es denen um Geld ginge, hätten die sich längst gemeldet.«

»Das ist zu befürchten, ja«, hatte Aupperle ihr zugestimmt. »Müssen wir uns darauf einstellen, dass die Kleine nicht mehr lebt?«

Niemand in der Runde war bereit gewesen, seine Befürchtung ausdrücklich zu bestätigen, alle hatten geschwiegen. Die Angst, dass er der Realität erschreckend nahegekommen war, hatte dennoch fast alle ihre Gesichter geprägt.

»Wenn ja, weshalb?«, hatte er gefragt. »Ein pädophiler Hintergrund oder ein persönlicher Racheakt, um den Eltern oder einem der beiden irgendetwas heimzuzahlen?«

»Das haben wir doch von Anfang an ins Auge gefasst.« Neundorf war sofort auf seine Spekulation eingegangen. »Harttvallers berufliche Problemfälle, die sind geklärt, oder? Jedenfalls die, die er uns genannt hat.«

»Und was ist mit der Mutter?«

Aupperles Frage war nicht lange unbeantwortet geblieben. »Ich habe mich gestern Abend ausführlich mit Frau Harttvaller unterhalten«, hatte Jacqueline Stührer erklärt. »So gut es ging, jedenfalls. Sie brachte nicht viel auf die Reihe, ist zu sehr angeschlagen. Logisch, in ihrer schrecklichen Situation. Aber sie hat kategorisch alles abgewiesen, was nur entfernt in diese Richtung ging. Das sei unmöglich, so was auch nur anzudeuten. Sie habe keine Feinde, die ihr das antun würden, ihr einziges Kind zu entführen.«

»Was ist sie von Beruf?«, hatte Aupperle sich erkundigt.

»Lehrerin«, hatte Braig erklärt. »Soweit ich weiß, an einer Grundschule. Zurzeit ist sie aber noch zu Hause, wenn ich richtig informiert bin.«

»Grundschule?« Aupperle war auf die Ausführungen des Kollegen eingegangen. »Da wird es wohl kaum so große Auseinandersetzungen geben, dass jemand das Kind einer Lehrerin entführt.«

»Hast du eine Ahnung!« Neundorf hatte ein zynisches Lachen hören lassen. »Bis vor wenigen Jahren gab es oft bürgerkriegsähnliche Zustände, wenn eine Lehrerin nach der vierten Klasse den Sprösslingen bestimmter Herrschaften nicht die erwünschte Gymnasialempfehlung aussprach. Damals hatte allein die Klassenlehrerin darüber zu entscheiden. Ich erinnere mich noch gut, was für ein Trara manche Eltern anstellten, als mein Johannes die vierte Klasse besuchte. Das war richtig widerlich, wie die sich mit der Klassenlehrerin anlegten. Die Frau tat mir leid. Viele Kinder haben einfach andere Begabungen, aber die ehrgeizigen Alten wollen das nicht einsehen.«

»Du meinst, wir sollten da noch einmal nachbohren?«

»Sofern Frau Harttvaller in der Lage ist, sich ernsthaft Gedanken zu machen. Unbedingt. Was haben wir als Alternative?«

»Irgendein privater Zwist, eine Sache, die beide Harttvallers nicht so ernst nehmen wie die Person, mit der es eine Auseinandersetzung gab«, hatte Braig überlegt. »Oder doch ein Konflikt im Umfeld des Bauamtes. Vielleicht sollten wir nicht nur mit ihr, sondern auch mit ihm noch einmal reden.«

»Jacqueline soll es versuchen. Ich glaube, du hast den besten Draht zu den Leuten.«

»Einverstanden. Ich werde mich sofort darum bemühen.«

»Knudsen ist wieder auf der Alb?«, hatte Braig sich erkundigt.

»Seit dem frühen Morgen«, hatte Neundorf bestätigt. »Die Nachbarn der Familie befragen, die Frau Harttvaller vorgestern besuchte.«

»Und Felsentretter? Sollte der uns nicht ebenfalls helfen?«

»Keine Ahnung«, hatte Jacqueline Stührer geantwortet, »als ich heute Morgen kam, habe ich ihn kurz gehört und gesehen. Aber irgendwann war er verschwunden.«

»Auf dieses Arschloch können wir gerne verzichten. Der soll sich die Hucke vollsaufen, damit er die dumme Kuh, die sich gerade von ihm bespringen lässt, besser malträtieren kann. Hauptsache, er verschont uns mit …« Neundorfs Antwort war im Läuten des Telefons untergegangen. Sie hatte den Hörer abgenommen, sich kurz mit der Anruferin unterhalten, ihn dann an Braig weitergereicht. »Für dich. Theresa.«

Er hatte sich den Bericht seiner Schwägerin angehört, versprach ihr, sich sofort um die Angelegenheit zu kümmern. »Eine Hausdurchsuchung im Zusammenhang mit unseren Ermittlungen? Wisst ihr darüber Bescheid?«, wandte er sich an seine Kollegen.

»Wer soll die angeordnet haben? Und weshalb? Gibt es irgendeine verdächtige Person, von der wir beide nichts wissen?«, fragte Neundorf.

Braig gab Mandy Prießnitz' Nummer ein, hatte ihre Stimme am Ohr. Er schilderte ihr den Vorfall, erkundigte sich, ob sie darüber Bescheid wisse.

»Also, ich meene, ich hätte heute Morschn Ihren Golläschn Felsentretter von eener Hausdurchsuchung rädn hörn. Der hatte grade 'nen Anruf von dem Vater des entführten Mädchens entgegengenommn und war ganz ufgeräscht. Der Vater hätte sich an was erinnert, hörte ich ihn saachn, als er mit der Staatsanwaltschaft telefonierte. Ich meene, der hatte Ihren speziellen Freund an der Schdribbe.«

»Söderhofer?«

»Sie saachn es.«

Braig bedankte sich bei der Sekretärin für die Auskunft, legte den Hörer auf. »Felsentretter und Söderhofer. Ich muss sofort dorthin, ich habe es Theresa versprochen.« Er sprang zur Tür, hörte Neundorfs Stimme hinter sich.

»Ich gehe mit. Wir beide leiten die Ermittlungen. Es geht nicht an, dass bestimmte Figuren hinter unserem Rücken ihre eigene Suppe kochen. Auf welche Weise auch immer.« Sie verabschiedeten sich von ihren Kollegen, richteten sich in aller Eile für den Einsatz her.

Zwölf Minuten später waren sie vor dem Haus im Stuttgarter Vorort Luginsland angelangt. Drei Dienstwagen der Kollegen, dazu eine graue Limousine der Staatsanwaltschaft versperrten die Zufahrt. Zwei uniformierte Beamte standen mit grimmigen Gesichtern vor der Haustür, die Arme vor der Brust verschränkt. Ringsherum, die Bürgersteige vor den Nachbargrundstücken belagernd, eine unübersehbare Armada gaffender, laut diskutierender Neugieriger.

Neundorf und Braig sprangen aus dem Wagen, kaum dass sie ihn zum Stehen gebracht hatten. Der Kommissar hatte unterwegs mehrfach versucht, Felsentretter per Handy zu erreichen. Der Kollege war nicht an den Apparat gegangen.

»Theresa hat erzählt, dass es sich bei Lothar und Marianne Keiser um ein altes Pfarrersehepaar handelt. Er war in der DDR im Gefängnis gewesen, weil er sich mit Politbonzen angelegt hatte. Er erlaubte Transparente mit Parolen wie *Frieden schaffen ohne Waffen* auf der Fassade seiner Kirche. Das war dem widerlichen Politpack schon zu viel. Um näher bei ihren Kindern zu sein, zogen die Eltern vor fünfzehn Jahren nach Stuttgart. Marianne Keiser sitzt im Rollstuhl und ist auf Hilfe angewiesen«, hatte Braig seiner Kollegin berichtet. »Was das alles mit der Entführung der kleinen Elena zu tun haben soll, ist Theresa vollkommen schleierhaft, zumal Lothar Keiser selbst jetzt am Dienstagabend Gast in ihrem politischen Arbeitskreis war.«

»Das werden wir hoffentlich bald erfahren.«

Sie ließen sich vom Geschrei der neugierigen Gaffer nicht beeindrucken, eilten zum Eingang des kleinen Einfamilienhauses, der nicht wie bei den Nachbargebäuden mit einer Treppe, sondern über eine etwas umständliche, zu einer engen S-Kurve gewundenen Rampe erschlossen wurde. Neundorf und Braig streckten den uniformierten Beamten ihre Ausweise entgegen, stellten sich vor.

»Kollegen, dürfen wir wissen, was hier los ist?«

Der Ältere der beiden Männer musterte sie misstrauisch, zeigte dann ins Haus. »Das müssen Sie die Einsatzleiter fragen. So ein fetter Staatsanwalt und ein aufgeblasener LKAler. Die haben das ganze Theater angeleiert. Müssen sich ja nicht den Arsch abfrieren wie wir Idioten hier draußen.«

»Danke«, erklärte Neundorf. »Vielleicht können wir dafür sorgen, dass die Sache schnell beendet wird. Dann müssen Sie nicht länger frieren.«

»Da bin ich aber gespannt«, brummte der Beamte. »Viel Vergnügen.« Er trat zur Seite, ließ beide passieren.

Neundorf und Braig schoben sich durch den Türspalt, sahen sich zwei weiteren uniformierten Polizisten, die mit Papierstapeln gefüllte Kartons zum Ausgang schleppten, gegenüber. Die Kommissarin stellte sich den Männern in den Weg, zeigte ihren Ausweis, gebot ihnen, die Kartons sofort abzustellen. Aus dem Inneren des Hauses hörten sie mehrere Männer laut miteinander streiten.

»Sie haben kein Recht, hier bei uns einzudringen! Wie Sie sich hier aufführen, das haben wir jahrelang ganz genauso in der DDR erleben müssen.«

»Mäßigen Sie sich! Sie sind in der ganzen Stadt als Querulant bekannt, werden auf einer Demonstration nach der anderen gesichtet. Damit hat es jetzt ein Ende!«

Braig hatte die Stimme schon beim ersten Ton erkannt. Er wusste um die instinktiv erfolgende Reaktion seines Körpers, konnte nichts dagegen unternehmen. Gänsehaut kroch ihm über den Rücken, seine Nackenhaare richteten sich auf. Ekel und Abscheu machten sich in ihm breit. Er hätte alles dafür getan, sich diese Begegnung zu ersparen. Söderhofer, der Oberstaatsanwalt.

Braig versuchte, sich zu konzentrieren, folgte seiner Kollegin samt den beiden uniformierten Kollegen in einen großen Raum, wohl das Wohnzimmer der Familie, wie es ihm durch den Kopf ging. Ein großer Tisch mit Stühlen, ein breites Sofa, zwei Sessel, eine Vitrine. Bevor er noch einen Blick auf die dort versammelten Personen geworfen hatte, hörte er bereits Neundorfs laute Stimme.

»Landeskriminalamt. Hauptkommissarin Neundorf. Dies hier ist mein Kollege, Hauptkommissar Braig. Was geht hier vor?« Ihr schneidend scharfer Ton war nicht zu überhören. Mit einem Mal herrschte Ruhe, nur das leise Schluchzen einer älteren Frau, die in einem Rollstuhl saß, war noch zu vernehmen.

Neundorf schob sich mit hochrotem Gesicht an mehreren uniformierten Beamten vorbei, die im Eingangsbereich des großen Raumes standen, beachtete die massigen Gestalten Söderhofers und Felsentretters, die sich vor einem älteren Mann und der Frau im Rollstuhl aufgebaut hatten, mit keinem Blick. Sie trat zu den beiden Senioren. »Frau und Herr Keiser, nehme ich an?«

Der mit einer dunklen Weste bekleidete, von kurzen, grauen Haaren und einer auffallend bleichen Gesichtsfarbe gezeichnete, kaum 1,60 Meter große Mann sah zu ihr auf. »Diese Herren hier«, er wies auf die umstehenden Männer, »beschuldigen mich, an der Entführung eines Kindes beteiligt zu sein«, presste er hervor. »Die sind völlig verrückt.«

»Mäßigen Sie sich! Wir werden Sie wegen Beamtenbeleidigung verklagen«, fiel Söderhofer ihm ins Wort.

Neundorf wandte dem Oberstaatsanwalt demonstrativ den Rücken zu. »Hauptkommissar Braig und ich leiten die Ermittlungen im Fall der entführten Elena. Hier wird niemand verklagt und hier spricht auch niemand, ich betone *niemand*, dem wir nicht ausdrücklich das Wort erteilen.«

»Was erdreisten Sie sich?«, echauffierte sich Söderhofer. »Was bilden Sie sich …«

»Ruhe!« Neundorfs durchdringender Schrei ließ den Mann auf der Stelle verstummen.

Der Oberstaatsanwalt stampfte vor Wut auf den Boden, stieß die Kommissarin kraftvoll zur Seite. Er ließ einen lauten Fluch hören, bewegte seinen massigen Körper aus dem Zimmer. »Ich garantiere Ihnen, das wird Folgen haben!« Laut schimpfend schlug er die Tür hinter sich zu.

»Für Sie, ja!« Neundorf ließ sich von der Inszenierung nicht beeindrucken. »Es geht um die Entführung der kleinen Elena?«, wandte sie sich erneut an den älteren Mann.

»Das behaupten die«, erklärte Keiser. »Ich weiß nicht, wieso ...« Er verstummte, schaute fragend in die Runde.

»Jetzt machen Sie nicht so scheinheilig auf unschuldig«, maulte Felsentretter mit kräftiger Stimme. »Sie haben Herrn Harttvaller mehrfach bedroht und ihm Rache angekündigt!« Er überragte Keiser um annähernd zwei Köpfe, beugte sich zu dem Mann nieder, warf ihm seine Anschuldigung mitten ins Gesicht.

»Wer behauptet das?«, fragte Neundorf.

»Herr Harttvaller. Er rief heute Morgen an und teilte es mir persönlich mit. Heute Nacht sind ihm die Drohungen dieses sauberen Herrn hier wieder eingefallen«, antwortete der bullige Kommissar.

»Interessant. Darf ich wissen, wieso Kollege Braig und ich als die leitenden Ermittler nicht darüber informiert und nach den notwendigen Konsequenzen befragt werden?«

»Warum?«, blaffte Felsentretter. »Weil die leitende Dame und der leitende Herr zu dieser frühen Stunde noch nicht an ihrem Arbeitsplatz weilten. Die Dame und der Herr zogen es vor ...«

»Und anstatt uns Bescheid zu geben, hast du nichts anderes zu tun, als diesen Kotzbrocken«, die Kommissarin fiel ihrem Kollegen mitten ins Wort, zeigte auf die Tür, durch die der Oberstaatsanwalt verschwunden war, »zu informieren, ja?«

»Der greift wenigstens durch und knöpft sich diese Berufsquerulanten vor!«

Neundorf hatte sichtbar Mühe, nicht handgreiflich zu werden. »Der greift durch, ja. Genau wie du. Das könnt ihr: durchgreifen. Bei öffentlich angemeldeten Demonstrationen unschuldige Leute zusammenschlagen, und wenn Mann dann schon in Fahrt ist, zu Hause weitermachen. Bei der eigenen Partnerin durchgreifen wie vorher auf der Straße.

Vor ein paar Wochen habe ich Caroline getroffen«, sie schleuderte ihm ihre Worte wie scharfe Klingen entgegen. »Ihre vielen blauen Flecken haben schön gezeigt, wie du wieder durchgegriffen hast. Meinen Glückwunsch! Es freut mich doch immer wieder, mit solchen Kollegen gesegnet zu sein!«

»Was geht das dich an?« Felsentretter schien vor Wut zu explodieren. Er holte mit seinem rechten Fuß aus, trat gegen einen der Stühle, katapultierte ihn quer durch den Raum. Das Möbelstück prallte gegen das Sofa, stürzte rittlings auf den Boden. »Leck mich doch am Arsch!«

Braig eilte zu seinem Kollegen, baute sich vor ihm auf. »Es ist besser, du gehst jetzt. Bevor ...«

»Bevor? Was denn: bevor?«, brüllte sein Gegenüber.

Braig blieb ruhig. Er bemerkte die dunkelrot angelaufene Miene des Kollegen, wusste um dessen problematischen Charakter. Seit Jahren war er gezwungen, mit ihm zusammenzuarbeiten. Er hatte oft genug miterlebt, wie der hünenhafte Mann die Kontrolle über sich verloren hatte. »Bitte geh!«, wiederholte er. Er hielt Felsentretters wütendem Blick stand, wies wortlos zur Tür. »Wir regeln die Sache, Katrin und ich«, fügte er hinzu.

Der bullige Kommissar warf einen Blick in die Runde, nahm die angespannten Gesichter wahr. »Ihr regelt die Sache, aha. Verdammte Kacke, da kann ich ja beruhigt sein, wenn unsere beiden Star-Kommissare die Sache regeln. Frau Hauptkommissarin Neundorf und Herr Hauptkommissar Braig persönlich, da kann ja nichts mehr schiefgehen, die Stadt atmet auf. Hauptsache, den Berufsquerulanten und Dauerdemonstranten geht es nicht an den Kragen. Die Herrschaften müssen sich ja Woche für Woche weiter austoben können.«

Braig hatte sich die in fast schmerzhafter Lautstärke hervorgebrachte Tirade des Kollegen ohne Kommentar angehört, wies erneut zur Tür. »Bitte!«

Felsentretter trat zur Seite, donnerte mit der geballten Faust auf die Sofalehne. Das Mobiliar schrammte mehrere Zentimeter zur Seite, eine kleine Staubwolke erhob sich in die Luft. Er stieß einen der uniformierten Beamten aus dem Weg, hörte nicht auf dessen kräftiges: »Aua, passen Sie doch auf!«, stürmte mit einem durchdringenden »Leck mich doch am Arsch!« aus dem Raum.

Braig hatte Neundorfs Vorwurf sofort verstanden. Vor wenigen Wochen war sie auf dem Rückweg von einem Einsatz in der Esslinger Altstadt zufällig auf Felsentretters Frau gestoßen, sie hatte es ihm ausführlich erzählt. Es war einer der letzten warmen Tage des Jahres gewesen, alle hatten die laue Luft genossen. Auffallend viele Passanten waren in sommerlicher Kleidung unterwegs. Nicht so Caroline Felsentretter.

Verwundert war Neundorf vor ihr stehen geblieben, die intensive Verhüllung der Frau im Blick. Ein dunkler Rollkragenpullover, bis ans Kinn hochgezogen, lange Ärmel beide Arme verhüllend, dazu ein Wollschal um den Hals geschlagen, den unteren Teil der rechten Wange verbergend. Neundorf hatte das dunkle Mal über dem Saum des Schals dennoch entdeckt, zudem den vergeblichen Versuch der Frau bemerkt, ihrer Begegnung im letzten Moment noch auszuweichen.

»Er hat dich wieder geschlagen«, war Neundorf sofort zur Sache gekommen. »Eine Woche betrügt er dich, die andere beziehst du Prügel. Wie lange willst du dir das noch bieten lassen?«

Caroline Felsentretter war in sich zusammengesunken, als könnte sie sich so vor den Blicken der Kommissarin verbergen. »Sophia. Du weißt doch: Sophia«, hatte sie versucht, sich zu entschuldigen.

»Sophia ist jetzt bald volljährig.« Neundorf war nicht bereit gewesen, das Alter von Felsentretters Tochter als Ausrede für die mangelnde Entschlusskraft ihrer Gesprächspartnerin hinzunehmen. »Wann lässt du dich endlich scheiden?«

Sie hatte die völlig niedergeschlagen wirkende Frau am Arm genommen und sich mit ihr in einer nahen Bäckerei zu einem Kaffee eingefunden. Nach und nach war Caroline Felsentretter aufgetaut, ihr anfänglicher Widerstand, die erlittenen Verletzungen als harmlos abzutun, gewichen.

»Ich bin jetzt seit fast fünfundzwanzig Jahren in dem Job«, hatte Neundorf erklärt, »du weißt, wie viele verprügelte, verletzte, seelisch und körperlich vergewaltigte Frauen ich kennen gelernt habe. Du kannst mir nichts vormachen. Und dir selbst auch nicht. Ich kenne die Typen, die für all das Elend verantwortlich sind, zur Genüge. Und ich weiß, wie sich diese Beziehungen entwickeln. Er wird nicht aufhören, auch wenn er es dir hunderttausend Mal verspricht. Es wird ständig so weitergehen. Du hast nur zwei Möglichkeiten: Entweder du lässt dich scheiden und fängst endlich an zu leben oder du bestellst dir gleich dein Grab. Die Bagger auf dem Friedhof stehen schon bereit. Aber eins kann ich dir sagen: Wenn du dich von ihm unter die Erde bringen lässt, schneide ich dem Schwein die Eier ab. Eigenhändig, das garantiere ich dir!«

Caroline Felsentretter hatte Neundorfs Visitenkarte entgegengenommen und mit einem verlegenen Lächeln auf ihr Angebot reagiert.

»Ruf an, wenn du bereit bist. Du kannst bei uns unterkommen, meine Männer haben nichts dagegen, jederzeit. Und wenn er dich bedroht, hat er mich am Hals. Ich jage ihm eine Kugel ins Knie, der wird dich nie mehr anrühren!«

Sie hatte sich immer noch nicht gemeldet, Neundorf hatte es Braig gegenüber oft genug erwähnt. Die Frau hatte Angst, wie so viele in ähnlichen Situationen auch, wusste er aus Erfahrung, Angst um ihre Gesundheit und ihr Leben.

Neundorfs Worte rissen ihn aus seinen Gedanken.

»Entschuldigen Sie bitte diese Szene und unser unbefugtes Eindringen hier«, wandte sie sich an Marianne und Lothar Keiser. Sie wartete, bis Braig den zur Seite gestoßenen Stuhl wieder aufgestellt und an den Tisch gerückt hatte, fuhr dann fort. »Es tut mir leid. Dieses Benehmen ist mit nichts zu rechtfertigen. Sie sehen, leider gibt es auch bei der Staatsanwaltschaft und der Polizei solche Leute. Sie müssen sich überlegen, ob Sie gegebenenfalls juristische Schritte gegen sie einleiten wollen. Ich stehe Ihnen als Zeugin jederzeit zur Verfügung. Jetzt sollten wir aber gemeinsam versuchen, die Situation hier schnellstmöglich zu klären.«

Sie wandte sich an die uniformierten Beamten, bat sie, das Haus zu verlassen und in ihren Dienstfahrzeugen auf ihre Anweisung zu warten. Ohne jeden Kommentar gingen die Männer aus dem Raum.

Lothar Keiser fuhr sich über sein schütteres Haar, wandte sich an die beiden Kommissare. »Theresa, ich will sagen, Frau Pfarrerin Räuber hat Sie geschickt?«

Braig signalisierte Zustimmung. »Ja. Theresas Schwester Ann-Katrin ist meine Frau. Wir sind gute Freunde.«

Die Frau im Rollstuhl sah zu ihm auf, wischte sich die Tränen aus dem Gesicht. »Dann müssen wir uns bei Theresa noch extra bedanken. So etwas wie heute Morgen haben wir nur in den schlimmsten Zeiten der DDR erlebt. Kurz nach halb acht läutet es Sturm, die schlagen an Tür und Fenster, schreien draußen herum ...« Sie verstummte, hob hilflos ihre Hände. »Und dann stürmen sie mit eiskalten Mienen unser Haus. Wie damals, als sie mir Lothar wegnahmen. Mir und meinen beiden kleinen Kindern. Und ich habe immer geglaubt, das sei hier nicht möglich.«

»Sie müssen entschuldigen.« Braig versuchte, die Frau zu beruhigen, spürte selbst, wie belanglos seine Worte klangen. Das ältere Ehepaar war offensichtlich von seinen Erfahrungen in dem zum Glück längst nicht mehr existenten Unrechtsstaat traumatisiert. Söderhofers und Felsentretters Vorgehen war mit nichts zu rechtfertigen.

»Darf ich fragen, wo Sie am vergangenen Dienstagabend waren?«, mischte sich Neundorf ins Gespräch.

»Frau Räuber hat es Ihnen nicht erzählt?« Lothar Keiser musterte sie mit prüfender Miene.

»Ich möchte es von Ihnen selbst hören.«

»Jeden zweiten Dienstag im Monat treffen wir uns in Frau Räubers Gemeinde zum politischen Arbeitskreis. Wir diskutieren über aktuelle Themen und überlegen, wie wir uns praktisch einbringen können. Zwischen vierzig und fünfzig Leuten nehmen teil, je nachdem.«

»Um wie viel Uhr?«

»Offizieller Beginn ist 19.30 Uhr. Ich war aber schon kurz nach 18 Uhr dort, um bei den Vorbereitungen zum Thema des Abends zu helfen. Gemeinsam mit mehreren Leuten, die das bezeugen können. Wenn Sie ihre Namen wissen wollen …«

»Danke, die kann uns im Notfall sicher Frau Räuber nennen. Um was ging es?«

»Die völlig falschen Zahlen und Fakten, mit denen die Menschen bei der sogenannten Volksabstimmung zu *Stuttgart 21* betrogen wurden.«

»Sie waren bei der Ausarbeitung dieser Thematik aktiv beteiligt?«

Lothar Keiser nickte.

»Na ja, dann wissen wir jetzt, weshalb Sie heute Morgen diesen Überfall erleben mussten. Die haben nur nach einem Vorwand gesucht.«

Neundorf erhielt keine Antwort. Ihre Bemerkung schien dem Mann die Sprache verschlagen zu haben. »Dann wundert mich überhaupt nichts mehr«, brachte er nach einer Weile hervor.

»Wie lange waren Sie dort?«, fragte die Kommissarin.

»Bis kurz nach zehn. Viertel vor elf war ich wieder zu Hause. Marianne hat auf mich gewartet.«

»Sie konnten nicht mit?«

Die Frau im Rollstuhl schüttelte den Kopf. »Ich habe MS. Es geht nicht mehr.«

»Dann ist die Sache geklärt. Entschuldigen Sie mich bitte für einen Moment? Ich möchte die Kollegen draußen nicht länger warten lassen.« Neundorf sah das zustimmende Nicken der älteren Leute, lief aus dem Zimmer.

»Kennen Sie Herrn Harttvaller, den Vater des entführten Mädchens?«, fragte Braig. »Ich meine, wie kommt der dazu, Sie zu beschuldigen?«

»Sprechen Sie von dem Beamten, der beim Bauamt arbeitet? Ist es dessen Tochter, die entführt wurde?«

»Das wussten Sie nicht?«

»Dieser Beamte, der uns solche Schwierigkeiten machte?«, mischte sich Marianne Keiser ins Gespräch.

»Das wussten wir nicht, nein«, antwortete ihr Mann. »Wir hörten nur in den Nachrichten von einem entführten Kind in der Nähe von Reutlingen. Dass es sich um diesen Beamten handelt ...« Er hielt inne, weil Neundorf ins Zimmer zurückkam, setzte erneut zu einer Antwort an. »Wir wussten nicht, dass es der Beamte vom Bauamt ist, dessen Tochter entführt wurde. Das tut uns leid.«

»Hatten Sie irgendwann eine Auseinandersetzung mit dem Mann?«, erkundigte sich die Kommissarin.

»Ja, schon«, gab Keiser zu, »der war so stur und penibel. Ich kann es bis heute nicht fassen. Ich versuchte ihn immer wieder umzustimmen, hatte endlose Diskussionen mit ihm. Aber das, was Ihr Kollege vorhin behauptet hat, ist nicht richtig: Ich habe den Mann nicht bedroht und ihm auch nie Rache angedroht. Wie soll ich das denn ...«

»Aber ich«, fiel ihm seine Frau ins Wort. »Ich habe den Mann bedroht, das stimmt.«

»Sie?«, rief Braig überrascht.

»Ach was«, versuchte Lothar Keiser zu beschwichtigen, »das waren doch keine Drohungen. Was redest du denn da? Marianne, die beiden Kommissare …«

»Doch, ich habe ihn bedroht«, beharrte Marianne Keiser, »ich erinnere mich genau, wie ich ihm gesagt habe: ›Wehe, Sie sitzen auch einmal im Rollstuhl! Das können Sie nicht wissen, ob Ihnen nicht mein Schicksal droht. Dann werden Sie an mich denken und Ihre Hartherzigkeit bereuen!‹«

»Was werfen Sie dem Mann vor?«

Lothar Keiser stöhnte laut auf. »Ach, diese unselige Geschichte! Es geht um den Eingang zu unserem Haus.«

»Dort? Ihre Tür?«

»Nicht die Tür, nein. Die Rampe, die zur Tür hochführt.«

»Für Ihren Rollstuhl.«

»Wir haben sie für Marianne errichten lassen, ja. Mein Sohn hat dieses Haus gekauft, damit wir uns im Erdgeschoss problemlos bewegen können. Um es Marianne leichter zu machen, ließen wir die alten Stufen vor der Haustür entfernen und eine kurze Rampe betonieren, damit sich der Rollstuhl einfach ins Haus schieben lässt.«

»Aber ist diese Rampe wirklich so einfach zu bewältigen?«, wandte Neundorf ein. »Ich habe mich über die enge Kurve gewundert. Ist es nicht sehr mühsam, da hochzukommen?«

»Das ist es doch!«, erklärte Lothar Keiser. »Deshalb hatten wir doch die Auseinandersetzung mit dem Beamten vom Bauamt.«

»Wegen dieser seltsamen Rampe?«

»Wegen der Rampe, ja. Es ist über sechs Jahre her, dass wir den Auftrag vergaben, die Stufen wegzureißen. An ihrer Stelle ließen wir eine gerade, direkt auf den Eingang zuführende

Rampe errichten. 4,50 Meter lang, zwei Meter breit, kerzengerader Verlauf. Von der Grundstücksgrenze am Bürgersteig direkt zur Haustür. Ganz einfach zu bewältigen.«

»Und? Wieso haben Sie jetzt dieses umständliche Monstrum?«

»Das haben wir dem Beamten vom Bauamt zu verdanken«, antwortete Lothar Keiser. »Dass wir uns seit ein paar Monaten so plagen müssen, ist sein Verdienst.«

»Wieso?«

»Das ist jetzt nicht ganz ein Jahr her. Da erhielten wir plötzlich ein Schreiben vom Bauamt, unsere Rampe sei zu steil und müsse deshalb den gültigen Gesetzen angepasst werden.«

»Sie sei zu steil?«, erkundigte sich Braig.

»Da gibt es anscheinend irgendwelche Vorschriften, wie stark die Neigung bei einer solchen Rampe ausfallen darf. Unsere Ausführung übertraf den vorgegebenen Grenzwert um fünf Prozent.«

»Fünf Prozent«, rief Neundorf. »Das ist doch nicht der Rede wert!«

»So sahen wir das auch. Erstens befindet sich die Rampe auf unserem privaten Grund und ist der Allgemeinheit gar nicht zugänglich, und außerdem haben wir sie ja über fünf Jahre lang täglich mit dem Rollstuhl benutzt, oft sogar mehrfach am Tag. Für unsere Zwecke war sie optimal. Mit etwas Anlauf habe ich den kurzen Anstieg problemlos bewältigt. Abwärts lief es genauso gut. Und nie ist etwas passiert.«

»Und trotzdem wollte Herr Harttvaller, dass Sie sie entfernen?«

»Ja, wir mussten sie abreißen und durch diesen Neubau ersetzen, der die vorgeschriebene Neigung nicht übertrifft. Weil der Abstand von unserer Haustür zum Gehweg dafür nicht ausreicht, mussten wir jetzt diese gewundene Form mit der engen Kurve errichten lassen. Das ist sehr mühsam. Die Kurve lässt sich mit dem Rollstuhl nämlich nur schwer bewältigen.«

»Wegen fünf Prozent?« Neundorf schüttelte den Kopf. »Kein Wunder, dass Sie da wütend wurden. Diese Pingeligkeit ist nicht zu rechtfertigen.«

»Lothar muss sich jetzt jedes Mal quälen, wenn er mich hochschiebt. Ich möchte seither gar nicht mehr aus dem Haus«, erklärte Marianne Keiser. »Aber wissen Sie, was uns vollends auf die Palme brachte? Wir müssen unsere Rampe wegen fünf Prozent zu starker Neigung abreißen lassen und die bauen zur gleichen Zeit einen irrsinnig teuren Bahnhof, dessen Neigung die erlaubten Werte um 600 Prozent überschreitet. 600 Prozent!«, wiederholte die Frau. »Finden Sie das korrekt?«

»Ach, lass das doch!«, unterbrach Lothar Keiser die Ausführungen seiner Frau. »Du regst dich doch nur unnötig wieder auf!«

»Ja, ich rege mich auf! Ich rege mich sogar sehr auf über diesen himmelschreienden Wahnsinn. Die Gleise in diesem Monstrum werden in einem solchen Gefälle liegen, dass es die erlaubten Werte um 600 Prozent übersteigt. Darf das denn wahr sein? Politiker halten sich einfach nicht an geltende Vorschriften, sondern vergeuden fremdes Geld, Milliarden, die andere zahlen müssen, für einen Bau, der total gegen die Regeln verstößt! Und wir müssen wegen fünf Prozent unsere Rampe abreißen und an ihrer Stelle dieses Hindernis errichten lassen! Müssen die da oben sich in unserem Land denn überhaupt nicht mehr an geltendes Recht und die Gesetze halten?«

Natürlich wusste Neundorf von dem unglaublichen Skandal, den der Bau dieses als Bahnhof apostrophierten untauglichen Monstrums darstellte. Bahningenieure auf der ganzen

Welt wiesen voller Besorgnis darauf hin, wie eminent wichtig es für die Sicherheit des Bahnbetriebs war, die vorgeschriebenen Grenzwerte bei der Gleisneigung großer Bahnhöfe streng einzuhalten. Überall in Europa, genauso in Japan und China achteten die Bahningenieure minutiös darauf, dass die Gleise in den Bahnhöfen absolut horizontal verlegt wurden. In China etwa durfte es nur in Ausnahmefällen eine Neigung bis zu einem Promille und bei ganz wenigen, besonders komplizierten Projekten ein Gefälle bis zu 2,5 Promille geben. Derselbe Wert war auch in der EU vorgeschrieben. In Deutschland gab es einen einzigen großen Bahnhof, der diesen Wert überschritt: den Hauptbahnhof in Köln, der ein Gefälle von 7,866 Promille aufwies, um das Niveau der unmittelbar an den Bahnhof anschließenden Rheinbrücke zu erreichen. Und genau dieser Kölner Hauptbahnhof stellte einen Brennpunkt ständig neuer Bahnunfälle dar. Mehrfach in den letzten Jahren waren an den Bahnsteigen haltende Züge weggerollt, während Reisende ein- und ausstiegen, unzählige Male waren Beladehilfen umgekippt, wie durch ein Wunder dabei bisher noch niemand ums Leben gekommen. Nur: Der neu geplante Stuttgarter Tiefbahnhof sollte eine doppelt so starke Neigung wie der in Köln aufweisen, ein Gefälle, das mit 15,1 Promille um mehr als das Sechsfache jenseits der erlaubten Grenzen lag!

»Vor allem im Winter, wenn der Schnee von den Fahrzeugen abtaut und sich mit staubfeinen Abriebpartikeln vermischt als rutschiger Schmierfilm auf die Schienen legt, sind Unfälle vorprogrammiert«, hatte ein erfahrener Lokführer Neundorf voller Sorge erklärt. »Aber wissen Sie, wer dann für diese vorprogrammierten Unfälle verantwortlich gemacht werden wird? Nicht diejenigen, die dieses Unheil bauen lassen, sondern die Lokführer, die den Zug nicht halten können.«

»Können Sie mir erklären«, fragte Marianne Keiser, »weshalb Leute nicht bestraft werden, wenn sie sich nicht an die geltenden Vorschriften halten?«

22. Kapitel

»Rassauer heißt der Mann?«, hatte Braig nachgehakt. »Hans Rassauer?«

Knudsens Stimme war nur bruchstückhaft zu verstehen gewesen.

»Was ist mit deinem Handy? Ich kann dich kaum hören.« Er hatte gerade noch mitbekommen, dass der Kollege zu einer Antwort angesetzt hatte, dann war die Verbindung schon wieder für wenige Sekunden unterbrochen.

»Der hockt irgendwo auf der Alb in einem Funkloch. Das gibt es tatsächlich noch«, hatte Neundorf kommentiert.

Knudsens Anruf war in dem Moment eingegangen, als sie sich gerade von den Keisers verabschiedet hatten. Das Ehepaar in Zusammenhang mit der Entführung der kleinen Elena zu bringen, war absurd, daran hatten sie keinen Zweifel.

»Das war reine Schikane, zwei kranken Hirnen entsprungen«, hatte Neundorf geurteilt. »Schlimm ist nur, dass wir die beiden Halunken dafür nicht belangen können.«

Knudsen war kurz auf die Beobachtungen Breigles eingegangen, hatte die Halter der beiden Fahrzeuge, deren Kennzeichen der Mann notiert hatte, bereits identifizieren lassen, ihnen zudem das Foto des Beifahrers gemailt.

»Der andere Wagen ist auf eine Frau zugelassen. Eine Claudia Steib aus Waiblingen. Ob die irgendwas miteinander zu tun haben, ist nicht bekannt. Aber beide müssen überprüft werden.«

Neundorf hatte nicht lange gezögert. »Wir übernehmen das sofort. Ich fahre nach Waiblingen. Wo finden wir diesen Rassauer?«

»Er hat eine Firma in Stuttgart. Kraftfahrzeughandel und Sicherheitsdienst.«

»Autohändler und Security.« Neundorfs Kopfschütteln war heftig ausgefallen. »Vielleicht ein Ex-Bulle, wie? Einer mit Dreck am Stecken? Haben wir es doch mit Autodieben zu tun?«

»In den Unterlagen hat sich nichts Dergleichen gefunden.«
»Und was ist über diese Steib bekannt?«
»Journalistin. Mehr weiß ich nicht.«
»Gut. Wir werden beiden auf den Zahn fühlen.«

Braig hatte sich von Neundorf zu der von Knudsen übermittelten Adresse fahren lassen, sich dann dort von seiner Kollegin verabschiedet.

Das kleine Plastikschild an der Hauswand des modernen Bürogebäudes war ihm sofort aufgefallen. Die vorteilhaft in einem kräftigen Blau ausgeführten Buchstaben stachen deutlich sichtbar von der Hauswand ab. *Rassauer und Partner. Wach- und Sicherheitsdienst. Zweites Obergeschoss.*

Er drückte auf die Klingel, hörte keine Reaktion. Mehrere Autos fuhren vorbei, welke Blätter in die Luft wirbelnd.

Braig spürte den kalten Luftzug, fröstelte. Plötzlich fiel ihm ein, was ihn an Knudsens Worten von Anfang an so irritiert hatte. »Es geht um einen großen, dunklen Audi«, hatte der Kollege erklärt.

Ein großer, dunkler Audi, das hatte er schon einmal gehört. Gestern, bei seinem Gespräch mit Schwalb. Auf der Rückfahrt von seiner Ex sollte Schwalb in Eningen ein anderes Fahrzeug von der Straße abgedrängt haben. Ihm gegenüber hatte der Mann das auch nicht abgestritten. Er hatte allerdings hinzugefügt, dass das nur geschehen sei, weil er selbst einem anderen Wagen habe ausweichen müssen. Einem rücksichtslos und viel zu schnell rasenden großen, dunklen Audi. Und das genau zu der Zeit, als das Mädchen entführt worden sein musste. Nur wenige Kilometer von der Stelle entfernt.

Braig hatte Schwalb geglaubt, das musste er sich jetzt im Nachhinein zugestehen. Handelte es sich bei dem dunklen Audi um das Fahrzeug des Mannes, den er hier aufsuchen wollte?

Er kam nicht dazu, weiter darüber nachzudenken, weil sich ein großer, kräftiger Typ an ihm vorbei zur Tür bewegte. Er war mit einem etwas angeschmuddelten, dunklen Parka bekleidet, schien in großer Eile. Braig sah, wie der Mann einen Schlüssel zückte und die Tür öffnete, schob sich hinter ihm ins Haus. Die bullige Gestalt spurtete die Stufen hoch, kümmerte sich nicht um den Fremden.

Außer Betrieb, kündete eine Hinweistafel an der Fahrstuhltür. Er folgte der Treppe nach oben, hörte gerade noch, wie die Tür vor ihm ins Schloss fiel.

Der Kommissar läutete, ein schriller Signalton war zu vernehmen. Irgendwo hinter der Tür fiel etwas zu Boden, dann ertönte das laute Fluchen einer kräftigen Männerstimme.

Ich komme wohl etwas ungelegen, überlegte Braig.

Für einen Moment herrschte Ruhe, dann hörte er laute Schritte, und die Tür wurde unvermittelt aufgerissen. Die bekannte bullige Gestalt stand mitten im Eingang, starrte misstrauisch zu ihm her. Mit der von Breigle fotografierten Person hatte er nichts zu tun; er sah völlig anders aus.

»Ja?«

»Herr Rassauer?«, fragte Braig.

Der Mann schien offenkundig in Eile. »Ja«, bestätigte er ungehalten.

»Mein Name ist Braig. Ich bin Polizeibeamter und möchte mit Ihnen sprechen.«

»Polizei?«

Der Kommissar nickte, deutete ins Innere. »Darf ich?«

»Es bringt wohl nichts, wenn ich Nein sage.«

»Ich lade Sie gern zu uns ins Büro ein. Sie müssten allerdings sofort ...«

»Ja, ja, ja. Lassen wir das.« Er trat zurück, lief von der Tür weg, wartete am Ende der kurzen Diele auf ihn, begleitete ihn in einen kleinen Raum. Schreibtisch mit Laptop, ein kleiner Tisch, mehrere Stühle. Die Rückwand übersät mit Fotos aus aller Herren Länder, Männer in hellen Uniformen in die Kamera lächelnd.

Rassauer bat ihn, Platz zu nehmen, ließ sich auf einem Bürostuhl hinter dem Schreibtisch nieder. Das Mobiliar rutschte mehrere Zentimeter zurück, kam an der Wand zum Stehen.

Braig setzte sich dem Mann gegenüber, musterte ihn. Er hatte den schmuddeligen Parka abgelegt, präsentierte ein dunkelgrünes Sweatshirt, das seinen muskulösen Oberkörper deutlich zur Geltung brachte. Sein Kopf schien ohne jeden Halsansatz in seinen Nacken überzugehen. Glaubte man sich in Gefahr, konnte man sich an der Seite dieser bulligen Gestalt durchaus geborgen fühlen, überlegte der Kommissar.

Was störte, war nur die unübersehbare Unruhe, die von dem Mann Besitz ergriffen hatte. Er wippte auf seinem Stuhl hin und her, fuhr sich mit der rechten Hand fast ohne Unterlass über die Wangen. War es allein die Ungewissheit über die Intention seines Besuchers, die ihm zu schaffen machte? Das überraschende Auftauchen von Polizeibeamten beinhaltete oft die Konfrontation mit den unangenehmen Seiten des Lebens, war Braig sich bewusst; sein Beruf rief zwangsläufig nicht die erfreulichsten Assoziationen wach. War das der Grund für Rassauers unübersehbare Nervosität?

»Um was geht es?«, brachte er schließlich hervor.

»Wann waren Sie zum letzten Mal in Glupfmadingen?« Der Kommissar fixierte die Miene des Mannes, glaubte, ein kurzes Zucken seiner rechten Wangenmuskulatur wahrgenommen zu haben.

»Glupfmadingen?«, fragte Rassauer in beiläufigem Tonfall. »Ich weiß nicht einmal, wo das liegt.«

»Auf der Alb«, erklärte Braig.

Sein Gesprächspartner schüttelte den Kopf. »Tut mir leid. Der Ort ist mir nicht geläufig.«

Nicht geläufig? Braig ließ nicht davon ab, sein Gegenüber genau zu taxieren. Der Mann fühlte sich nicht besonders wohl, das war nicht zu übersehen.

Er streckte Rassauer sein Handy hin, konfrontierte ihn mit dem Foto, das Knudsen von Breigle erhalten hatte. »Dieser Mann. Sie kennen ihn?«

Rassauer nahm seine Brille in die Hand, setzte sie auf. Er beugte sich nach vorne, musterte das Bild. »Nie gesehen. Wer soll das sein?«

»Sie kennen den Mann nicht?«

Rassauer richtete sich zu voller Größe auf, stemmte seinen Stiernacken in die Höhe, schaute Braig mitten ins Gesicht. »Wie oft soll ich es noch sagen: Nein«, wiederholte er in gereiztem Tonfall. Um seine Antwort noch deutlicher zu gestalten, schüttelte er seinen Kopf. »Wer soll das sein?«

»Ich dachte, Sie könnten mir das sagen«, betonte der Kommissar.

»Ich? Nein. Wieso?«

»Weil er in Ihrem Auto gesehen wurde.«

»In meinem …?« Sein Gesprächspartner warf den Kopf zur Seite, musterte sein Gegenüber. »Von welchem Auto sprechen Sie?«

»Von Ihrem Audi.« Er nannte ihm die Buchstaben und Ziffern des Kennzeichens. »Das ist doch Ihr Wagen?«

Die Antwort des Mannes kam auffallend schnell. »Es *war* mein Wagen, ja«, betonte er. »Er wurde mir gestohlen.«

»Er wurde Ihnen gestohlen?« Braig konnte seine Überraschung nicht verbergen. »Was für ein Zufall!«

»Wieso Zufall?«

»Wann soll das gewesen sein?«

»Dass das Auto gestohlen wurde?«

Er nickte.

»Ich weiß es nicht genau. Direkt nach dem Wochenende. Am vergangenen Sonntag habe ich den Audi zum letzten Mal benutzt. Als ich am Dienstag nach ihm schaute, war er nicht mehr da.«

»Sie haben den Diebstahl angezeigt?«

»Gestern«, bestätigte Rassauer, »ja.«

»Gestern erst?«, fragte Braig.

»Ich hatte vorher keine Zeit.«

»Wo ist das passiert?«

»In Feuerbach. An meinem Verkaufscenter.«

»Was verkaufen Sie?«

Der Mann wandte sich von Braig ab, schaute zum Fenster. »Ich handle mit Kraftfahrzeugen. Vorrangig größere Limousinen. Vor allem Export. Deshalb habe ich auch meinen Sicherheitsdienst gegründet. Es verschwanden zu viele Fahrzeuge. In heiklen Fällen begleiten wir die Autos bis zu ihrem Empfänger, etwa in arabische Länder. Dann haben wir die Garantie, dass sie auch wirklich heil ankommen.«

»Neue Autos?«

»Auch«, antwortete Rassauer, fügte nach kurzem Überlegen hinzu: »Meist aber Gebrauchte.«

»Das Auto wurde aus Ihrem Verkaufscenter entwendet?«, bohrte Braig nach. »Allein oder mit anderen Fahrzeugen?«

»Das habe ich alles doch schon Ihren Kollegen erzählt.« Der Mann sprang von seinem Stuhl auf, wedelte mit seinen Händen durch die Luft. »Muss ich das jetzt alles genau wiederholen?«

Im gleichen Moment entdeckte Braig das Foto. Mitten zwischen unzähligen anderen an der Wand hinter dem Schreibtisch an einer Stelle, die bisher von dem breiten Nacken des Mannes verdeckt worden war. Er hatte Schwierigkeiten, sich auf seine Worte zu konzentrieren, wusste, dass er das Foto an sich bringen musste. Egal wie. »Jetzt reden Sie endlich!«, schimpfte er.

Rassauer ließ ein unwilliges Brummen hören, setzte sich wieder auf den Bürostuhl. Genau vor das Bild.

»Es wurde nur der Audi gestohlen. Zum Glück. Zurzeit habe ich nicht viele Fahrzeuge da. Nur drei.«

»Die brechen extra die Türen auf und lassen die anderen Autos stehen?«

»Die haben keine Türen aufgebrochen. Der Audi parkte ganz normal am Rand der Straße.«

»Oh, und Sie haben einen eigenen Sicherheits- und Wachdienst?«, spottete Braig. »Ihnen kann man ja wertvolle Gegenstände seelenruhig anvertrauen!«

»Haha.« Rassauer legte seine Stirn in Falten, zog einen schiefen Mund.

»Wieso lassen Sie das Auto bei Ihrer Firma stehen? Sind Sie nicht nach Hause gefahren?«

»Das ist nicht nötig. Ich wohne direkt bei meinem Verkaufscenter.«

»Kann ich mir die Wohnung mal anschauen?«, fragte der Kommissar.

»Meine Wohnung?«

»Und Ihr Verkaufscenter, ja.«

»Mein Gott«, stöhnte Rassauer. »Was wollen Sie denn noch alles?«

»Nur Ihre Wohnung anschauen«, sagte er.

Sein Gesprächspartner reagierte anders, als er es erwartet hatte. »Okay«, erklärte er sich sofort bereit. »Wenn es unbedingt sein muss. Wann soll das sein?«

»Am besten sofort.«

»Jetzt gleich? Und was ist hier mit meiner Firma?«

»Ihre Frau ist nicht zu Hause?«

»Nein. Ich lebe im Moment allein.«

»In einer Stunde sind Sie wieder hier.«

Rassauer ließ einen lauten Seufzer hören, sah die entschlossene Miene seines Gegenübers. »Also gut. Aber nicht länger als eine Stunde.« Er erhob sich von seinem Stuhl, trat zur Seite, griff nach seinem Handy.

»Eine Frage hätte ich noch«, sagte Braig. Er lief hinter den Schreibtisch, griff nach dem Foto, löste es von der Wand.

Rassauer verfolgte seine Aktion mit misstrauischer Miene.

»Der Mann hier neben Ihnen, das ist doch ein guter Freund. Seinen Namen hätte ich gerne.« Er hielt seinem Gesprächspartner das Foto vors Gesicht, musterte ihn mit triumphierendem Lächeln.

Der Mann, den Breigle fotografiert hatte, Schulter an Schulter neben dem mit einer hellen Uniform und der Aufschrift *Security* bekleideten Rassauer. Im Hintergrund die Umrisse einer dunklen Limousine, mehrere Palmen, Sandhügel.

»Den Namen und die Adresse Ihres Freundes, bitte«, wiederholte Braig.

23. Kapitel

Claudia Steibs Wohnung zu finden, fiel Neundorf nicht schwer. Sie benötigte nicht einmal einen Blick aufs Navi, kannte die Waiblinger Fronackerstraße zur Genüge. Sie lag keine dreihundert Meter von ihrem eigenen Zuhause im Ameisenbühl entfernt, nur durch den Bahndamm voneinander getrennt.

Die Frau stand freundlich lächelnd vor ihrer Wohnungstür im ersten Obergeschoss des Mehrfamilienhauses, reichte ihrer Besucherin die Hand. Neundorf schätzte sie auf Mitte Vierzig, eine hagere, auffallend dünne, mittelgroße Person in einem warmen, hellen Pulli und blauen Jeans. An den Ohren trug sie kleine Anhänger mit eingefassten, blauen Steinen, ihr Händedruck fiel überraschend kräftig aus.

Neundorf hatte von unterwegs angerufen, kurz bevor sie in Waiblingen angelangt war und sich angemeldet. Claudia Steib hatte sich sofort einverstanden gezeigt.

Sie führte sie in ein kleines, helles Zimmer, dessen Fenster einen schönen Ausblick auf die Stadt und die Umgebung ermöglichten. Der Raum war spartanisch eingerichtet, Tisch, Sofa, ein Schrank, drei Stühle, keinerlei persönliche Utensilien, weder an den Wänden noch auf dem Mobiliar. Die Frau bot ihr einen Kaffee an, den Neundorf nicht ablehnte. Sie wartete, bis sie eine Thermoskanne, Milch, Zucker und zwei Tassen samt Untertellern serviert hatte, nahm dann gemeinsam mit ihrer Gastgeberin auf dem älteren, schon leicht abgewetzten Sofa Platz.

»Die Steib war eine erfolgreiche Journalistin«, hatte Thomas Weiss ihr übers Handy erklärt. »Bis vor wenigen Jahren drehte sie mehrere teils aufsehenerregende Fernsehreportagen. Meistens aus Krisengebieten. Ich glaube, die bekam sogar den einen oder anderen Preis dafür. Müsste ich jetzt aber nachschauen, was genau. Die wohnt noch in Waiblingen? Das wusste ich nicht. Ich dachte, sie sei weggezogen.«

Die Mitteilung Knudsens, bei Claudia Steib handle es sich um eine Journalistin, hatte Neundorf veranlasst, ihren Partner anzurufen und ihn nach der Frau zu fragen, zumal er selbst als Journalist arbeitete.

»Wieso sagst du, die Steib *war* eine erfolgreiche Journalistin?«, hatte sie nachgehakt.

»Na ja, vor ein paar Jahren hat sie plötzlich aufgehört. Ihr Team wurde überfallen, hieß es, irgendwo während einer Auslandsreportage, der Kameramann schwer verletzt. Genauer kriege ich es im Moment nicht auf die Reihe, da müsste ich mich erst noch mal umhören.«

»Was ist mit ihr selbst?«

»Keine Ahnung. Sie wolle mit dem, was passiert war, nicht an die Öffentlichkeit, hieß es damals. Ich weiß nicht, weshalb. Journalisten leben manchmal gefährlich, das dürfte dir bekannt sein.«

Sie hatte ihren Partner gebeten, Informationen über die Frau einzuholen, sich danach von ihm verabschiedet.

Claudia Steib schenkte ihr Kaffee ein, forderte sie auf, Milch und Zucker nach eigenem Wunsch selbst hinzuzufügen, eilte dann nochmals kurz aus dem Zimmer, um mit zwei kleinen Löffeln zurückzukehren. »Sie hatten keine Probleme, herzufinden?«, fragte die Frau.

Neundorf schüttelte den Kopf. »Ich wohne selbst in Waiblingen. Die Fronackerstraße war mir bekannt.«

»Na, dann!« Steib griff nach ihrer Tasse, nippte an dem Kaffee.

Neundorf beschloss, direkt zu ihrem Anliegen zu kommen. »Sie waren auf der Alb?«

»Wieso fragen Sie?«

»Wir würden gerne wissen, was Sie dort wollten.«

»Oho, die Polizei interessiert sich dafür, wo ich meine Zeit verbringe?«, erkundigte sich Steib, Unterschwellig konnte man die Frage erahnen: Schon mal was von Intimsphäre und Datenschutz gehört? Der Tonfall ihrer Stimme blieb dennoch freundlich.

»Nur in diesem speziellen Fall.«

»Die Begründung für Ihre Neugier werden Sie mir sicher noch nennen.«

Neundorf nahm ihre Tasse auf, trank den Kaffee schwarz. Er war nicht mehr heiß, schmeckte auch nicht besonders stark. »Das werde ich, ja«, versprach sie. »Wir ermitteln im Zusammenhang mit einer größeren Sache.«

»Ich bin Journalistin«, erklärte Steib leichthin. »Mein Beruf führt mich zur Zeit auch auf die Alb.«

»Sie sind wieder aktiv?«

»Wieso ›wieder‹?«

Neundorf dachte an die Informationen, die sie von Thomas Weiss erhalten hatte, versuchte, die Sache zu umschreiben. »Ich hörte, Sie hätten eine Art Sabbatjahr eingelegt.«

»Eine Art Sabbatjahr. Das klingt gut«, meinte Steib. »Besser jedenfalls als Burn-out oder Auszeit. Ja, so könnte man das nennen.«

»Und jetzt betreiben Sie also auf der Alb journalistische Studien.«

Steib lächelte freundlich, wies auf Neundorfs schief in ihrer Hand baumelnde Tasse hin. »Vorsicht, ich fürchte, der Kaffee läuft Ihnen auf die Hose.«

Die Kommissarin stellte die Tasse auf den Tisch. »Verzeihung, hoffentlich habe ich jetzt nicht Ihren Teppich bekleckert.«

Ihr Gegenüber winkte ab. »Kein Problem. Kaffee riecht besser als Bier. Aber was meine Arbeit betrifft: Wir drehen eine neue Reportage. Der Inhalt sind skurrile Annoncen von Menschen auf Partnersuche.«

»Skurrile Annoncen? Das klingt lustig.«

Steib erhob sich, lief in einen anderen Raum, kehrte mit einer bunten Zeitschrift zurück.

Sie legte sie vor ihrer Besucherin auf den Tisch, blätterte die Seiten um, viele, schöne Bilder prächtiger Landschaften und üppig blühender Blumen, zeigte auf einen kleinen Text. »Hier, das brachte uns auf die Idee.«

Junger, seine Tiere liebender Öko-Bauer sucht ebenso empfindende Frau. Bitte Bild von deinen Tieren beilegen.

»Von deinen Tieren?«, rief Neundorf überrascht.

»Genau. Ein äußerst sympathischer junger Landwirt auf der Alb.«

»In Glupfmadingen?«

Steib nickte. »Daran arbeiten wir gerade.«

»Fürs Fernsehen?«

»Genau. Wann es läuft, kann ich noch nicht sagen. In drei, vier Monaten vielleicht. Vorausgesetzt, wir kriegen alles so hin, wie wir uns das vorstellen.«

»Und die Leute sind einverstanden? Ich meine, ins Fernsehen mit so einer Anzeige …«

»Wir haben uns ausführlich unterhalten. Gegenseitiges Vertrauen ist sehr wichtig. Ich will ja niemand schlecht darstellen oder verletzen.«

»Und was war der Grund für Ihr Sabbatjahr?«

Steibs Lächeln verschwand schlagartig aus ihrem Gesicht. Die Journalistin wandte sich von ihrer Besucherin ab, blickte zur Seite. »Sie würden wahrscheinlich Burn-out oder berufliche Überforderung dazu sagen. Journalistisches Arbeiten ist nicht immer ganz einfach. Wenn dann noch das Private nicht gut läuft, Ende einer langen Beziehung und so … Es kam von zwei Seiten, beruflich und privat. Aber ich möchte nicht darüber sprechen.«

24. Kapitel

Das Kind hüpfte mit verzückter Miene vor dem Eingang der Buchhandlung Herwig mitten in der Göppinger Fußgängerzone hin und her und starrte fasziniert auf die Weihnachtswunderwelt hinter dem Glas. »Christkind, Christkind!«, rief es laut, mit dem ausgestreckten Arm auf die vielen, bunten Bilder deutend. »Christkind, Christkind!«

Die langen, blonden Haare flogen auf und ab, die rote, viel zu große Jacke öffnete sich, ließ ihre Vorderteile wie zwei Flügel links und rechts des Körpers durch die Luft schwingen. Jedes Mal, wenn Kunden die Buchhandlung betraten oder verließen, stoben die gläsernen Schiebetüren zur Seite und gaben den Blick auf den festlich geschmückten Verkaufsraum im Erdgeschoss unverhüllt frei.

»Christkind, Christkind«, schallte es von der Tür her. »Das Christkind kommt.«

Magisch angezogen von der wundersamen Vielfalt näherte sich das blond gelockte Mädchen der Tür. Es wartete, bis die beiden Flügel zur Seite schwangen, blieb dann mitten im Eingang stehen, blickte sehnsüchtig zu den Verkaufstischen und Stellwänden im Inneren. Eine große, bunte Wunderwelt tat sich vor ihm auf. Engel schwebten mit weiten Flügeln hoch über dem Land durch die Luft. Weiß verschneite Wälder schmiegten sich eng an die steilen Berghänge. Zauberhafte Feen und Elfen tummelten sich unter den Kronen der Bäume. Rehe, Schneehasen und Wildgänse versteckten sich zwischen tiefgrünen Tannen. Ab und an tauchte ein kleines, verwunschen wirkendes Häuschen mit rotem Ziegeldach, rauchendem Schornstein und großen, hell erleuchteten Fenstern aus dem Dämmer auf. Hinter den Butzenscheiben, deutlich zu erkennen, fröhlich singende und tanzende Menschen vor liebevoll geschmückten Christbäumen. Lebkuchen, Marzipanherzen, Schokoladetafeln, rote Nikoläuse mit weißen Rauschebärten, bunte Bilderbücher, kunstvoll verpackte Geschenke, wohin es auch sah.

Das Mädchen wagte sich ein paar Schritte weiter vor, versank mit allen Sinnen in einem der hell erleuchteten Zimmer: mittendrin der Christbaum mit flackernden Kerzen, silbernen und goldenen Kugeln und Sternen und feinen Strähnen von glitzerndem Lametta. Rings um den Baum wundervoll verpackte Geschenke, große und kleine Pakete und gleich daneben eine freundlich lächelnde Frau, Hand in Hand mit einem Mann, ihr sehnsuchtsvoll winkend …

»Mama, Mama«, rief sie laut. »Mama, Mama!« Sie sprang aus dem Verkaufsraum, zwei, drei Schritte zurück, blieb draußen vor dem Eingang stehen. Tränen kullerten ihr über die Wangen. »Mama, Mama!«

Sie schaute sich um, sah nichts als fremde, bedrohlich wirkende Gesichter.

Eine alte, in einen dicken Wollmantel gehüllte Frau blieb schwer atmend in der Fußgängerzone stehen, stützte sich auf ihrem Rollator ab, betrachtete das weinende Kind vor der Buchhandlung.

»Kind, was hasch denn?« Sie musterte das Mädchen, merkte, wie es ihr einen scheuen Blick zuwarf.

»Was hasch denn, komm!« Sie streckte die Hand in die Richtung der Kleinen, wiederholte ihre Aufforderung. »Komm!«

Das Kind reagierte anders, als sie erwartet hatte. Es schrie plötzlich auf, drückte sich ins Eck neben dem Eingang. »Mama, Mama!«

Sein lautes Rufen ließ immer mehr Passanten innehalten. Sie blieben mitten in der Fußgängerzone stehen, warfen einen Blick auf das weinende Mädchen.

Ein kalter Windzug strich durch die Marktstraße, wirbelte abgestorbenes Laub und Papierfetzen in die Luft.

»Ist das Ihr Kind?«, fragte eine junge, einen Kinderwagen vor sich herschiebende Frau.

Die dick vermummte Gestalt am Rollator zeigte keine Reaktion. Sie bewegte sich schwerfällig auf das kleine Mädchen zu.

Reste einer alten Zeitung stoben durch die Luft, wurden von einer Bö zur Seite geschleudert, klatschten unmittelbar vor dem Kind auf den Boden.

»Mama, Mama!« Das Schreien der Kleinen wurde lauter, Angst und Verzweiflung brachen sich Bahn.

»Wem gehört denn das Kind?« Die alte Frau hatte das Mädchen fast erreicht, streckte die linke Hand nach ihm aus. »Ist das Ihr Kind?«

»Ach was, des isch doch d'Annelies!«, warf ein älterer Mann ein. »Die isch nemme ganz backe. Die wohnet dort vonne.« Er zeigte in die Richtung des Bahnhofs.

»Wie bitte?«

»Die isch'd plemplem. Kapieret Sie's jetzt?«

Das Mädchen versuchte, sich dem Zugriff der dick vermummten Gestalt zu entziehen, sprang nach seiner Mama rufend zur Seite, direkt in die Arme einer nur luftig mit einer hellen Bluse bekleideten, jungen Frau.

»Oh, Kind, was ist mit dir?« Bettina Spring stellte die gefüllte Papiertüte, die sie in ihrer Rechten trug, neben sich auf den Boden, kniete sich zu der Kleinen nieder. Sie strich ihr zärtlich über den Kopf, spürte, wie sich das Mädchen Hilfe suchend an sie klammerte.

»Die sucht ihre Mama«, rief der ältere Mann.

»Und wo finden wir die Mama?«

»Was woiß i? Des muss a komische Zwiebel sei. Die hockt wahrscheinlich in oim von dene Läde do«, er zeigte auf die

Schaufenster links und rechts der Marktstraße, »und lässt ihr Kloine uf der Gass zurück, damit sie sich in Ruhe den Modefirlefanz agucke ka. Weiber geits, des geits gar et!«

Die junge Frau sah die verweinten Augen des Mädchens auf sich gerichtet, wandte sich dem Kind zu. »Du willst zu deiner Mama, stimmt's?«

Die Kleine reagierte mit einem zaghaften Nicken.

»Gut. Dann gehen wir zuerst mal zu uns in den Laden. Da ist es schön warm und wir haben wunderschöne Bilderbücher und eine tolle Lokomotive. In die darfst du reinsitzen und die Bücher anschauen. Und dann rufen wir deine Mama. Magst du?«

»Mama. Ich will zur Mama«, hauchte das Kind.

»Ja. Wir holen die Mama. Aber vorher gehen wir in unsere Buchhandlung zu der Lokomotive und schauen viele Bücher und wunderschöne Spielsachen an. Die haben wir extra für kleine Mädchen, die zu ihrer Mama wollen. Einverstanden?«

Die Kleine klammerte sich an ihre Hand, ließ sich in die Buchhandlung führen. Langsam, mit vorsichtigen Schritten trippelte sie neben ihr her, sah sich von mehreren, neugierigen Augenpaaren beobachtet.

»Ja, wer kommt denn da?«, schallte es dem jungen Paar entgegen. »I han denkt, du wolltesch nur a paar Kirschtasche hole und jetzt bringsch a klois Mädle mit?«

»Ja, ihr seht, ich habe mich anders entschlossen. Die Kleine vermisst ihre Mama. Wir gehen jetzt erst mal in unsere Lokomotive und schauen uns ein paar Bilderbücher und Spielsachen an.«

Die junge Buchhändlerin führte das Mädchen zu einer mitten im Verkaufsraum eigens für Kinder postierten, aus Holz gebauten Lok, deren Schornstein weit in die Höhe ragte. Sie zog ihm die viel zu große Jacke aus, ließ es im Führerhaus des geräumigen Holzspielzeugs Platz nehmen. »So, du fährst jetzt schon mal los und ich komme gleich wieder mit einem wunderschönen Buch, einverstanden?«

Das Mädchen nickte, rückte auf der Bank hin und her, nahm das Buch kurz darauf erwartungsvoll entgegen. »Heinzelmännchen«, rief es voller Begeisterung, auf den Titel deutend.

»Du kennst die Heinzelmännchen?«, erkundigte sich eine andere Buchhändlerin.

»Und die Heinzelfrau«, antwortete die Kleine. Sie schlug das Buch auf, blätterte darin, hatte die Heinzelfrau schnell gefunden. »Hier«, erklärte sie. »Die Heinzelfrau trägt eine grüne Zipfelmütze. Keine rote wie das Männchen.« Sie blätterte weiter, zeigte auf ein anderes Bild. »Und so sagen sie: Guten Tag. Sie reiben ihre Nasen aneinander. Und jetzt kommen die Tiere, mit denen die Heinzelmännchen leben. Hier, das Eichhörnchen. Das vergisst manchmal, wo es seine Nüsse versteckt hat. Und dann muss das Heinzelmännchen kommen und ihm das Versteck verraten, sonst muss das Eichhörnchen hungern. Und hier ist ein Hirsch. Wenn der in einer Schnur hängen bleibt, kommt das Heinzelmännchen und sägt die Schnur durch, damit der Hirsch wieder frei wird. Siehst du?« Begeistert hielt sie das Buch hoch, bemerkte erst jetzt, dass mehrere Erwachsene im Kreis um sie herumstanden und mit entzückten Gesichtern ihren Erzählungen lauschten. »Oh, aber jetzt kommen wir zu den Trollen. Die sind böse.« Die Miene des Kindes verfinsterte sich. »Das ist einer von den bösen Trollen. Ich weiß nicht, wie der heißt. Vor dem habe ich Angst. Mama sagt immer, ich soll mir einfach seinen Namen nicht merken, dann muss ich auch keine Angst vor ihm haben.«

»Das musst du auch nicht. Du musst keine Angst vor dem haben«, versuchte Bettina Spring sie zu beruhigen.

»Wo ist meine Mama?«

»Deine Mama? Verrätst du uns mal deinen Namen? Dann rufen wir deine Mama ganz schnell.«

»Elena«, antwortete das Mädchen. »Und wo ist meine Mama?«

25. Kapitel

Braig war gerade damit beschäftigt, das alte, nach Öl und vergammelten Motorenteilen stinkende Lager zu überprüfen, das Rassauer ihm als Teil seines winzigen Verkaufsgeländes präsentiert hatte, als er die Schuhe entdeckte. Sie lagen unter einem Stapel teilweise morscher Bretter, in einem Hohlraum, der von außen nur schwer zu erreichen war. Versteckt, aber nicht gründlich genug, überlegte er. »Wem gehören die?«, fragte er, mit einer Kopfbewegung in ihre Richtung weisend.

Der Mann bückte sich, betrachtete die Schuhe, zuckte mit der Schulter. »Mir. Wem sonst?«

»Darf ich die mal ansehen?«

Rassauer schaute fragend zu ihm auf, machte sich an den Brettern zu schaffen, zog die Schuhe vor. »Bitte.«

Braig nahm sie entgegen, bemerkte es auf den ersten Blick. Größe 45. Genau das richtige Maß. »Sie tragen immer Größe 45?«, fragte er.

»45 oder 46«, antwortete der Mann.

»Dann würde ich die gerne mal mitnehmen«, erklärte der Kommissar. »Sie erhalten sie selbstverständlich wieder zurück.«

Rassauer zog den Mund schief, wusste nicht, was er antworten sollte.

Braig zog eine Plastiktüte aus seiner Tasche, verstaute die Schuhe darin, schaute sich weiter um. Was der Mann als »Verkaufscenter« beschrieben hatte, war ein abschreckend unansehnliches, von einem löchrigen Zaun umgebenes, kleines Areal am Stadtrand, das außer einem erschreckend baufälligen Schuppen zwei uralte, kaum fahrtüchtige Schrottfahrzeuge beherbergte. An wen der Mann diese Uraltkarren verscherbeln wollte, war Braig nicht klar. Er wollte Rassauer gerade danach fragen, als sein Handy fiepte.

Er entschuldigte sich bei dem Mann, trat nach draußen, nahm das Gespräch an.

»Sie wärn's nich gloobn«, hörte er Mandy Prießnitz völlig verheulte Stimme, »aber een Wundr is bassiert!«

Er hatte Schwierigkeiten, den Sinn ihrer Worte zu verstehen, glaubte zuerst, die neue Diät der Abteilungssekretärin habe ihr wieder einmal auf den Magen und die Psyche geschlagen, begriff den Tatbestand erst, nachdem die Frau einen Satz hinzugefügt hatte.

»Das kleene Mädchn is wieder da, gäsund und läbändisch!«

»Wie bitte?« Er glaubte, sich verhört zu haben, fragte lieber nach. »Sie meinen doch nicht ...«

»Die kleene Eläna hamse gefundn. Gäsund und läbändisch!«

Er schnappte nach Luft, sprang mehrere Meter nach vorne, dann zur Seite, atmete kräftig durch.

»Was is denn mit Ihnen, Herr Hauptgommissar? Ham Sie Broblämä?«

Braig versuchte, sich zu beruhigen, fragte dann nach den Hintergründen. Die Sekretärin kam seiner Aufforderung gerne nach, erklärte alles, was sie über die Sache gehört hatte.

»Und übrigens, Ihre Golläschin, die Frau Hauptgommissarin Neundorf, is diräkt hingefahrn nach Göbbingn und die Ältern der Kleenen sind ooch benachrichtigt«, fügte sie dann noch hinzu.

Braig bedankte sich für die erfreuliche Nachricht, steckte sein Handy weg. Er hatte Mühe, sich auf seine Ermittlungen zu konzentrieren, war von der neusten Entwicklung vollkommen überrascht. Die kleine Elena wieder frei, das Kind wohlbehalten wieder zurück! Mit allem hatte er gerechnet, nur nicht damit. Dass die ganze Sache noch einen guten Ausgang nehmen würde, nein, den Gedanken hatte er aufgegeben. Spätestens heute Morgen, als er erfahren hatte, dass auch diese Nacht wieder ohne eine Mitteilung oder Forderung der Entführer vergangen war. Das Kind über vierzig Stunden hinweg in den Händen immer noch unbekannter Verbrecher – das konnte aller kriminalistischen Erfahrung nach kein gutes Ende nehmen. Wenn er sich selbst gegenüber ehrlich war, hatten er und wahrscheinlich auch die Mehrzahl seiner Kollegen sich bereits damit abgefunden, irgendwann in den nächsten Tagen auf die sterblichen Überreste des Kindes zu stoßen und dann darüber zu knobeln, wer den Eltern die schreckliche Botschaft zu überbringen haben würde.

Und jetzt diese überraschende Nachricht! Das seit Tagen spurlos verschwundene Kind mitten in der Göppinger Fußgängerzone aufgetaucht. Gesund und wohlbehalten, wie es schien. Ein Märchen, ein wunderbarer Traum war wahr geworden. Am Liebsten hätte er alles stehen und liegen lassen ...

»Alles okay?«, fragte Rassauer.

Braig hatte Mühe, sich auf den Mann und sein schäbiges Verkaufsareal zu konzentrieren. An wen der die alten Karossen verkaufen wollte, war ihm jetzt egal. Sollte er doch schauen, wo er noch irgendeinen Idioten fand, der ihm diesen Schrott abnahm und dafür auch noch etwas auf den Tisch zu legen bereit war. Was zählte, war im Moment allein die Tatsache, dass das Mädchen frei war, gesund und anscheinend unversehrt, alles andere interessierte jetzt nur noch sekundär. »Die Schuhe nehme ich mit«, sagte er deshalb kurz angebunden, »wie besprochen.«

Er verabschiedete sich von dem Mann, verließ das Grundstück, zog sein Handy vor. Er musste Ann-Katrin über die

Befreiung des Kindes informieren, wollte es ihr nicht antun, die Nachricht erst aus den Medien zu erfahren. Die Sorge um ihre eigene Tochter hatte die vergangenen Stunden unausgesprochen zu sehr belastet, die Angst, der Albtraum, der den Harttvallers den Boden unter den Füßen weggerissen hatte, könnte auch ihnen drohen, war von Stunde zu Stunde gewachsen. Kein Wunder bei all den verzweifelten Anstrengungen, die sie ohne Erfolg betrieben hatten.

»Mein Gott, ihr habt sie immer noch nicht?«, hatte seine Partnerin ihn am Vorabend zu Hause empfangen, sein abgekämpftes, den Misserfolg spiegelndes Gesicht vor Augen. »Dann gibt es wohl keine Chance mehr für das Kind?«

Ihm hatte die Kraft gefehlt, sich mit ihr darüber auseinanderzusetzen, dass ihre Schlussfolgerung nicht die einzig Logische war, dass es Alternativen gab, die erfreulicher klangen, Alternativen mit Hoffnung auf einen glücklichen Ausgang des Ganzen – auch weil er selbst diese Hoffnung bereits weitgehend zur Seite geschoben, sie vielleicht insgeheim sogar schon begraben hatte.

Und jetzt, am Mittag des nächsten Tages war das Wunder doch noch geschehen!

26. Kapitel

Du hast geheult?«, fragte Aupperle. Sein Gesichtsausdruck wechselte zwischen offener Verwunderung und süffisantem Grinsen hin und her.

»Ja. Mir liefen die Tränen.« Neundorfs Miene entbehrte jede Ironie. »Du hättest den Moment miterleben müssen, als die Eltern ihr Kind in die Arme schlossen. Der Vater noch mehr als die Mutter. In der ganzen Buchhandlung war es totenstill. Die Kunden, die Mitarbeiter, unsere Kollegen, keiner gab auch nur einen Ton von sich.«

Es war kurz nach 14 Uhr. Sie hatten sich in Maria Schmeckenbechers Büro versammelt, um ihr weiteres Vorgehen und die offiziellen Erklärungen auf der nachfolgenden Pressekonferenz zu beraten. Die Erleichterung, dass das Kind lebendig und – soweit zu diesem Zeitpunkt absehbar – gesund zu seinen Eltern zurückgekehrt war, war fast mit den Händen zu greifen. Neundorfs mehrfach wiederholte Betonung, dass das Mädchen die Entführung körperlich unversehrt überstanden hatte, es also keinesfalls pädophilen Tätern zum Opfer gefallen war, hatte sämtliche Mitglieder der Runde von der schlimmsten Anspannung befreit.

»Das ist mir fast das Wichtigste«, hatte Maria Schmeckenbecher bekannt. »Und ich denke, wir sollten das nachher in der Pressekonferenz auch deutlich zum Ausdruck bringen.«

Überschattet wurden ihre Gefühle nur von der Tatsache, dass die Freiheit Elenas allein auf der Gnade ihrer Entführer und nicht einmal im Ansatz auf ihren ermittlungstechnischen Bemühungen beruhte.

»Die ließen das Kind in der Buchhandlung Herwig auf seine Eltern warten?«, erkundigte sich Aupperle.

»Die Kleine saß im Führerstand einer hölzernen Lokomotive mitten im Verkaufsraum der Buchhandlung, umgeben von einem Berg wunderschöner Bilderbücher und Spielsachen. Die Mitarbeiter der Buchhandlung hatten sich unglaubliche Mühe gegeben, Elena abzulenken. Sie hatten sie mit Saft zum Trinken versorgt, mit süßen Stückle und jeder Menge Bonbons. Das war wahrscheinlich die schönste Stunde, die die Kleine in den letzten Tagen erlebte. Als die Kollegen das sahen, beschlossen sie, das Kind diesem vertrauten Umfeld nicht zu entreißen. Stattdessen ließen sie die Eltern nach Göppingen kommen. Genauer gesagt, sie schickten einen Ludwigsburger Kollegen zu ihnen, der sie chauffierte. Nicht dass sie unterwegs vor lauter freudiger Erwartung noch einen Unfall bauten. Sie fuhren sie in dem Dienstwagen bis vor die Buchhandlung, ließen sie dann aussteigen. Die Eltern sprangen aus dem Auto, blickten verwirrt in die Menschenmenge, die sich inzwischen in der Fußgängerzone versammelt hatte, wussten nicht weiter. Erst als einer der uniformierten Kollegen auf sie zutrat und ihnen den Sachverhalt schilderte, richteten sie ihre Aufmerksamkeit auf die Buchhandlung. Sie sprangen los, geradewegs auf den Laden zu. Den Moment werde ich nie vergessen, als beide nebeneinander die inzwischen geöffnete Tür der Buchhandlung erreichten, geblendet vom Tageslicht ins Innere schauten und dort ihr Kind in dem riesengroßen Spielzeug inmitten von bunten Bilderbüchern entdeckten. Ich dachte nur daran, wie es mir ergangen wäre, wenn sie meinen Johannes ...« Neundorf verstummte, winkte mit der Hand ab. »Lassen wir das. Die Kleine ist wieder da, gesund und zumindest körperlich nicht misshandelt. Welche psychischen Folgen das für sie haben wird, kann niemand beurteilen. Im Moment geht es mir nur darum, zu wissen, welche Schweine das dem Kind und den Eltern angetan haben. Die werde ich zur Verantwortung ziehen.«

Maria Schmeckenbecher nickte. »Ja, wir dürfen uns jetzt nicht von allzu euphorischen Gefühlen blenden lassen. Fakt ist, dass wir immer noch zu wenig an der Hand haben, um die Täter zu identifizieren. Das werden sie uns nachher in der Pressekonferenz garantiert aufs Brot schmieren. Was ich noch unbedingt wissen will: Wie ist die Kleine vor die Buchhandlung gekommen? Irgendjemand muss doch mitbekommen haben, wer sie dorthin brachte? Stieg sie aus einem Auto, wurde sie von Erwachsenen begleitet?«

Neundorf winkte mit der Hand ab. »Bisher wissen wir noch nichts darüber. Ich habe die Göppinger Kollegen beauftragt, sämtliche Anwohner und auch alle Beschäftigten der Läden, Praxen und Firmen dort danach zu befragen. Außerdem bat ich die Medien um Mitarbeit. Vielleicht haben wir Glück und es meldet sich ein Passant, der sich heute Morgen in der Fußgängerzone aufhielt und etwas beobachtet hat. Ein Stück entfernt gibt es auch eine Überwachungskamera; die Kollegen sind dabei, die Aufnahmen auszuwerten. Was das Kind selbst anbetrifft: Wir haben auf dringendes Ersuchen der Eltern und unseres Psychologen vorerst davon abgesehen, sie auf die vergangenen vierzig Stunden hin zu befragen. Elena ist dreieinhalb Jahre alt. Holster, unser Psychologe rät dringend davon ab, ihre Aufmerksamkeit auf die Zeit der Entführung zu konzentrieren. Das könne eventuelle negativ erlebte Momente in traumatische Erfahrungen verfestigen, sie verstärken oder dazu beitragen, sie in ihrem Unterbewusstsein unauslöschlich zu verankern. Im Interesse der psychischen Gesundheit des Kindes müsse alles getan werden, das zu verhindern. Kinder seien in dieser Beziehung völlig anders zu behandeln als Erwachsene. Holster meinte, die Kleine werde in nächster Zeit schon von selbst einfach losplappern und dabei vieles von dem offenbaren, was sie erlebt hat. Wir haben die Eltern gebeten, dies zu notieren und uns sofort zu informieren.«

»Wir haben überhaupt keine Möglichkeit, das Kind konkret auf die letzten Stunden zu befragen?«, wunderte sich Aupperle. »Ich meine, es muss ja nicht jetzt gleich sein, aber, was weiß ich, in zwei, drei Stunden oder gegen Abend. Von mir aus auch erst morgen. Aber irgendwann …«

»Holster wird die Harttvallers besuchen. Gemeinsam mit einer Pfarrerin. Heute Nachmittag. Sie haben zugesagt. Vielleicht können sie uns helfen.«

»Und wie steht es gesundheitlich mit der Kleinen? Du hast betont, dass keinerlei körperlicher Missbrauch vorliege, aber ist sonst auch alles okay? Sie hatte genug zu essen?«

»Wir haben Elena gemeinsam mit den Eltern sofort zu ihrem Hausarzt in Ludwigsburg bringen lassen. Sie kennen ihn gut und vertrauen dem Mann sowohl bezüglich seiner Fachkenntnis als auch menschlich. Körperlich liegt nichts vor, befand der Arzt, die Kleine scheint die ganze Zeit über mit genügend Essen und Trinken versorgt worden zu sein. Sie bekam auch frische Kleidung, die sie sich anscheinend selbst angezogen hat.«

»Selbst angezogen?«, fragte Maria Schmeckenbecher.

»Das glauben sowohl der Arzt als auch die Eltern. Sie hatte die Unterwäsche und die Strümpfe falsch herum an und auch Vorder- und Rückseite des Pullovers waren vertauscht.«

»Das könnte auch auf eine Person schließen lassen, die sonst nichts mit kleinen Kindern zu tun hat, oder?«

Neundorf überlegte einen Moment, nickte dann. »Ein Mann.«

»Ja, ja, ja«, brummte Aupperle.

»Die Kleine selbst hat noch überhaupt nichts erzählt?«

»Nur einen Satz«, antwortete Neundorf. »›Der Onkel ist weg.‹«

»Der Onkel ist weg«, wiederholte Schmeckenbecher.

»Es kann natürlich auch eine Frau gewesen sein, die sich verkleidet hat«, sagte Neundorf. »Um uns zu täuschen.«

»Was ist mit dieser Frau Steib, deren Auto Breigle in der Nähe des Anwesens der Leitners beobachtete? Was hat dein Gespräch mit der Frau erbracht?«, mischte sich Braig ins Gespräch.

»Sie hat ihre Anwesenheit auf der Alb sofort zugegeben. Die war ihrer Auskunft nach beruflich bedingt. Sie ist Journalistin und dreht gerade eine Reportage über Leute, die skurrile Anzeigen aufgegeben haben. Einer wohnt anscheinend in Glupfmadingen.«

»Und den hat sie von ihrem Auto aus beobachtet?«, fragte Braig.

»So genau habe ich da nicht nachgefragt«, bekannte Neundorf.

»Das heißt, für dich ist sie außen vor.«

»Nein, das will ich nicht sagen. Thomas hat mir von ihr erzählt. Deshalb blieb ich zurückhaltend. Ich wollte abwarten, was sich bei dir und diesem Rassauer ergibt.«

»Was ist mit dieser Journalistin?«, erkundigte sich Jacqueline Stührer.

»Sie scheint sehr erfolgreich gewesen zu sein. Hat wohl ziemliches Aufsehen erregt mit Reportagen aus Krisengebieten, auch Preise dafür erhalten.«

»Was heißt ›gewesen‹?«

»Vor zwei oder drei Jahren, genauer weiß ich es nicht, muss ihr etwas passiert sein.«

»Auf einer ihrer Reportagen?«

Neundorf nickte. »Thomas will sich noch genauer ...« Sie stockte, schaute zu Braig, dessen Handy laut fiepte.

Er nahm es vom Tisch, warf einen Blick aufs Display, entschuldigte sich. »Das ist Rössle. Ich muss ran.« Er drückte auf Empfang, hatte die Stimme des Technikers am Ohr.

»Bevor i dir lang was nüber sims, sag i dirs selbscht: Der Schuh passt haargenau.«

»Der Schuh passt?«, wiederholte Braig aufgeregt. Er sah die überraschten Blicke seiner Kollegen auf sich gerichtet.

»Größe, Breite, Form, alles stimmt. Nur a kleine Eikerbung fehlt.«

»Das bedeutet: Es ist nicht der Originalschuh, von dem der Abdruck im Schlamm des Waldparkplatzes stammt. Er fällt im Vergleich zu diesem aber so verblüffend ähnlich aus, dass es sich um den Schuh desselben Mannes handeln dürfte. Sehe ich das richtig?«

»Ein Richter ersetzt das *dürfte* durch ein *könnte*«, korrigierte Rössle. »Alle achtzig Deifel von Sindelfinge, dir isch doch klar, dass das net langt.«

»Ja, natürlich«, brummte Braig.

»Gang na und stell dem Kerl sei Haus uf den Kopf: Irgendwo hat der die Originalschuh versteckt!«

»Oder er hat sie längst verbrannt, in tausend Teile zerhackt oder im Neckar versenkt.« Braig bedankte sich für die Information, unterrichtete die Kollegen über seinen Besuch bei Rassauer.

»Was ich nicht verstehe: Er war sofort bereit, dir sein Verkaufscenter oder wie er das bezeichnet zu zeigen?«, wunderte sich Neundorf.

»Ich war selbst verblüfft«, gab er zu.

»Das bedeutet doch, dass er sich seiner Sache absolut sicher war. Entweder weil er mit der Entführung des Kindes nichts zu tun hat oder ...«

»... weil er alles, was mit der Entführung im Zusammenhang steht, weder in seiner Firma noch in dieser Bruchbude versteckt hat«, fiel Braig seiner Kollegin ins Wort. »Das scheint mir realistischer.«

»Was spricht für These eins, was für These zwei?«, fragte Aupperle.

»Der Schuh passt, das hast du gerade selbst gehört. Und dazu hat er mich angelogen«, erklärte Braig. »Der Typ, den Breigle als Beifahrer in Rassauers angeblich gestohlenem Audi fotografierte, sei ihm unbekannt. Noch nie gesehen. Und kurze Zeit später entdecke ich genau diesen Kerl an der Wand hinter seinem Schreibtisch, Schulter an Schulter mit ihm irgendwo in der Pampa. Noch nie gesehen. Selbst wenn es nur einer von vielen Kunden war, denen er in einem anderen Land ein Fahrzeug lieferte, ist das unglaubwürdig. ›Der kommt mir irgendwie bekannt vor, aber den Namen habe ich leider vergessen‹, das hätte ich als Antwort akzeptiert. So aber ...«

»Du hast ihn mit dem Foto an der Wand ausdrücklich konfrontiert?«

Braig nickte. »Er bestand darauf, sich nicht mehr an den Namen zu erinnern.«

»Dann gibt es wohl keinen Zweifel: These zwei«, erklärte Aupperle.

»Und wir müssen das gesamte Umfeld Rassauers unter die Lupe nehmen: Privates wie Berufliches«, ergänzte Jacqueline Stührer.

»Ich habe Ohmstedt und Felsentretter darum gebeten. Sie arbeiten schon daran. Vielleicht könnt ihr ihnen helfen.« Er wandte sich an Stührer und Aupperle. »Während wir uns auf der Pressekonferenz vergnügen.«

27. Kapitel

Braig hatte sich gerade in seinem Büro einen Kaffee eingeschenkt, um sich von den aggressivsten Anwürfen verschiedener Medienvertreter zu erholen, als Ohmstedt in seiner Tür stand. Der Kollege klopfte an den Türrahmen, betrat sein Büro.

»Du siehst abgekämpft aus«, meinte er. »Ich kann mir vorstellen, dass es heiß herging.«

Braig massierte seine Schläfen, atmete kräftig durch. »Dass das Kind freikam, geht nur auf den guten Willen der Entführer zurück. Zwei Tage sind seit Elenas Verschwinden vergangen und die Polizei hat nicht einmal den kleinsten Anhaltspunkt zu bieten. Müssen jetzt alle Eltern Tag und Nacht selbst auf ihre Kinder aufpassen, weil unsere Ermittler sich als so unfähig erweisen?«

»Auweh, das klingt nicht gut.«

»Nein, das war nicht besonders angenehm. Vor allem, weil da ja was Wahres dran ist«, stöhnte Braig.

»Wir sind halt auch nur Menschen, so banal das klingt«, meinte Ohmstedt. »Manchmal vergessen wir das. Aber jetzt gönn dir erst mal deinen Kaffee, und anschließend kommst du in mein Büro. Ich habe da vielleicht was für euch.«

»Wie bitte?« Braig stellte die Tasse auf seinem Schreibtisch ab, schaute gebannt zu dem Kollegen auf. Er wusste nur allzu gut, wie akribisch Ohmstedt arbeitete, mit welchem persönlichen Einsatz er sich seinen Ermittlungen hingab, wie klug und erfahren er seine Unternehmungen vorwärtstrieb. Wenn er extra in sein Büro kam …

»Du sollst erst mal deinen Kaffee trinken.« Die Worte des Kollegen rissen ihn aus seinen Gedanken.

Braig sprang von seinem Stuhl. »Was hast du entdeckt?«

»Kaffee.« Ohmstedt verharrte auf der Stelle, wies mit ausgestrecktem Arm auf die Tasse. Er wartete, bis Braig zwei, drei Schlucke getrunken hatte, nickte dann mit dem Kopf. »So«, sagte er, »immerhin.«

»Was gibt es ...«

»Rassauer«, erklärte der Kollege, »ich kam einfach nicht weiter mit dem Mann. Bis mir eine alte Sache einfiel.«

»Ja?« Braigs Ungeduld war fast physisch zu greifen.

»Wir hatten da vor ein paar Jahren mal diesen Autohändler am Wickel, der mehr oder weniger aus Versehen in eine größere Sache reingerutscht war. Eigentlich handelte er nur mit alten, von ihm mehr schlecht als recht wieder aufgepäppelten Schlitten. Sein Name war mir nicht mehr geläufig, der fiel mir erst vorhin wieder ein. Gönner, vielleicht erinnerst du dich. Jedenfalls rief ich ihn an. Small Talk, bis er selbst wissen wollte, warum ich ihn an die Strippe holte. Er kennt Rassauer, ziemlich gut. Kollegen, erklärte er mit Ironie in der Stimme. Ich denke, die haben etliche Flaschen zusammen geleert und manch anderes dazu. Rassauer hat eine Schwester in Österreich. Ein scharfes Weib, allerdings mit Haaren auf den Zähnen, so Gönner. Sie sei Rassauers Halbschwester und habe einen österreichischen Pass, weil sein Vater durchgebrannt war und dort eine neue Familie gegründet hatte. Die Geschwister verstehen sich aber sehr gut, meint Gönner. Und jetzt kommt es: Diese Halbschwester lebt seit einiger Zeit hier.«

Braig verstand sofort, was Ohmstedt andeutete. »In Stuttgart?«

»Nicht weit weg. In Bad Boll.«

»Bad Boll.« Die kleine Stadt lag gerade einmal zehn Kilometer von Göppingen entfernt, wo das Kind wieder aufgetaucht war. Und nach Eningen, in dessen Nähe das Mädchen entführt wurde, war es auch nicht die Welt. »Du weißt ihren Namen?«

Ohmstedt nickte. »Und ihre Adresse«, sagte er.

Keine fünfzehn Minuten später war Braig gemeinsam mit Neundorf auf dem Weg nach Bad Boll. Er hatte die Kollegin über Ohmstedts Entdeckung informiert, ihre Reaktion geahnt.

»Die Frau schauen wir uns an. Sofort«, hatte Neundorf ohne Zögern erklärt.

Die angegebene Adresse war leicht aufzufinden. Das Haus lag nicht weit vom Ortsrand, von einem etwas verwilderten Garten gesäumt. Braig kannte die kleine Stadt von mehreren Besuchen der weit über die Grenzen des Landes hinaus hochgeschätzten Evangelischen Akademie. Überragt vom Steilanstieg der Schwäbischen Alb schmiegte sich die Gemeinde in die waldreichen Ausläufer des Mittelgebirges.

Neundorf passierte das gesuchte Anwesen, musterte es aufmerksam, parkte das Auto dann etwa fünfzig Meter weiter am Rand der Straße. »Ich schlage vor, wir schauen uns zuerst mal um, bevor wir läuten.«

Sie betrachteten die Umgebung. Von gepflegten Gärten gesäumte, gutbürgerliche Ein- und Zweifamilienhäuser, die selbst jetzt im November von etlichen immergrünen Sträuchern und den letzten bereits leicht verbleichten Herbstastern vor allzu strenger, jahreszeitlich bedingter Tristesse bewahrt wurden.

»Angenehme Wohnlage«, urteilte Neundorf. »Wenn es nicht etwas zu weit ab läge, könnte ich es mir durchaus auch für uns vorstellen.«

Sie näherten sich der avisierten Adresse, lasen außen am dunkelbraun gestrichenen Holzzaun den Namen von Rassauers Schwester.

»Prolitschka«, sagte Braig. »Dann versuchen wir es mal.«

Er drückte auf die Klingel, öffnete die schmale Gartentür, folgte seiner Kollegin durch den Vorgarten bis zum Haus. Links und rechts vom Weg erhoben sich die jahreszeitlich ausgedünnten Gerippe verschiedener Sträucher und Bäume. Der Hauswand entlang bis zur angebauten Garage erstreckte sich ein breiter, etwa einen Meter hoher, von immergrünem Blattwerk geschmückter Busch. Sie blieben vor der massiven Haustür stehen, warteten vergeblich auf ein Lebenszeichen aus dem Haus.

»Entweder ist niemand da oder wir kommen ungelegen, weshalb auch immer«, meinte Braig und betätigte erneut den Klingelknopf. An dieser Stelle war die wohltönende Glocke aus dem Inneren deutlich zu vernehmen.

Neundorf folgte der Hauswand, kämpfte sich durch den dichten Busch bis zum Fenster vor, warf mit zusammengekniffenen Augen einen Blick in die Wohnung. Eine moderne Küche in hellem Holz, zwei Teller, eine Schüssel auf der Anrichte, mehrere Flaschen Saft und Limonade, ein paar gebrauchte Gläser.

»Die scheinen außer Haus«, hörte sie die Stimme Braigs hinter sich.

Im gleichen Moment sah sie die große Puppe auf dem Küchenstuhl. Ein offensichtlich neues, kaum benutztes, mit langen, blonden Kunsthaaren geschmücktes Modell. Sogar das Preisschild baumelte noch an der Seite. 14,99 Euro, wenn sie das richtig entzifferte. Neundorf drückte ihre Stirn ans Glas, bemerkte das Plüschtier am Fuß des Stuhls. Ein billiges, graues Unikum in der Form eines Elefanten, auch er dem Anschein nach ziemlich neu. »Hat Ohmstedt irgendwas von Kindern erzählt?«, fragte sie.

»Ob diese Prolitschka Kinder hat?«

»Ich sehe hier drin Spielzeug. Eine nagelneue Puppe und einen Plüschelefanten.«

»Keine Ahnung. Von ihrem Familienstand ...« Braig wurde mitten im Satz unterbrochen.

»Und da liegt noch ein ganzer Stapel Spiele. Irgendwas mit Bauklötzen und Memory, ich kann es nicht genau erkennen. Aber die sind fast alle noch verschweißt. Noch nicht geöffnet. Das ist doch nicht normal!«

»Es sei denn, ein Kind hatte Geburtstag. Und es kam noch nicht dazu, alle Geschenke auszupacken.«

»Ach was! Ist deine Ann-Sophie so ein seltsames Wesen, dass sie sich mit einem einzigen Geschenk zufriedengibt, wenn fünf verschiedene vor ihr liegen? Die Kinder reißen doch eins nach dem anderen auf, die wollen doch alles sehen, was die Leute ihnen da mitgebracht haben. Nein, die lassen nichts liegen. Das ist doch nicht normal!« Sie wandte sich vom Fenster ab, lief zurück zur Tür, drückte mit ihrer rechten Handfläche auf die Klingel, ließ die Glocke mehrere Sekunden lang läuten. Dem wohltönenden Klang folgte keinerlei Reaktion.

»Gut. Dann gehen wir rein«, erklärte Neundorf. Sie überprüfte das Schloss der Haustür, lief dann zur Garage, fand beide verschlossen. »Versuchen wir es von der anderen Seite«, schlug sie dann vor.

Braig wusste, dass er keine Chance hatte, sie von ihrem Vorhaben abzuhalten, folgte ihr auf dem holprigen, mit Steinplatten ausgelegten Weg um die Ecke. Ein schmaler, jahreszeitlich bedingt etwas ausgebleichter Rasen säumte die Rückseite des Hauses, in der Mitte vom Halbrund einer mit Holzplatten gestalteten Terrasse unterbrochen. Dem Rasen schloss sich ein weit ins Hinterland reichender Garten an, der von vielen Bäumen und Sträuchern bewachsen war. Nur wenige Blätter verloren sich noch an den kahlen Novemberästen.

Neundorf steuerte die Terrasse an, starrte durch die vollkommen verglaste Tür ins Innere. Ein breites helles Ecksofa mit rundem Glastisch, auf der Seite eine aus mehreren Stühlen und einem großen rechteckigen Tisch bestehende Sitzgarnitur, gesäumt von einer schmalen Vitrine. Sie musterte den ihrem Blick zugänglichen Teil des Sofas, entdeckte mehrere großformatige Bilderbücher, die dort übereinander lagen, eines davon, wie sie sich eigens überzeugte, noch original verschweißt. »Kinderbücher«, sagte sie. »Eines ist noch nicht ausgepackt.« Sie untersuchte den Verschluss der Terrassentür, schüttelte den Kopf. »So viel Leichtsinn gehört bestraft.«

Braig folgte ihrem Hinweis, sah, dass selbst die einfachste Verankerung fehlte, zog sein Messer. Kurz darauf standen sie im Haus. Der Lärm des Aufbruchs verhallte binnen Sekunden. Nichts war zu hören.

Neundorf drückte die Glastür in die angesplitterte Fassung zurück, rief laut: »Polizei. Wir sind jetzt im Haus!«, wartete auf eine Reaktion.

Irgendwo war ein leises Brummen zu hören.

»Die Heizung läuft«, flüsterte Braig.

Der Kontrast zur kalten Luft draußen war eklatant. Die Temperatur im Haus erreichte gut und gerne zwanzig Grad. Er griff in seine Tasche, zog zwei Packungen Schutzüberzüge vor, reichte eine davon seiner Kollegin. Sie stülpten sich das Material über die Schuhe, schlüpften in die Handschuhe, durchkämmten die Räume im Erdgeschoss. Wohnzimmer, Küche, Bad, Toilette, dazu eine Art Büro, alles ordentlich aufgeräumt, nur in der Küche und im Wohnzimmer Hinweise auf ein kleines Kind.

»Irgendwas stimmt hier nicht«, war Neundorf sich sicher. »Das ist alles viel zu sauber. Hier lebt doch kein Kind! Oder sieht es bei euch so aus?«

Braig ließ ein lautes Lachen hören. »Du kennst doch unsere Wohnung. Ann-Sophie, die vielen Tiere. Immer herrscht irgendwo Chaos. Im Vergleich zu uns ist das hier ein Museum.«

»Ein Museum, in dem zumindest zeitweise ein Kind anwesend war.«

Er musste sich nicht weiter umsehen, um zu begreifen, dass sie richtig lag.

Die kaum angerührte Puppe mit dem auf der Seite baumelnden Preisschild, der Plüschelefant, die Bilderbücher, teilweise noch verschweißte Spiele, dazu die Saft- und Limonadenflaschen in der Küche, ein in der Tat seltsames Kinderrefugium. Lange konnte sich das junge Wesen hier wohl kaum aufgehalten haben.

»Wir sollten uns noch das obere Stockwerk anschauen.« Neundorf lief in die Diele, folgte der Holztreppe in die nächste Etage.

An der Wand überlebensgroß porträtiert zwei blonde Frauen um die Vierzig, Arm in Arm, freundlich in die Kamera lächelnd. Oder war es ein Gemälde? Sie überflog das Bild, war sich nicht sicher. Auf jeden Fall geschmackvoll inszeniert.

»Sympathisch, oder?«, meinte Braig.

Im gleichen Moment hörten sie das Geräusch. Ein lauter kräftiger Schlag, nicht weit von ihnen entfernt, hinter einer der Türen in ihrem Stockwerk. War irgendein schwerer Gegenstand auf den Boden gefallen? Weshalb?

Neundorf und Braig drückten sich an die Wand, schoben sich, die Hände an den Waffen, leise auf die Tür zu, hinter der sie die Ursache des Geräusches vermuteten. Eine Art Scharren war zu vernehmen, dann wurde etwas zur Seite geschoben.

Neundorf entsicherte ihre Pistole, hielt sie in die Richtung der Tür. Sie wies auf das Zimmer, rief laut: »Hier ist die Polizei. Wir öffnen jetzt die Tür!«, drückte dann auf die Klinke.

Die Tür schwang zurück, gab ihnen den Blick in den Raum frei. Innerhalb einer Sekunde hatten sie begriffen, was geschehen war.

Ein großer, schwarz-weißer Kater stand breitbeinig über einem üppig gefüllten Napf, schmatzte genießerisch. Er blickte nur kurz zu ihnen auf, beugte sich dann wieder über sein Fressen.

»Frisches Nassfutter«, murmelte Neundorf, »voll bis zum Rand. Das hat jemand erst vor kurzer Zeit gefüllt.«

Das Zimmer war spartanisch eingerichtet. Ein Tisch, ein Schrank, ein Schlafsofa. An der Seite, direkt unter dem Fenster, eine breite Truhe, über ihr, in den unteren Holzrahmen des Fensters eingelassen, eine jetzt verschlossene Katzenklappe.

Braig musterte das Tier, sah den kleinen Knopf an seinem Hals. »Eine chipgesteuerte Katzenklappe«, sagte er. »Der Kater wiegt mindestens sechs oder sieben Kilo. Kein Wunder, dass du an ein Erdbeben denkst, wenn der von der Truhe springt.«

»Wir sind im oberen Stockwerk«, überlegte Neundorf. »Wie kommt das Tier draußen hoch?« Sie schaute durchs Fenster, sah das Dach der Garage direkt unter sich. »Die Garage«, gab sie sich selbst die Antwort. »Die will ich mir auch noch ansehen.«

Braig trat an das Sofa, sah mehrere Plüschtiere neben der Decke liegen. Ein hellbrauner, babygroßer Teddybär, ein farbiger Papagei, zwei kleine Entenkinder. Am Rand der Decke mehrere lange, hellblonde Haare. Er zog eine kleine Plastiktüte aus seiner Tasche, klaubte drei blonde Haare von der Decke auf, schob sie in die Tüte.

»Die könnten von einem Kind sein«, meinte seine Kollegin.

Sie schlossen die Tür, ließen das unbeirrt schmatzende Tier zurück, kämmten die übrigen Räume durch. Ein Schlafzimmer, ein Arbeitsraum, ein zweites Bad.

»Jetzt noch die Garage«, erklärte sie.

Sie folgten den Stufen ins Erdgeschoss, warfen einen Blick in den Keller – ausgemusterte Haushaltsgegenstände, ein kleiner Lebensmittelvorrat, verschiedene wohl selbst eingemachte Marmelade- und Gemüsegläser. Am Ende der Diele, gleich neben der Kellertreppe, eine weitere Tür.

»Führt die in die Garage?«

Neundorf drückte die Klinke, konnte nichts erkennen. Ein Schwall kalter Luft strömte ihr entgegen. Sie tastete die Wand neben sich ab, fand den Schalter. Das Licht mehrerer Neonröhren flackerte auf, tauchte die Garage dann in grelles Licht.

Braig hatte einen Moment lang Schwierigkeiten, etwas zu erkennen, kniff seine Augen zusammen. Als er das Auto vor sich sah, hörte er bereits Neundorfs Stimme.

»Ein großer, dunkler Audi. Kommt dir das nicht bekannt vor?«

Er schob sich an zwei Reservereifen vorbei zu dem Auto, blickte ins Innere. Auf dem Rücksitz eine Halbliterflasche Cola, daneben eine Packung Kekse. Er drückte sein Gesicht an die Scheibe, entdeckte ein hellblaues Kleidungsstück auf dem Boden unter dem rechten Rücksitz. Braig versuchte, zu erkennen, was er da vor sich hatte, sah, dass es sich um eine Kinderjacke handelte. Er öffnete die hintere Wagentür, griff nach dem Kleidungsstück, faltete es auseinander.

Das Etikett am Innenrand des Kragens wenige Zentimeter neben der Konfektionsgröße war schon etwas verbleicht. Braig hatte dennoch keine Mühe, es zu identifizieren. »Elena Harttvaller«, las er laut.

28. Kapitel

Eine Oma haben sie überfallen. Ihre Tasche genommen. Böse Jungs«, sprudelte Ann-Sophie aufgeregt los. »Mama hat alles gesehen.«

Der Anruf seiner Partnerin hatte Braig genau in dem Moment erreicht, als er dabei war, das Büro zu verlassen. »Wann kommst du? Spät?«

»Ich bin schon unterwegs«, hatte er ihr geantwortet. »Wir wissen jetzt, wer Elena entführt hat. Der Kerl heißt Rassauer. In seinem Auto und im Haus seiner Schwester haben wir eine Jacke sowie DNA der Kleinen entdeckt. Dort war das Mädchen wahrscheinlich die ganze Zeit versteckt.«

»Oh, dann hat es doch noch geklappt. Das ist sehr gut. Die Sache hat sehr viele Leute aufgewühlt. Mit wem ich auch ins Gespräch kam, die hatten fast nur ein Thema: Ein Kind entführt. Alle haben Angst, dass ihnen dasselbe passiert. Was ist das für ein Kerl?«

»Ein Autohändler. Ich habe mich mit ihm unterhalten. Besonders gewalttätig kam der mir nicht vor. Eher so ein Typ erwachsenes Riesenbaby. Aber so kann man sich täuschen. Und jetzt ist er uns auch noch durch die Lappen gegangen. Mein Fehler. Ich hätte ihn gleich mitnehmen sollen, als ich bei ihm war. Wir haben seine Wohnung und sein Büro durchsucht. Der ist abgetaucht. Na ja, die Fahndung läuft.«

»Hoffentlich erwischt ihr ihn bald. Ihr kennt seine Beweggründe?«

»Ich war gerade mit Katrin noch mal bei den Eltern in Ludwigsburg. Harttvaller musste seinen Computer zu Hilfe nehmen, da kam er tatsächlich auf den Namen. Rassauer wollte vor mehreren Jahren seine Bruchbude zu einem Geschäftshaus ausbauen. Hatte wohl einen solventen Investor im Hintergrund. Der Bebauungsplan der Stadt stand dem aber eindeutig entgegen. Harttvaller konnte gar nicht anders als das Projekt abzulehnen. Dem waren die Hände gebunden.«

»Wann war das?«

»Vor vier Jahren.«

»Und dann wartet der Kerl vier Jahre, bis er die Kleine entführt?«

»Was weiß ich. Verbrechen beruhen meist weniger auf rationalen Überlegungen als auf irrationalen Gefühlseruptionen. Aber das weißt du ja selbst. Seine genauen Beweggründe erfahren wir erst, wenn wir den Kerl erwischt haben. Hoffentlich bald. Weshalb rufst du an?«

»Deine Tochter ist völlig aufgewühlt.«

»Was ist passiert?«

»Eine alte Frau wurde überfallen. Vor unseren Augen.«

»Wo?«

»Im Kurpark. Wir gingen spazieren wie immer. Es war überraschend mild, die Luft richtig angenehm. Da wollte ich etwas raus. Ich musste ja heute nicht in die Praxis. Dr. Genkinger war auf seiner Fortbildungstagung in Karlsruhe. Ja, und da haben wir es gesehen.«

»Wie genau ist das gelaufen?«

»Zwei ältere Damen waren gemeinsam unterwegs durch den Park, beide nicht mehr so gut zu Fuß und mit Stöcken. Die eine hatte ihre Handtasche über der Schulter. Ich war mit Ann-Sophie vielleicht dreißig Meter von den beiden entfernt, als zwei Jungs auf sie zukamen. Um die fünfzehn Jahre alt etwa. Ich glaube, die hatten uns nicht bemerkt. Der eine Junge hatte eine Zeitung in der Hand, die hielt er den beiden Frauen vor die Nase. Das war Teamarbeit, wie bei Profis. Zwei abgebrühte Typen. Ich sah, wie der eine auf etwas in der Zeitung deutete, auf ein Bild oder einen Artikel, und während sich die beiden Frauen auf das Papier konzentrierten, sprang der andere Kerl plötzlich die Frau an und riss ihr die Handtasche von der Schulter. Und dann rannten beide wie die Wilden davon. Das ging so schnell, dass ich überhaupt nicht reagieren konnte. Bis ich begriffen hatte, was passiert war, war von den beiden Jungen nichts mehr zu sehen.«

»Verletzt wurde niemand?«

»Zum Glück nicht, nein. Aber die Frauen waren total schockiert. Kein Wunder, das kam aus heiterem Himmel.«

»Du hast es den Kollegen gemeldet.«

»Sofort per Handy, ja. Die schickten auch eine Streife. Aber da waren die Typen schon längst über den Neckar. Deine Tochter ist jedenfalls völlig aufgeregt. Die findet heute nicht so schnell in den Schlaf.«

Braig hatte sich beeilt, nach Hause zu kommen, wurde von Ann-Sophie bereits an der Wohnungstür empfangen. Sie hatte Micki, ihre junge Katze, im Arm, sprudelte ohne jede Begrüßung einfach drauflos.

»Eine Oma haben sie überfallen. Ihre Tasche genommen. Böse Jungs. Mama hat alles gesehen.«

Er bückte sich nieder, nahm ihr die Katze aus den Händen, gab ihr links und rechts einen Kuss.

»Böse Jungs«, wiederholte Ann-Sophie. »Warum tun die der Oma weh?«

»Die wollten ihre Tasche«, antwortete er.

»Warum?«

»Damit sie an das Geld der Oma kommen.«

»An das Geld von der Oma?«

»Das hatte die bestimmt in der Tasche.« Er legte seine Jacke ab, zog sich die Schuhe von den Füßen.

»Das haben die bösen Jungs gewusst?«

»Na ja, das haben die sich gedacht. Frauen tragen ihr Geld meistens in Taschen mit sich herum.«

»Männer machen das nicht?«

Braig lachte laut, nahm Ann-Sophie in den Arm, drückte sie an sich. »Nein, Männer stecken ihr Geld in ihre Hosen.«

»Du auch?«

»Ja.«

»Aber du tust es doch in deine Jacke.«

Er trug sie ins Wohnzimmer, begrüßte seine Frau mit einem flüchtigen Kuss, setzte dazu an, sich auf dem Sofa niederzulassen.

»Vorsicht, Papa, Mogli schläft«, hörte er die mahnende Stimme seiner Tochter.

Gerade noch rechtzeitig blickte er sich um, sah ihren großen Kater lang ausgestreckt mitten auf dem Polster dösen. »Ach so, Verzeihung, mein Herr«, brummte er etwas theatralisch, machte drei, vier Schritte, setzte sich samt seiner Tochter in den freien Sessel daneben.

Sie kicherte laut. »Du hast dich bei Mogli entschuldigt.«

»Ja, das gehört sich doch so. Immer rücksichtsvoll sein.«

»Aber doch nicht bei Tieren, Papa.«

»Warum nicht? Mogli gehört doch auch zu unserer Familie.«

»Ja, aber er kann nicht mit uns reden. Deshalb musst du dich auch nicht bei ihm entschuldigen.«

»Aha.«

»Und du tust das Geld in deine Jacke. Nicht in die Hose«, fand sie wieder zum ursprünglichen Thema.

Braig lachte. Er wusste um die Hartnäckigkeit seiner Tochter. Wenn sie sich in ein Thema verbissen hatte, war sie nicht so leicht davon abzubringen.

»Im Winter, ja«, ging er auf ihre Erwiderung ein. »Aber im Sommer, wenn ich keine Jacke anziehe, stecke ich es in die Hosentasche.«

»Dann können es dir die bösen Jungs nicht wegnehmen.«

»Nicht so leicht jedenfalls wie der Oma.«

»Greifen die dir in die Hosentasche?«

»Na ja, das ist nicht so einfach.«

»Die haben Angst vor dir. Du bist bei der Polizei. Die haben Angst, dass du sie verhaften tust.«

»Das wissen die doch nicht, dass ich bei der Polizei bin. Ich bin doch fast immer normal angezogen. So wie alle anderen Leute auch.«

»Dann haben die keine Angst vor dir?«

Braig strich ihr sanft über die Haare, schüttelte den Kopf. »Nicht mehr als vor den anderen Leuten auch.«

»Das ist aber schlecht«, überlegte Ann-Sophie. »Dann wollen die dir auch das Geld wegnehmen.«

»Ich passe aber auf, dass die das nicht können.«

»Die können das nicht?«, fragte sie.

»Nur wenn sie sich ganz raffiniert anstellen«, gab er zur Antwort.

Ann-Sophie blickte aufmerksam zu ihm hoch. »Wie ist das: Ganz raffiniert?«

Braig überlegte. »Na ja, die müssen sich das vorher genau überlegen, wie sie das tun wollen. Wenn sie clever sind, machen sie das so wie bei der Oma. Der eine muss versuchen, mich abzulenken, damit ich nicht bemerke, wie mir der andere in die Tasche greift.«

»Und wie muss der dich ablenken?«

»Wie der mich ablenken muss?« Braig stöhnte laut. »Du fragst vielleicht Sachen! Der muss mir eine spannende Geschichte erzählen, irgendetwas vorlügen, damit ich nur noch auf ihn achte und nicht mehr auf seinen Freund.«

»Und sein Freund greift dir dann in die Hosentasche.«

»So könnte das funktionieren«, sagte er, »ja.«

29. Kapitel

»Eenen scheenen gudn Morschn, Herr Gommissar. Was machen Se denn für'n Gesichd? Ich hoffe doch, Ihnen geht's gud?«

Mit dieser Tusse zusammenzutreffen, so früh am Morgen – wie sollte es einem da gehen? Er hatte extra versucht, die Begegnung mit der nervigen Abteilungssekretärin zu vermeiden. Die Augen streng auf den Boden gerichtet, war er aus dem Fahrstuhl um die Ecke gehuscht, vergeblich. Der neugierigen Tusse entging doch überhaupt nichts. Blieb ihm jetzt also nichts anderes übrig, als mitzuspielen. Sie vollkommen zu übersehen, Pole Poppenspäler, bei den nächsten fünfundzwanzig Treffen würde sie es ihm aufs Brot schmieren. Je nach Diät, mit der sie sich gerade zu noch mehr Körperfülle entgegenfastete.

Knudsen setzte zu einer Antwort an, presste ein mühsames »Moin« hervor. Er folgte dem breiten Gang, bog in sein Büro ab. Wenigstens war heute der letzte Frühschicht-Tag, immerhin. Er schaltete den Computer ein, bereitete sich darauf vor, den digitalen Posteingang zu überprüfen, wurde vom Läuten des Telefons überrascht. Der Tag fing gut an. Erst diese seltsame Diättusse, jetzt schon die nächste Belästigung. Er ließ es sieben Mal läuten, griff dann seufzend nach dem Hörer.

»Mir hent zwoi brennende Autos«, schallte es ihm ins Ohr. So laut konnten nur Angehörige dieses Bergvolkes schreien.

»Na und? Schon mal was von Feuerlöschern gehört?«, blaffte Knudsen zurück.

»Oin von dene Fahrer hat's erwischt.«

»So was soll passieren. Was geht das das LKA an?«

»Mir hent a ganze Ladung Zeuge, die hent gsehe, dass der voll Karacho obremst uf die Kärre vor ihm druff donnert isch.«

Knudsen schnappte nach Luft, versuchte, das entscheidende Wort zu buchstabieren. »… obremst?«

»Do stimmt doch was net. Des isch doch net normal, dass oiner überhaupt net bremst.«

Was war bei den Angehörigen dieses Bergvolkes schon normal? »Suizid«, brummte er. »Schon mal was davon gehört? Nicht alle lieben Tabletten.«

»Ja, do dra hent mir au scho denkt. Uf jeden Fall brauchet mir Sie für die Untersuchung.«

Pole Poppenspäler, das war einer von den ganz Hartnäckigen. Der ließ sich in seinem Eifer überhaupt nicht bremsen. Die Typen kannte er zur Genüge. Gaben erst dann Ruhe, wenn sie im Grab lagen. »Wo ist das?«, erkundigte er sich, um den Mann erst mal zu beruhigen. Er ahnte die Antwort, bevor er sie hörte. Am Arsch der Welt. Irgendwo in einem dieser gottverlassenen Käffer auf dieser gottverlassenen Alb. In einem Döffingen, Hinterdutzingen oder …

»Direkt unterm Fernsehturm«, erklärte der Kollege.

»Fernsehturm?«

»Koine hundert Meter vom Turm entfernt.«

»Hier in Stuttgart?«

»Ja, moinet Sie, i stand uf'm Alexanderplatz in Berlin? Also, kommet Sie jetzt endlich?«

Fünfzehn Minuten später war Knudsen in Degerloch angelangt. Von zwei brennenden oder verbrannten Autos keine Spur, auch nicht von einem einzigen. Nicht einmal ein Hauch von Brandgeruch in der Luft. Dafür aber hupende, lärmende und stinkende Blechkarossen, wohin er auch sah. Jahnstraße, Kirchheimer Straße, Mittlere Filderstraße in jede Richtung verstopft, die Fahrzeuge im Fußgängertempo vorwärts ruckelnd. Warum hatten alle diese Vollidioten nicht eine der zahlreichen, mit hohem Tempo fast lautlos auf die Haltestelle *Ruhbank* zufahrenden Stadtbahnen benutzt oder waren wenigstens zu Hause geblieben?

Knudsen versuchte, das noch in frühmorgendliche Dunkelheit gehüllte Chaos zu überblicken, bemerkte etwa einhundert Meter entfernt rotierendes Blaulicht. Er bewegte sich aus dem grell erleuchteten Areal um die Ruhbank weg, sah eine aufgeregt miteinander diskutierende Menschenmenge mitten auf der Fahrbahn vor sich. Zwei uniformierte Beamte bewachten das Absperrband, drei Einsatzfahrzeuge der Feuerwehr unmittelbar dahinter.

Er lief geradewegs auf die Ansammlung der Schaulustigen zu, schob die Leute auseinander, kämpfte sich nach vorne.

»Hey, du Bachel, bass doch uf, wo'd na langsch.«

»Was isch denn des für an overschämter Saftsack?«

»Du Rindvieh, lass die Pfote von mir weg!«

Kurz nach dem dritten Rindvieh war er vorne angelangt. Er drückte ein besonders ausufernd in die Breite zerlaufenes Bergvolkexemplar zur Seite, schlüpfte unter dem Absperrband durch.

»Was erlaubt sich denn der Halbdackel?«, dröhnte es hinter ihm.

Knudsen zog seinen Ausweis, hielt ihn dem auf ihn zuschießenden, uniformierten Kollegen entgegen. »LKA«, brummte er, erkundigte sich mit einem kurzen »Wo?« nach dem Unfallort.

Der Beamte musterte ihn misstrauisch durch seine dicke Brille, wies dann hinter die Fahrzeuge der Feuerwehr. »Endlich sind Sie da!«, äußerte er mit lauter Stimme.

Knudsen ließ sich nicht beirren, drückte sich an dem gut drei Meter hohen, roten Einsatzwagen vorbei. Bergvolkangehörige, was war da schon Gutes zu erwarten?

Der Unfallort erstrahlte in derart grellem Licht, dass er erst einmal stehen blieb und seine Augen hinter seiner Handfläche verbarg. Mehrere Sekunden lang war es ihm unmöglich, etwas zu erkennen. Er hörte verschiedene Stimmen vor sich, hatte auf einmal den Brandgeruch in der Nase. Wie vor zwei Tagen, schoss es ihm durch den Kopf, über der steilen Straßenböschung am Rand der Alb. Er nahm die Hand vom Gesicht, presste die Augen zusammen, versuchte, die Szenerie zu überblicken.

Mehrere ineinander verkeilte, teilweise stark deformierte, auf der Seite liegende Pkws, zwei davon von schwarzen Brandschlieren gezeichnet. Die Fahrzeuge hatten Feuer gefangen, allerdings bei Weitem nicht mit der Intensität, wie er es vorgestern hatte mit ansehen müssen. Neben den Autowracks die sterblichen Überreste eines Mannes, auf eine Bahre gebettet auf dem Asphalt. Eine Handvoll mit Schutzanzügen bekleideter Männer machte sich an den Karossen zu schaffen, auch vor der Leiche kniete eine Gestalt.

Knudsen trat näher, erkannte den Mann auf dem Boden. »Moin«, grüßte er. Mehr und mehr gewöhnten sich seine Augen an die hell ausgeleuchtete Umgebung.

Dr. Schäffler erhob sich, reichte ihm die Hand. »Hallo, Knudsen, auch so früh im Einsatz?«

»Wat mut, dat mut.« Er wies auf den toten Körper unter sich. »Der Todesfahrer?«

»Er raste ungebremst auf die an der Ampel wartenden Fahrzeuge, habe ich mir sagen lassen.«

»Suizid?«

Der Gerichtsmediziner zog die Stirn in die Höhe, wog seinen Kopf hin und her. »Gurtet man sich an, wenn man durch einen Aufprall aus dem Leben scheiden will?«

Knudsen warf Dr. Schäffler einen fragenden Blick zu.

»Ja, er hing in seinem Gurt. Reden Sie mit den Kollegen. Außerdem sind die Spuren nicht zu übersehen.« Er wies auf den toten Körper unter sich. »Und er hatte eine brennende

Zigarette im Mund und eine Kiste Bier neben sich. Allerdings auch einen wohl halb gefüllten Kanister Benzin. Aber fragen Sie die Techniker, die erzählen es Ihnen aus erster Hand. Gestorben ist er auf jeden Fall durch Genickbruch. Obwohl er angegurtet war und der Airbag funktionierte. Wahrscheinlich war der Aufprall zu heftig.«

»Was ist mit den anderen? Die Autos davor.«

»Zwei Schwerverletzte. Die Notärzte haben sie schon abtransportieren lassen. Sie werden durchkommen, habe ich gehört. Mehr Glück als Verstand. Ich denke, wir …« Der Gerichtsmediziner verstummte, weil einer der Techniker hinter ihm laut losbrüllte, drehte sich zur Seite.

»Da ist noch eine zweite Stelle. Zehn Zentimeter weiter. Jetzt ist es eindeutig. Die ist angesägt, doppelt sogar. Da gibt es überhaupt keinen Zweifel mehr.«

»Angesägt?«, erkundigte sich Knudsen. Er trat auf den Mann zu, schaute ihn fragend an.

Der in eine Schutzkleidung gehüllte Techniker schaute irritiert zu ihm auf. »Wer sind Sie?«

»LKA«, gab er zur Antwort.

»LKA?«

Der Kommissar begnügte sich mit zustimmendem Nicken als Antwort.

Die Kollegen des Technikers eilten zu ihm her, unterzogen seine Entdeckung einer genauen Prüfung. »Scheiße, ja, jetzt ist alles klar«, hörte Knudsen ihre Verblüffung.

»Die Bremsleitung des Unfallverursachers«, erklärte der Mann, zu ihm gewandt. »Sie ist gerissen. Deshalb raste er auf die Fahrzeuge vor ihm, die an der roten Ampel warteten. Und noch etwas: Die Leitung ist an einer weiteren Stelle angesägt.«

»Damit es auf jeden Fall klappt.«

»So würde ich das auch sagen, ja.« Der Techniker reichte Knudsen eine große, beleuchtete Lupe, hielt sie über den

Unterboden des auf der Seite liegenden Fahrzeugs. »Hier, sehen Sie? Wellenförmige Einschnitte bis fast zur Mitte.«

Knudsen konnte den gezackten Schnitt gut erkennen. »Das hat er wohl nicht selbst getan«, meinte er lakonisch.

Zwei der Techniker antworteten mit lautem Lachen. »Die Bremsleitung zwei Mal ansägen, sich dann aber anschnallen? Der Irre muss erst noch geboren werden.«

Knudsen wusste, was das zu bedeuten hatte. Arbeit, nichts als Arbeit. Herausfinden, ob es wirklich kein Selbstmord war. Im Umfeld des Toten stochern, ob er in einem problematischen Umfeld lebte. Und das am Freitagmorgen, unmittelbar vor dem nahen, offiziell dienstfreien Wochenende. »Wieso hatte der einen Benzinkanister dabei?«

»Der wollte sich den Weg zur Tanke sparen«, antwortete einer der Techniker.

»Den Weg zur Tanke?«

»Vielleicht habt ihr ihn ausgeschrieben und er kann sich nicht blicken lassen, was fragen Sie mich? Das müssten Sie doch besser wissen, wenn Sie vom LKA sind.«

»Haben wir seinen Namen?«

Der Techniker wies auf einen der uniformierten Beamten wenige Meter entfernt. »Dort, Ihre Kollegen.«

Knudsen ließ den Mann stehen, passierte die Unfallfahrzeuge, stellte sich den beiden Kollegen am anderen Ende des Tatortes vor.

»Oh, Sie wellet mit dene Zeuge schwätze, die alles mit aguckt hent«, meinte der Beamte. »Die standet glei dort vorne.« Er wies zu einem Polizeifahrzeug wenige Meter entfernt.

»Das auch, ja«, sagte Knudsen. »Vorher würde ich aber gerne wissen … Haben wir den Namen des Toten?«

»Den Namen, ja, sicher«, bestätigte der Kollege. »Moment, mir hent sein Ausweis erwischt. Der war in seinere Jacke.« Er wühlte in einem kleinen Koffer, den er vor sich platziert hatte, hielt plötzlich inne. »Halt, den han i da in der Tasche.« Er lief wenige Meter zur Seite, griff nach einer großen Tasche, zog eine durchsichtige Plastiktüte vor. »Isch des net komisch?«, fragte der Mann.

»Was?«

»Hano, do hent die über Monate weg den Fernsehturm wegen Brandgefahr gesperrt und lasset die Leut net nei und dann verbrennt der Typ da direkt unter dem Turm in seinem Auto.«

»Das finden Sie komisch?« Knudsen zog den Mund schief, musterte sein Gegenüber.

»Hano, ja«, brummte der Beamte verlegen.

Bergvolkangehöriger, überlegte Knudsen, das erklärt alles. Er nahm die Plastiktüte entgegen, stülpte sich Schutzhandschuhe über, zog den Ausweis aus der Tüte.

»Isch was mit dem Kerl?«, fragte der Beamte.

Sein Gegenüber studierte Namen und Adresse, erbleichte.

»Ja, isch jetzt was?«, drängte der Kollege.

»Rassauer, Hans«, sagte Knudsen. »Den haben wir ausgeschrieben, ja.«

30. Kapitel

Die *Ruhbank* in 476 Metern Höhe hoch über dem Stuttgarter Zentrum mitten im Wald gelegen, machte ihrem Namen weiß Gott keine Ehre. Weder am Tag noch in der Nacht. Ohne jede Pause verwandelten Armeen stinkender und dröhnender Blechkarossen diese in früheren Zeiten idyllische Region unterhalb des Fernsehturms in ein unmenschliches Inferno. Wie unzählige andere einst reizvolle Winkel fiel auch dieser Teil Stuttgarts dem ungehemmten Autowahn zum Opfer.

Dass die Ruhbank alle paar Minuten auch von den schnellen Zügen der Stadtbahn sowohl aus dem Zentrum als auch aus mehreren Vororten erschlossen wurde, sich hier zudem ein zeitweise intensiv genutzter Umsteigepunkt zu verschiedenen Buslinien befand, ging im Lärm der vielen Fahrzeuge unter. Was Kriminaloberkommissar Knudsen an diesem noch dunklen Freitagmorgen auf dem Rückweg vom Unfallort dennoch ins Auge fiel, waren die Überwachungskameras im Bereich der Stadtbahnstation. Direkt unterhalb einer der Kameras blieb er stehen, betrachtete die Ausrichtung ihres Objektives. Wenn ihn nicht alles täuschte, wurde das Geschehen auf den benachbarten Fahrbahnen voll erfasst.

Knudsen zog sein Handy aus der Tasche, erkundigte sich bei den Beamten der Verkehrspolizei nach den zuständigen Kollegen. Er benötigte mehrere Anläufe, erhielt schließlich die Auskunft, dass die Aufzeichnungen der Kameras acht Tage lang gespeichert wurden.

»Die benötigen wir. Alle Kameras der Ruhbank mit den Bildern von heute Morgen«, erklärte er.

»Sie holen sie ab?«

»In zwanzig Minuten etwa.«

Kurz vor neun Uhr war Knudsen wieder im Amt. Er hatte Neundorf und Braig über den wohl durch eine Manipulation herbeigeführten tödlichen Unfall Rassauers informiert und sofort ihre Zusage erhalten, bei der Sichtung der Aufnahmen zu helfen. Sie teilten die DVDs unter sich auf, nahmen vor ihren Monitoren Platz. Braig und Knudsen hatten den hellen BMW Rassauers fast gleichzeitig auf ihren Bildschirmen. Braig aus einer vom Unfallort noch etwas entfernteren Position, Knudsen etwa hundert Meter weiter, wo bei sämtlichen die Kamera passierenden Fahrzeugen die roten Bremslichter aufleuchteten. Nur bei dem nach einer längeren Fahrzeuglücke mit hoher Geschwindigkeit vorbeischießenden, hellen BMW Rassauers nicht.

»Alle bremsen«, sagte Knudsen. »Einer nicht.« Er hielt das Bild an, wiederholte die Szene, als Neundorf und Braig neben ihm Platz genommen hatten.

Ein stark seine Fahrt verlangsamender Golf war zu sehen, dahinter ein dunkler, ebenfalls bremsender Passat. Dann mehrere Sekunden lang nichts. Die beiden Wagen hatten längst weiter vorne hinter einem wartenden Fahrzeugpulk Halt gefunden, als plötzlich ein heller BMW vorbeischoss.

Knudsen gab einen neuen Befehl ein, holte die Szene zurück, ließ den Film dann in extremer Zeitverzögerung weiterlaufen. Der bremsende Golf, seine Fahrerin deutlich zu erkennen, dann der Passat samt dem Mann am Steuer. Anschließend eine längere Pause. Mehrere Sekunden verstrichen, ohne dass ein neues Auto auftauchte. Dann aber, trotz der Zeitlupe schnell ins Bild schießend, der helle BMW und, kurz zu sehen, Rassauer, eine brennende Zigarette im Mund, den Kopf hektisch auf und ab bewegend.

»Da hat er schon bemerkt, dass die Bremsen nicht funktionieren«, meinte Neundorf.

Das Auto tauchte mit unverminderter Geschwindigkeit nach links ab, prallte auf die dort wartenden Fahrzeuge und wurde dabei vollends aus dem Bild katapultiert. Sekunden später waren am äußersten linken Rand des Monitors helle Feuerschwaden zu erkennen.

»Der wollte sich nicht umbringen«, urteilte Braig.

»Nein, das ist kein Suizid«, stimmte seine Kollegin zu. »Die Aufzeichnungen sind deutlich genug. Der versucht verzweifelt, das Auto zum Stehen zu bringen.« Sie erhob sich von ihrem Platz, lief ein paar Schritte auf und ab, blieb dann stehen. »Offen gesagt, ich habe immer noch Schwierigkeiten, den Tod des Mannes zu verdauen.«

»Meinst du, mir geht es anders?«, fragte Braig.

Die Nachricht vom Tod Rassauers hatte beide überrascht. Die Person, die sie aufgrund eindeutiger Indizien nach tagelangen Bemühungen endlich als Entführer der kleinen Elena identifiziert und zur Fahndung ausgeschrieben hatten, war unter mysteriösen Umständen ums Leben gekommen. Tödlich verunglückt, weil die Bremsleitung des Autos, mit dem der Mann frühmorgens mit hoher Geschwindigkeit unterwegs war, ganz offenbar manipuliert worden war. Von ihm selbst, um in einer aussichtslosen Situation freiwillig aus dem Leben zu scheiden?

Rassauer musste seine Lage korrekt eingeschätzt haben, der halb gefüllte Benzinkanister in seinem Auto sprach Bände. Nach seinem Gespräch mit Braig am Vortag hatte er offensichtlich schnell begriffen, dass es der Polizei trotz seiner vermeintlich raffinierten Taktik, dem Kommissar freiwillig seine privaten Räume vor Augen zu führen, bald gelingen würde, ihn als Täter im Entführungsfall Elena Harttvaller zu überführen. Deshalb war er kurz nach Braigs Auftauchen verschwunden.

»Der wollte sich nicht umbringen«, war Neundorf überzeugt. »Der hat das Auto nicht selbst manipuliert.«

»Der Benzinkanister«, gab Braig zu bedenken. »Der stellt dieses Ding zu sich in den Innenraum des Autos und zündet sich dann auch noch eine Zigarette an?«

»Leichtsinn, purer Leichtsinn. Wird schon gut gehen. Hat ja bisher auch geklappt.«

»Wozu führte er den Kanister überhaupt mit? Nur um vorerst nicht tanken zu müssen?«

»Genau. Er ahnte nach deinem Besuch, dass wir nach ihm fahnden, deshalb tauchte er ab. Nichts ist in dem Fall gefährlicher als die Kameras an der Tanke. Außerdem erhalten die Bediensteten der Tankstellen sofort die Fotos der Leute, nach denen wir suchen. Dieses Risiko wollte er unbedingt vermeiden. Der dachte mit jeder Faser ans Überleben, nicht an Suizid.«

»Dann stellt sich die Frage, warum ihm jemand an den Kragen wollte. Galt der Anschlag wirklich ihm?«

»Wem gehört das Auto? Haben wir das überprüft?«

»Ich habe mich informiert«, mischte Knudsen sich ins Gespräch. »Die Kollegen ermittelten die Fahrzeugnummer. Der BMW wurde vor mehreren Wochen gestohlen gemeldet. Von einem Mann in Graz.«

»Graz in Österreich?«

»Graz in Österreich«, bestätigte Knudsen, »ja.«

»Rassauers Schwester stammt aus Österreich. Ist das die Verbindung?«

Braig nahm die Überlegung seiner Kollegin auf. »Das Mädchen wurde in ihrem Haus versteckt. Genau wie das Tatfahrzeug. Vielleicht spielt Rassauer nur eine Nebenrolle. Zuständig für die Schmutzarbeiten, den Außendienst sozusagen. Den entscheidenden Part aber ... Was wissen wir über seine Schwester?«

»Harttvaller ist nichts zu ihrem Namen eingefallen. Ich habe ihn gestern extra danach gefragt.«

»Was ist die Frau von Beruf? Habt ihr das überprüft?«, erkundigte sich Knudsen.

»Ich habe es versucht«, antwortete Braig. »Alles, was ich erfahren habe, ist *Masseuse*.« Er formulierte das Wort mit leicht anzüglichem Unterton.

»Masseuse.« Knudsen lachte laut. »Nennt man das immer noch so.«

»Wie genau das zu verstehen ist, kann ich nicht beurteilen«, meinte Braig. »Auf jeden Fall hat es sich wohl als richtig erwiesen, dass wir die Fahndung nach der Frau gestern gleichzeitig mit der nach ihrem Bruder ausgeschrieben haben.«

»Rotlichtmilieu«, erklärte Knudsen. »Richtig?«

»Du glaubst, die Sache hängt an der Masseuse?« Neundorf setzte sich wieder auf ihren Stuhl. »Die Entführung als Resultat einer Auseinandersetzung mit dem Milieu?«

Knudsen nickte.

»Weil die Stadt einem der Herren dort nicht gefügig genug war?«

»Wir müssen Harttvaller danach fragen«, meinte Braig. »Vielleicht fällt ihm irgendetwas in dieser Richtung ein. Und dann auch genau überprüfen, in welchem Etablissement diese Frau arbeitet. Laufen dort gerade größere Sachen? Wir sollten sofort bei den Kollegen anläuten.«

Er lief in sein Büro, griff zum Telefon, gab die Nummer Herbs ein. Der Kollege war erst vor wenigen Jahren zur Sitte gewechselt; sie kannten sich gut von vielen gemeinsamen Ermittlungen her. Herb nahm nach kurzem Warten ab, schien aber der schlechten Verbindung nach zu urteilen gerade unterwegs zu sein.

Braig begrüßte den Kollegen, erkundigte sich nach seiner aktuellen Arbeit.

»Ich bin gerade auf dem Weg zu einem Hausbesuch«, flachste Herb. »Alter Stammkunde. Üble Körperverletzung.«

»Na, dann will ich dich nicht von dem netten Kontakt abhalten.« Braig schilderte sein Anliegen in geraffter Form, fragte nach Rassauers Schwester.

»Prolitschka heißt die Frau?«

»Soll aus Österreich stammen, ja.«

»Tut mir leid, der Name ist mir nicht geläufig. Ein großes Tier ist die hier bei uns jedenfalls nicht, das wüsste ich. Wenn es sich aber nur um eine ganz normale Nutte handelt ... Also, die kenne ich natürlich nicht alle mit Namen, da muss ich erst nachschauen. Wenn eure Entführung wirklich aufs Milieu zurückgeht, kann es aber sein, dass die Frau sich nur als Mittlerin zur Verfügung stellte. In Wirklichkeit steckt einer der Bosse dahinter, der sie beziehungsweise ihr Haus nur kurz für diesen Zweck benutzte.«

»Dann sollten wir genau wissen, in welchem Betrieb oder in wessen Auftrag die Frau arbeitet. So müssten wir dann auch auf den Hintermann kommen.«

»Mit viel Glück, ja. Wenn der Kerl aber clever ist, rekrutiert er sich für besondere Aufgaben nicht gerade ein Huhn aus dem eigenen Stall.« Herb bat Braig, einen Moment zu warten, weil er den Namen der Frau überprüfen wollte, meldete sich dann nach wenigen Minuten wieder zu Wort. »Also, eine Frau Prolitschka finde ich nirgends, tut mir leid. Das kann an der Schreibweise liegen, das müsste man vielleicht in mehreren Variationen versuchen, oder die Dame arbeitet unter einem anderen Namen. Oder, auch das ist möglich, sie ist nirgends registriert.«

»Na ja, wäre auch zu schön gewesen, wenn es auf Anhieb geklappt hätte.« Braig fordert seinen Kollegen auf, sich nach der Frau umzuhören, wollte das Gespräch schon abbrechen, als Herb sich noch einmal zu Wort meldete.

»Du bist dir sicher, dass die Dame in Stuttgart arbeitet?«

Braig stutzte. »Äh, nein. Wir haben ja bisher so gut wie keine Informationen über sie.«

»Na, dann besagen meine Auskünfte nicht viel. Die kann ja weiß Gott wo tätig sein.«

»Jetzt hast du mich auf dem falschen Fuß erwischt. Daran habe ich nicht gedacht.«

Herb lachte. »Auch wir müssen uns an die Zeiten der Globalisierung eben erst noch gewöhnen. Letzte Woche erhielten wir die Bitte um Mithilfe von Kollegen aus einem der Arabischen Emirate. Eine Dame, die sich zeitweilig in einem der dort offiziell überhaupt nicht existierenden Etablissements oder Escortservices oder wie immer du das nennen willst, aufhält, lebt nämlich hier bei uns. Ab und an habe sie geschäftlich im Ausland zu tun, erklärte sie uns. Das sei aber *business as usual*, nichts Besonderes. Dort lasse sich einfach mehr und sehr viel schneller Geld verdienen als bei uns. Vielleicht ist deine Prolitschka ja auch so businessmäßig auf Achse, vielleicht in der Dominikanischen Republik oder auf den Malediven. Und in der übrigen Zeit lebt sie als gutbürgerliche Existenz hier mitten unter uns?«

»Danke für den Tipp. Ich werde mich bemühen, die Sache zu klären. Ich fürchte nur, dass diese Prolitschka keine so gutbürgerliche Existenz führt.«

»Vielleicht habe ich auch zu weit gedacht. Möglicherweise ist sie irgendwo in der näheren Umgebung von Stuttgart tätig. Da gibt es ja genügend kleinere Städte mit entsprechenden Dienstleistern. Wenn es dir nicht zu sehr eilt, schaue ich alles durch, was wir darüber haben. Ich bin jetzt nämlich bei meinem Stammkunden angelangt. Nur noch ein paar Treppenstufen und wir fallen uns gegenseitig in die Arme. Na ja, ganz so schlimm wird es nicht werden. Hauptsache, ich kann meine Knarre stecken lassen. Das ist nicht selbstverständlich bei solchen Einsätzen. Du siehst, ihr schiebt gegen uns eine ruhige Kugel. Also, in einer Stunde etwa, reicht dir das?«

Braig hörte Herbs heftiges Atmen, nahm das Angebot des Kollegen an. »Du rufst mich an, wenn du so weit bist?«

Statt einer Antwort begann Herb plötzlich laut zu fluchen. »Oh nein, verdammter Mist! Was ist da passiert?«

Für wenige Sekunden hörte er überhaupt nichts mehr, dann war der Kollege wieder in der Leitung. »Ich muss Schluss machen«, keuchte Herb, »der liegt bewusstlos vor seiner Tür, so ein Schrott! Niedergeschlagen, der blutet an der Schläfe, ich muss den Notarzt rufen.« Im gleichen Moment hatte er die Verbindung unterbrochen.

Braig lief in Knudsens Büro zurück, fand Neundorf mit dem Telefon am Ohr.

»Gut, wir übernehmen das«, erklärte sie. »Geben Sie den Kollegen durch, dass sie die Frau an Ort und Stelle festhalten sollen. Wir kommen, so schnell es geht.«

Mandy Prießnitz' mit durchdringender Stimme vorgetragene Antwort war im ganzen Raum zu vernehmen. »Die schaffn das nicht, die zu bändigen. Das haben die extra bedont. Die Frau is außer Rand und Band«, schallte es aus dem Lautsprecher.

»Das schaffen die schon«, konterte Neundorf kurz angebunden. »Sagen Sie ihnen, wir seien bereits unterwegs.« Sie brach das Telefonat ab, wandte sich an Braig. »Rassauers Schwester ist vor ihrem Haus in Bad Boll aufgetaucht und beschwert sich, wieso sie es nicht betreten darf. Angeblich weiß die weder, was mit ihrem Bruder passiert ist, noch von der Fahndung nach ihr. Du kommst mit?«

»Ich bin schon unterwegs.«

Eine knappe Stunde später waren sie zum zweiten Mal innerhalb vierundzwanzig Stunden vor dem Anwesen am Fuß der Schwäbischen Alb angelangt. Braig hatte seine Kollegin über das Gespräch mit Herb informiert und mit ihr über die daraus folgenden Konsequenzen diskutiert. War Rassauers Schwester die Drahtzieherin, die die Entführung aus dem Hintergrund gesteuert hatte? Viele Argumente deuteten darauf hin.

Neundorf sah das Polizeifahrzeug schon von Weitem, parkte wenige Meter davor. Der dunkelbraune Staketenzaun, die spätherbstlich ausgedünnten Gerippe verschiedener Sträucher und Bäume, das immergrüne Blattwerk an der Hauswand – nichts hatte sich im Vergleich zum Vortag geändert. Nur die beiden uniformierten Beamten, die im Gespräch mit einer auffallend großen, blonden Frau um die vierzig vor ihrem Dienstwagen standen, passten nicht ins gewohnte Bild. Neundorf und Braig stiegen aus ihrem Auto, hielten direkt auf die Gruppe zu.

»So, san Sie jetzt endlich die zuständigen Beamten?«, wandte sich die Frau ihnen zu, noch bevor sie sich vorstellen konnten. Ihr österreichischer Akzent war nicht zu überhören.

Neundorf musterte ihr Gegenüber, nickte ihr und den beiden Kollegen zu. Marina Prolitschka war eine durchtrainierte, energisch wirkende Person mit zu einem Pferdeschwanz gebundenen, blonden Haaren, hohen Wangen und tiefblauen Augen. Sie trug einen hellbeigefarbenen Anzug, dazu ein blaues Hemd und modisch schlanke Stiefeletten, war an die 1,80 Meter groß. Eine von ihrer Statur und der Kleidung her äußerst auffällige Person, überlegte die Kommissarin.

»Das sind wir, ja. Neundorf ist mein Name. Hier sehen Sie meinen Kollegen Braig. Tut uns leid, wenn Sie etwas warten mussten.«

»*Etwas* ist gut«, maulte die Frau. »Noch dazu, wo mir die Herren hier«, sie wies auf die uniformierten Beamten, »nicht mal erklären konnten, weshalb ich mein eigenes Haus nicht betreten darf.« Ihr Auftreten strotzte vor Selbstbewusstsein. Marina Prolitschka ließ jede vorsichtig-distanzierte Haltung ihnen gegenüber vermissen. »San dös jetzt die neuen Sitten bei uns? In Stuttgart schlagn's die Leut zammn und auf'm Land besetztn's unsere Häuser?« Sie stand breitbeinig vor der Kommissarin, blickte aus sicherer Entfernung auf ihre Gesprächspartnerin herab.

Neundorf spürte ihre aufkommende Aggression, musste sich bremsen. »Ich sehe, Sie pflegen einen besonderen Humor«, konterte sie. »Bleibt nur die Frage, wie lange Sie das durchhalten.«

»Was wollen's damit andeuten? Erklären's mir endlich, was dös Theater hier soll und stehlen's mir nicht länger meine Zeit!« Die Frau verschränkte ihre Arme, blickte wie ein zum Kampf bereiter Boxer um sich.

»Wir würden gerne wissen, wo Sie sich in den letzten Tagen aufgehalten haben.«

»Wie bitte?« Marina Prolitschka ließ ein lautes Lachen hören. »Wo ich mich aufgehalten habe?« Sie schüttelte den Kopf. »Darf ich fragen, was dös Sie angeht?«

»Mein Gott, müssen wir uns jetzt hier streiten?«, mischte sich Braig ins Gespräch. »Können Sie uns nicht einfach mitteilen, wo Sie waren?«

Die Frau wandte sich ihm zu, musterte seine Miene. Braig merkte, wie es in ihr arbeitete. Sie überlegt sich jetzt genau, wie sie mit uns umgehen soll und mit welchen Worten sie uns fürs Erste am besten in die Irre führen kann, dachte Braig. Die ist mit allen Wassern gewaschen. Wahrscheinlich hat sie aber nicht damit gerechnet, dass wir ihr so schnell auf die Schliche kommen.

»Jo mei, junger Mann, wenn's dös nötig ham zu Ihrem Glück, no bittschön: Ich war beruflich unterwegs.«

»Beruflich?« Braig versuchte, jedes anzügliche Grinsen zu vermeiden. »Wären Sie bitte so freundlich ...« Er brach mitten im Satz ab, weil er ihr unwilliges Abwinken als Bereitschaft zu genauerer Auskunft interpretierte.

»Ich, Frau Marina Prolitschka, geboren in Graz in der Steiermark in Österreich, das Licht der Welt erblickt am … Wollen's dös alles genau wissen?«

»Wo Sie sich in den letzten Tagen aufgehalten haben.« Braig blieb freundlich. Geboren in Graz, überlegte er. Dort, wo der BMW gestohlen wurde. So ein Zufall aber auch! »Das reicht vorerst.«

»Aha. Schön, das zu wissen. Ich könnte ja jetzt sagen, warum fragen's nicht einfach bei Ihrem Geheimdienst, dem Verfassungsschutz oder dem NSA von den Amis nach, die können Ihnen dös ja alles genau erklären, aber bitte: Ich war die letzten zwei Wochen in meiner Dependance in den VAE, um dort nach dem Rechten zu schauen.«

»VAE?«, hakte Braig nach.

»Vereinigte Arabische Emirate«, erklärte Prolitschka mit spitzer Zunge.

»In den letzten zwei Wochen?«

»Zwei Wochen und drei Tage, wenn's dös genau wissen wollen.«

»So.« Braig konnte seine Überraschung nicht verbergen. »Und seit wann sind Sie wieder hier in Deutschland?« Arabische Emirate, fiel ihm ein, hatte nicht Herb vorhin von einer Frau derselben Profession erzählt, die dort tätig und nach der gefahndet worden war? Hing diese Prolitschka etwa auch in jener Sache drin? Das übertriebene Selbstbewusstsein der Frau wurde ihm immer suspekter.

»Oh je, wie ich Sie inzwischen kenne, wollen's dös auf die Sekunden genau wissen, wie?«

Er gab keine Antwort, wartete, dass sie von selbst zu einer Erklärung fand.

»Ich schätze mal auf die Schnelle: Drei, na, inzwischen bestimmt schon vier Stunden.« Prolitschka griff in ihre schmale Handtasche, die ihr über die linke Schulter hing, zog ein Kuvert vor, reichte es dem Kommissar. »Bittschön, schauen's am besten selber, sonst glauben's mir ja doch nicht.«

Er nahm es entgegen, faltete es auf.

»Und dann zeigen's des bittschön gleich Ihrer Kollegin. Damit auch die Dame zufrieden ist.«

Braig warf Neundorf einen kurzen Blick zu, sah, wie ihr Gesicht rot anlief, beeilte sich, das Kuvert zu öffnen. Zwei Flugtickets, Zürich – Abu Dhabi und zurück, ausgestellt auf Marina Prolitschka. Er überprüfte das Datum, sah, dass die Frau ihnen die Wahrheit gesagt hatte. Hinflug vor zwei Wochen und drei Tagen, Rückflug heute Morgen. Er nahm die Tickets, reichte sie seiner Kollegin.

»Na, die Herrschaften, san's zufrieden?«

Neundorf schien es die Sprache verschlagen zu haben. Die Brille im Gesicht studierte sie Vorder- und Rückseite der Tickets, drehte sie hin und her, hielt sie sich wenige Zentimeter vor die Augen. »Sie sind heute Morgen in Zürich gelandet?«

»Und direkt im Intercity weitergefahren. Verstehen's jetzt, dass ich irgendwann in den nächsten Tagen gern mein Haus betreten würde?«

»Sie wurden an der Grenze nicht kontrolliert?«, wunderte sich Braig, die Fahndung nach der Frau im Kopf.

Sie schüttelte den Kopf. »Ich hatte eine Erste-Klasse-Fahrkarte. Da werden's selten kontrolliert.«

»Wo ist Ihr Auto?«

»Mein Leihwagen, meinen's wohl. Dort vorne steht er. Der kleine Polo. Den habe ich in Göppingen ausgeliehen, weil mich mein Herr Bruder nicht abgeholt hat. Der Herr war telefonisch nicht zu erreichen.« Sie zeigte auf ein rotes Auto etwa zwanzig Meter entfernt.

»Und der dunkle Audi in Ihrer Garage? Wann benutzen Sie den?«

Marina Prolitschka musterte die Kommissarin mit zusammengekniffenen Augen. »Was für ein Audi?«

»Na, der in Ihrer Garage.«

»In meiner Garagen steht kein Audi. Meine Garagen ist leer.«

Braig verfolgte das Mienenspiel der Frau, ließ sie keine Sekunde aus den Augen. »Vielleicht sind Sie wirklich nicht darüber informiert«, sagte er dann, um sie nicht noch aggressiver zu stimmen, »aber in Ihrer Garage fanden wir ein Auto, das zur Ausführung eines schweren Verbrechens genutzt wurde.«

Prolitschka schüttelte energisch den Kopf. »Ich weiß nicht, wovon Sie sprechen. Das will ich mit eigenen Augen sehen.« Sie löste sich von ihren Gesprächspartnern, eilte auf das Gartentor zu.

»Das bringt nichts«, rief Braig. »Wir haben den Audi längst abgeholt. Er wurde von unseren Technikern bis ins kleinste Detail zerlegt. Es handelt sich um das Tatfahrzeug, die Beweise liegen vor.«

»Zu welchem Verbrechen soll das Auto benutzt worden sein?«, fragte die Frau. Sie war vor dem Gartentor stehen geblieben, schien einen Teil ihres überbordenden Selbstbewusstseins verloren zu haben.

»Nicht nur das Auto«, mischte sich Neundorf wieder ins Gespräch. »Ihr ganzes Haus wurde zur Durchführung dieses Verbrechens benutzt.«

»Meine Herren, das wird ja immer bunter.« Die Frau schlug die Hände zusammen, blickte erstaunt von einem der Kommissare zum anderen. »Sie haben Beweise für das, was Sie hier vortragen, ja?« Sie sah das zustimmende Nicken ihrer Gesprächspartner, wiederholte ihre Frage. »Von welchem Verbrechen sprechen Sie?«

»Wer hat Zugang zu Ihrem Haus?« Neundorf zeigte keine Bereitschaft, der Frau zu antworten.

Prolitschkas Mimik wechselte von Entrüstung über den Affront der Kommissarin zum Entsetzen über den Inhalt ihrer Behauptung. »Zugang zu meinem Haus?« Es schien, als müsste sie sich die Antwort erst irgendwie zurechtlegen.

»Wir fanden keine Einbruchsspuren.«

»Wollen's mir nicht endlich verraten, von welchem Verbrechen Sie sprechen?«

»Ihr Bruder hat Zugang«, sagte Neundorf. »Wer noch?«

Prolitschka nickte. »Der Hansi, ja.« Augenblicklich entspannte sich ihre Miene.

»Sonst niemand?«

»Der Hansi versorgt meine Katzen und gießt die Blumen. Das genügt. Ich lasse niemand sonst ins Haus. Der Hansi liebt meine Tiere, der versorgt's zuverlässig, da brauch ich keine Angst ham.«

»Wir reden von Hans Rassauer, ja?«, erkundigte sich Braig. Er wunderte sich, in welch liebevollem Ton die Frau von ihrem Bruder sprach. Wie eine große Schwester, die sich für den jüngeren Anverwandten verantwortlich weiß. Die sollte an Rassauers Tod schuld sein?

»Der Hansi, ja.«

»Fährt Ihr Bruder einen weißen BMW?«

»Oh, das dürfen's mich nicht fragen. Mein Bruder handelt mit gebrauchten Fahrzeugen. Viele davon fahrt der selber. Die wechseln ständig, wissen's.«

»Sie haben ein gutes Verhältnis zu ihm?«, fragte Neundorf.

Prolitschka musterte die Kommissarin, starrte ihr in die Augen. »Warum wollen's dös wissen?«

»Sie hatten die letzten zwei Wochen Kontakt?«

»Na klar, wir telefonieren alle paar Tage. Das tun wir immer, gleich wo wir uns aufhalten. Der Hansi will ja wissen, wie meine Kurse laufen.«

»Ihre Kurse?«

»Ja, ich habe eine Firma für Sportgymnastik. Wir geben Kurse speziell für Frauen. Fitness, Massage, fernöstliche Praktiken wie Shiatsu. Die Damen der neuen Reichen in den Emiraten stehen Schlange. Die eifern unseren westlichen Idealen nach.« Sie bemerkte offensichtlich die Überraschung in den Gesichtern der beiden Kommissare, legte ihre Stirn in Falten. »Was ist jetzt los? Habe ich was Falsches gesagt?«

Neundorf hatte sich als Erste wieder im Griff. »Nein, wir haben nur ein großes Problem. Ihr Bruder, es tut mir leid, aber die Spuren sind eindeutig, Herr Rassauer hat am Dienstagabend ein kleines Kind entführt und bis zum Donnerstagmorgen hier in Ihrem Haus versteckt. Und heute früh ...«

»Der Hansi!« Marina Prolitschka vergrub ihr Gesicht in ihren Händen, seufzte laut. »Der Depp! Ein kleines Kind? Etwa das Mädchen, das in den Nachrichten im Internet ständig erwähnt wurde? Oh nein! Von wem hat er sich denn dazu hinreißen lassen?«

Braig glaubte, nicht richtig zu hören. Kein Wort der Widerrede, kein Protest, kein Anwurf einer falschen Beschuldigung. Sie war sofort bereit hinzunehmen, was über ihren geliebten Bruder behauptet wurde.

»Und jetzt ham's ihn verhaftet, den Deppen, was? Deshalb habe ich ihn telefonisch nicht erreicht! Oh nein, ich kann den Kerl einfach nicht allein lassen, der ist wie ein kleiner Bub! Der Hansi ist nie erwachsen geworden, wissen's, der lässt sich von einem jeden dahergelaufenen Lumpen zum größten Schwachsinn überreden. Das war schon immer so. Die Mama, Gott hab sie selig, hat ihn einfach zu arg verwöhnt. Und wo ham's ihn jetzt? Im Gefängnis, ja?«

Neundorf wehrte mit der Hand ab. »Tut mir leid, Frau Prolitschka. Herr Rassauer ist tot.«

»Wie ...« Die Frau verstummte mitten im Wort, starrte die beiden Kommissare mit weit aufgerissenen Augen an. »Der

Hansi?«, fügte sie dann, gefühlte Ewigkeiten später, hinzu. Sie lief zum Gartenzaun, stützte sich an einem der spitzen Pfähle ab.

Neundorf ließ ihr Zeit, wartete, bis Prolitschka wieder zu einer Frage fand.

»Wie ist es passiert?«

»Mit dem Auto.«

»Der Depp! Wieder gerast wie ein Irrer!«

»Jein«, antwortete die Kommissarin. »An seinem Auto, einem BMW, waren die Bremsleitungen angesägt. An zwei Stellen.«

»Das war Absicht, wollen Sie sagen?«

»Es sieht so aus. Oder trauen Sie Ihrem Bruder einen Selbstmord ...«

»Der Hansi? Nie!«, schrie Marina Prolitschka. »Sie können dem Hansi alles vorwerfen. Er ist a bisserl einfach polt, verstehen's, er hat nicht grad das größte Hirnkastl und ist wirklich nicht zum Universitätsprofessor geschaffen, ja. Und er lässt sich von jedem Deppen zum größten Scheißdreck überreden, da gehört nicht viel Kunst dazu, dass er mitmacht. Aber eines ist er nie: depressiv. Der Hansi lebt gern, schon immer. Und das war auch in den letzten Tagen so, wir haben vorgestern, nein, am Dienstagmittag noch lang miteinander gesprochen. Der war aufgeregt, ja, total aufgeregt, ich weiß nicht, warum. Deshalb bin ich auch so früh es ging zurück, weil ich wissen wollt, was den Kerl so nervös macht die letzten Tage. Aber nein, der Hansi hat nie und niemals Selbstmord begangen, schlagen's sich das aus dem Kopf!«

31. Kapitel

Marina Prolitschka war es nicht leicht gefallen, Braig und Neundorf noch länger Rede und Antwort zu stehen. Der Tod ihres Halbbruders – »unsere Mütter san verschieden, der Vater war derselbe Hanswurst« – hatte sie im Innersten getroffen.

»Wissen's, wenn ich nicht so eine starke Person wäre«, hatte sie ihr selbstbewusstes Auftreten umschrieben, »würde ich das nicht durchhalten. Mein Vater war so ein untauglicher Casanova, mein Ex genau derselbe Hallodri, und der Hansi, mei mei, der kriegt doch von selber gar nichts auf die Reihen. Mit lauter solche Deppen geschlagen zu sein, das halten's nur durch, wenn's selber stark genug sind. Ich habe immer gewusst, den Hansi kann ich nicht lange allein lassen, der braucht meine starke Hand alle paar Tage ... Jedes Mal, wenn er zu seinen Auslandstouren aufbrochen ist, nach Afrika, wissen's und nach Arabien, um seine Blechkisten zu verhökern, ausgerechnet auf so eine Idee muss der Depp kommen ... Was habe ich Angst um ihn, bei jedem Rutsch aufs Neue! Ja, er hat oft gut verdient dabei, wissen's, der hat diese Karren hier auseinandergeschraubt, dann in verschiedene Teile zerlegt, dort runtergefahren und an Ort und Stelle wieder zusammengeklaubt. Das kann er nämlich, da drin ist er patent. Und damit hat er ganz schön Geld gemacht. Nicht schlecht, Herr Specht, habe ich ihn oft gelobt, auch wenn's manchmal ganz schön brenzlig war von wegen Diebstahl und Überfall und halbseidenen Geschäftspartnern. Weil es dann tatsächlich immer gefährlicher geworden ist, kam er auf diesen Spleen mit seinem Sicherheitsdienst, nein, was habe ich auf ihn eingeredet, er soll den Schmarrn lassen, aber es hat alles nichts geholfen, besonders, seit sie ihn so reingelegt ham und er sich so übel verzockt hat mit diesen Halunken.«

»Welche Halunken?«, hatte Braig vorsichtig nachgefragt.

»Die haben ihn reingelegt von vorne bis hinten, ich bin mir sicher, auch wenn ich es nicht beweisen kann. Drei von diesen Luxuskarossen haben's ihn überführen lassen. Von hier nach Tunesien. Angeblich sehr gute Wagen. Fast 100.000 Euro hat er dafür bezahlt. Und als er sie unten abliefern wollte, haben's ihn überfallen und zusammengeschlagen und dass er überhaupt mit dem Leben davongekommen ist, war alles. Das war eine abgemachte Sachen, sage ich Ihnen, und die Hintermänner sitzen hier bei uns, nicht dort unten. Die haben ihn reingelegt, um ihn abhängig zu machen. Fast 100.000 Euro hat er ihnen geschuldet und seither haben's ihn gezwungen, ständig neue krumme Sachen zu drehen. Fast 100.000 Euro, so viel kann ich ihm auch nicht grad so mir nichts dir nichts in die Taschen stecken, und auch wenn ich ihm 40.000 Euro gegeben habe, auf dem Rest ist er halt sitzen geblieben. Keine Versicherung sprang dafür ein, niemand. Und das haben seine *guten Freunde*«, mit der größtmöglichen Verachtung, die sie in ihre Stimme legen konnte, hatte sie diese beiden Worte von sich gegeben, »ausgenutzt, die ganzen letzten Jahre.«

»Von welchen Freunden sprechen Sie?«

»Ich kenne die nicht, diese Typen. Ich will die auch gar nicht kennen lernen, Gott bewahre! Aber Halunken san's, einer schlimmer als der andere. Lauter Schwachsinn haben sie ihm eingeredet, nur verrücktes Zeugs. Ein normaler Mensch würde niemals auf solche Ideen kommen. Zum Schmuggeln haben sie ihn gebracht, eingepackt in Hohlräumen, die er extra in seine Karossen eingebaut hat. Ein Heidengeld haben die damit gemacht und ihn haben sie mit ein paar Groschen abgespeist.«

»Drogen?«, hatte Neundorf sich skeptisch erkundigt. »Von uns in den arabischen Raum? Das läuft doch normalerweise umgekehrt.«

»Drogen?« Marina Prolitschka hatte ein bitteres Lachen hören lassen. »Das sind schon so eine Art Drogen für die, ja. Porno!« Voller Abscheu hatte sie ihnen das Wort entgegengeschleudert. »Hefte, Bilder, DVDs. Alles, was der Mann begehrt. ›Weißt, Mari, die kriegen im Internet nicht viel zu sehen‹, hat er mir erklärt, ›die haben viele Seiten gesperrt. Das ist eine Marktlücke, verstehst du?‹«

»Auf die Idee muss man erst mal kommen!«, hatte Neundorf kommentiert.

»Seine Freunde! Pornos hat er geschmuggelt und die haben sich dabei dumm und dämlich verdient. Bis die da unten das spitzgekriegt und die Autos total auseinandergenommen haben. Sein Glück, dass die Karren diesmal sauber waren. Sonst hätten's ihn wohl für eine Weile behalten.« Kopfschüttelnd hatte sie eine kurze Pause eingelegt. »Aber seine Schulden waren ja immer noch da. Und dann haben's ihm Auslandstouren eingeredet, seine guten Freunde. Abenteuerurlaube für starke Männer, Selbstverwirklichungstrips in die Wüste und so ein Schmarrn!« Sie war zur Seite getreten, hatte auf die Straße vor den Zaun gespuckt und sich vor Ekel geschüttelt.

»›Das ist harmlos, Mari‹, hat er mir erzählt. ›Die wollen nur mit ihren Karren Vollgas geben, verstehst du? Und in der Wüste und in solchen Ländern, wo nicht alles reglementiert wird, macht das alles viel mehr Spaß. Und ich verdiene ordentlich was dabei, was will ich denn mehr? Jetzt bring ich die Wagen halt nicht mehr nur zum Verkaufen dorthin, sondern überführe sie für spaßige Touren. Wenn es gut geht, haben die ihren Spaß auf ihren Trips und ich verdiene anschließend, wenn die zurückgeflogen sind, ein zweites Mal beim Verkauf.‹ ›Und wenn's schlecht geht?‹, habe ich ihn gefragt, ›und die Karren unterwegs verrecken?‹ ›Dann, Mari, zahlen die mir eine Extragratifikation, das unterschreiben's mir vorher. Ich kriege auf jeden Fall meine Schulden los.‹ Und diesen Schmarrn hat er alle paar Wochen gemacht, extra für seine beiden großen Freunde. Als besonderes Event für deren Geschäftspartner und Saufkumpane. Bis vor zwei Jahren vielleicht. Da muss nämlich was passiert sein, was ihn ganz schön mitgenommen hat. Ich habe ihn mehrfach gefragt, aber er wollte nicht damit herausrücken. Aber seither war ihm jedes Mal ganz schön mulmig, wenn er wieder weg musste, das konnte er mir gegenüber nicht verheimlichen. Und jetzt, die letzten Tage, war er völlig durch. Ich habe es am Telefon gemerkt, obwohl er nicht mit der Sprache herausrücken wollte, nicht mit einem Wort. Aber er war total nervös. Irgendwas stimmte nicht mit ihm, das habe ich mitbekommen. Und jetzt bin ich so früh es ging zurück wegen dem Bub und trotzdem zu spät!«

»Sie kennen seine angeblichen Freunde mit Namen?«

»Danke! Das muss nicht sein! Diese Hanswursten muss ich nicht noch näher kennen!« Marina Prolitschka hatte sich ein zweites Mal ihren Abscheu aus dem Leib gespuckt. »Sie müssen verzeihen, aber wie soll ich das ertragen?« Kopfschüttelnd war sie ein Stück zur Seite gelaufen. »Doch, natürlich«, hatte sie dann erklärt, »seine zwei *besten Freunderl*«, sie hatte die beiden Worte so anzüglich ausgesprochen, wie es ihr nur möglich war, »die habe ich mir merken können. Zwei verrückte Autoschrauber, nix als ihre Karossen im Kopf. Tag und Nacht liegen's unter ihre Kisten, motzen's die Motoren auf und bauen jeden Firlefanz in die Karren ein. Solche hirnrissige Deppen san's und dabei haben's beide Namen, wenn's die hören, dann denken's zuerst mal an wunderschöne Sachen. Goch und Rielke. Wie der Maler und der Dichter, nur anders geschrieben. Deshalb habe ich mir die merken können. Und mit diesem Dichter war er in der letzten Zeit ständig unterwegs. Wo mir die Verse von dem doch so gut gefallen!«

32. Kapitel

Reinhold Rielke war ein freundlicher, von glatten, dunkelblonden Haaren und einem akkurat gezogenen Seitenscheitel gezeichneter Mann um die Fünfzig. Er trug einen anthrazitfarbenen Anzug, ein weißes Hemd und eine modische, mit dunkelgrünen Streifen verzierte Krawatte, empfing sie im Vorzimmer seines Büros in der Stuttgarter Innenstadt. »Was darf ich Ihnen anbieten? Kaffee?«

Rielke nahm das zustimmende Nicken seiner beiden Besucher zur Kenntnis, bat seine Sekretärin, das gewünschte Getränk frisch zuzubereiten und zum Besuchertisch zu bringen, führte Neundorf und Braig in sein Büro. Ein großer, heller, von breiten Fensterfronten geprägter Raum, der auf der einen Seite seinen Schreibtisch samt Aktenschränken und im Eingangsbereich einen kleinen, rechteckigen Glastisch samt einer bunten, von kräftigen Farben gezeichneten Sitzgarnitur beherbergte.

Der Mann bat sie, Platz zu nehmen, fragte nach dem Grund ihres Besuches. »Sie erwähnten nur, es handle sich um einen guten Bekannten von mir, zu dem Sie sich einige Informationen von mir erhofften.«

Neundorf nickte.

Noch auf der Rückfahrt von Bad Boll hatte Braig den Namen des Mannes in die Suchmaschine seines Smartphones eingegeben. Er war auf die Website eines Anwalts gestoßen, der sich nicht nur mit blumigen Worten, sondern auch mit einem Porträtfoto präsentierte. Er hatte ihn auf den ersten Blick erkannt. »Ich werd' verrückt!«

Braigs Ruf hatte Neundorfs Blick für einen Moment von der Straße weg zum Monitor des Handys gelenkt. »Rielke?«, hatte sie gefragt.

»Der alte Bekannte, aus Rassauers Wagen steigend in Glupfmadingen fotografiert«, hatte er bestätigt.

»Dann ist dessen Identität endlich geklärt«, war Neundorf froh. »Den werden wir uns sofort vornehmen.«

Sie waren ins Amt zurückgekehrt, hatten sich in der Kantine eine warme Mahlzeit gegönnt, dann im Büro sämtliche Informationen zusammengesucht, die sie über Rielke erhalten konnten. Bei dem Mann handelte es sich offenbar um einen ziemlich bekannten Juristen, der mit seiner Stuttgarter Kanzlei die Interessen verschiedener Firmen vertrat. Wie er dies praktizierte, ob er etwa Gerichtsprozesse für sie bestritt, war den Unterlagen nicht zu entnehmen.

Braig hatte sich einen Kaffee ausgeschenkt und bei den Kollegen des Wirtschaftsdezernats vorgesprochen, um sich nach Rielke zu erkundigen.

»Da muss ich erst gar nicht tief graben«, hatte der Kollege erklärt. »Der Mann ist ein erfolgreicher Wirtschaftsanwalt mit eigener Kanzlei hier bei uns. Ein bekannter Lobbyist, sitzt seit Jahren in sämtlichen Seilschaften, hat enge Kontakte zu allen Entscheidern. Er vertritt verschiedene Unternehmen. Habt ihr was gegen ihn?«

»Noch ziemlich schwammig«, hatte Braig bekannt. »Er tauchte jetzt allerdings zum zweiten Mal auf recht dubiose Weise in unseren aktuellen Ermittlungen auf.«

»Dann seid vorsichtig. Wie erwähnt, der verfügt über die besten Connections.«

Eine Stunde später hatten sie die Zusage Rielkes zu einem persönlichen Gespräch.

»Es handelt sich um einen guten Bekannten von Ihnen«, bestätigte Neundorf freundlich lächelnd. »Sie hatten gerade in der letzten Zeit wieder ausführlich mit ihm zu tun.«

»Ja, und um wen handelt es sich?« Der Anwalt rückte seinen Stuhl zurecht, musterte sein Gegenüber.

»Hans Rassauer«, sagte sie, die Miene Rielkes im Visier.

Nicht ein Muskel in seinem Gesicht bewegte sich. Er schaute ausdruckslos zu ihr her, als berühre ihn die genannte Person in keiner Weise, ließ nur ein belanglos dahergesprochenes »Ja, und?« hören.

»Wann hatten Sie das letzte Mal Kontakt mit ihm?«

»Kontakt?« Rielke schaute mit leicht geöffnetem Mund zur Wand, wo drei großformatige Fotos hingen, die ihn mit anderen Männern zeigten. Er überlegte kurz, gab ihnen dann ein jovial klingendes: »Ach, den Rassauer Hans habe ich gerade diese Woche wieder getroffen« zur Antwort.

»Sie kennen ihn näher?«, fragte Braig.

»Näher, was heißt näher. Der Rassauer Hans gehört nicht zu meinen Freunden, wenn Sie das meinen, nein. Dazu sind die Unterschiede zwischen uns zu groß. Er kommt aus einem ganz anderen Milieu. Aber er ist wie ich ein alter Autofan. Wir schrauben gern an unseren Fahrzeugen herum, holen aus den Motoren die optimale Leistung heraus, das verbindet, das wissen Sie ja vielleicht aus eigener Erfahrung. Kennen gelernt haben wir uns, ich weiß es noch genau, vor einigen Jahren bei einem Rennen in Hockenheim. Zwei Freunde von mir hatten ihren Wagen geschrottet und suchten dringend nach einem Chauffeur, der sie nach Hause bringen sollte. Da bot er sich an.«

»Er brachte Ihre Freunde nach Hause.«

»Und ob! Die waren so begeistert, dass sie sich von da an oft von ihm kutschieren ließen. Und später kauften sie ihm mehrfach eine seiner alten, angeblichen Luxuskarossen ab. Für ihre Töchter und Söhne oder die ein und andere Geliebte, wenn ich das so formulieren darf. Der Rassauer Hans ist nämlich ganz schön geschäftstüchtig, vor allem, was den Verkauf großer Autos anbelangt.«

»Ihnen hat er auch schon den einen oder anderen Wagen verkauft?«, mischte sich Neundorf wieder ins Gespräch.

»Aber sicher.« Rielke lachte laut. »Ja, ja, geschäftstüchtig ist er, der Rassauer Hans. Vor sechs Monaten, meine Frau und ich hatten uns scheiden lassen, überredete er mich, ihr die Trennung mit einem 7er BMW zu versüßen. Ein grellroter, dicker 7er BMW. ›Das erspart viel Zoff‹, meinte er. Und wissen Sie, wie viel er dafür haben wollte?«

Seine beiden Gesprächspartner warteten schweigend auf die Antwort.

»3.000 Euro. Keinen Cent mehr. Natürlich habe ich ihm den Wagen abgekauft. Seither ist meine Ex wieder gut auf mich zu sprechen. Ja, Sie sehen, der Rassauer Hans, der kann's.« Rielkes Lachen wurde vom Auftritt seiner Sekretärin unterbrochen, die ein mit einer Kaffeekanne, drei Tassen samt Untertellern, Milch, Zucker sowie kleinen Löffeln beladenes Tablett vor ihnen auf den Glastisch stellte und sich dann lautlos wieder zurückzog.

Rielke verteilte das Porzellan, schenkte ihnen selbst ein.

»Wieso konnte er Ihnen das Auto so günstig anbieten?«, fragte Neundorf.

»Keine Angst.« Rielke hatte sofort begriffen, was sie mit ihren Worten andeutete. »Sie sind von der Polizei, aber nein, seine Autos sind nicht gestohlen, wenn Sie das befürchten. Jedenfalls nicht die, die ich selbst ihm abgekauft habe. Das hat er mir eigens versichert. Ich war anfangs nämlich genauso überrascht wie Sie. Nein, der Rassauer Hans hat es nicht nötig, auf Hehlerware zurückzugreifen. Er ist ein von Gott begnadeter Bastler. Der zaubert Ihnen aus dem vermeintlich letzten Schrott noch die besten Karossen, das habe ich mehrfach erlebt. Ich habe mit eigenen Augen zugesehen, wie er in und unter den Blechkisten herumkroch und sie zu wahren Schmuckstücken veredelte. Auf verschiedenen Oldtimer-Rallyes, die wir gefahren sind. Ich, mal allein, mal gemeinsam mit Freunden. Obwohl ich selbst gerne schraube, da kann ich nicht mithalten. Da ist er unglaublich fix. Und seit ich ihn bei dem Rennen in Hockenheim kennen gelernt hatte, war der Rassauer Hans oft als unser Mechaniker, Organisator, Tausendsassa für alles, was mit den Autos zu tun hatte, dabei.«

»Diese Woche haben Sie ihn wieder getroffen, richtig?«, bemerkte Neundorf. »Sie haben es vorhin erwähnt.«

»Ja, diese Woche. Er wollte mir verschiedene Modelle vorführen. Für meine neue Freundin.«

»Einen großen, dunklen Audi?« Die Kommissarin musterte die Mimik ihres Gegenübers, sah, wie es unter seinem linken Auge mehrfach zuckte.

Er benötigte etwas länger als gewohnt zu seiner Antwort, überraschte sie dann aber mit einem jovialen: »Ja, ganz genau, ein großer dunkler Audi. Sie haben sich mit Rassauer darüber unterhalten?«

Neundorf ging nicht auf seine Frage ein, erkundigte sich stattdessen: »Sie haben das Auto gekauft?«

»Nein.« Rielke winkte mit beiden Händen ab. »Das war vor allem seine Idee, weniger meine.«

»Dann haben Sie sich das Auto erst gar nicht angesehen?«

Wieder zögerte der Mann einen Moment mit seiner Antwort. Neundorf bemerkte seinen prüfenden Blick, sah ihm unverwandt in die Augen.

»Sie kennen den Rassauer Hans nicht. Oder jedenfalls nicht gut genug. Wenn der sich was in seinen Kopf gesetzt hat, zieht er das durch, ob Sie wollen oder nicht«, führte Rielke aus. »Der ließ sich nicht von seiner Idee abbringen, dass der dunkle Audi gerade das Richtige für meine Freundin sei und überredete mich zu einer Probefahrt. Und ich wurde tatsächlich schwach.«

»Wann war das?«

»Diese Woche. Am …« Der Mann legte den Kopf zurück, überlegte. »Am Dienstagnachmittag. Ich hatte ausnahmsweise Zeit.«

»Wo fuhren Sie mit ihm hin?«

»Oje, das dürfen Sie mich nicht fragen!« Rielke lachte wieder. »Kreuz und quer durch die Pampa. Mal hierhin, mal dorthin. Der Rassauer Hans, wenn der mal unterwegs ist, den hält nichts auf.«

»Sie waren auch auf der Alb, zum Beispiel in Glupfmadingen?«

Ihr Gesprächspartner fuhr mit beiden Händen durch die Luft. »Fragen Sie mich nicht, wo wir überall waren. Auf der Alb? Sicher, die liegt ja vor der Haustür. Der Rassauer kurvte von einem Dorf ins andere. Mal hielten wir da, mal dort. Aber jetzt, bitte ...« Er wies auf ihre Tassen. »Verzeihung, aber der Kaffee wird kalt. Und das wäre doch schade, oder?«

Neundorf und Braig kamen seiner Aufforderung nach, nahmen ihre Tassen auf, tranken in kleinen Schlucken.

»Sehr gut«, lobte der Kommissar. »Genau die richtige Stärke.«

»Das freut mich.« Rielke nickte ihm freundlich zu.

Braig überflog die Fotos an der Wand, begriff sofort, weshalb sie hier in unmittelbarer Nähe zu den Besucherstühlen hingen. Wohin er auch sah, alle zeigten dieselben Motive: Rielke umgeben von den Persönlichkeiten, die in diesem Land etwas zu sagen hatten. Fast alles bekannte Gesichter, die meisten durchgehend auf den Titelseiten der regionalen Medien präsent. Demonstration der Macht für alle, die hier als Gast herkamen und sich auf ein Gespräch mit dem Herrn der Kanzlei einließen. Er musste erst gar nicht zu seiner Kollegin schielen, um zu wissen, wie dieses bewusst inszenierte Gehabe auf sie wirkte.

»Sicher hat er Ihnen auch den großen weißen BMW gezeigt«, hörte er Neundorfs Stimme. Er sah, wie sie den Anwalt mit starrem Blick fixierte.

»Einen weißen BMW?«

»Wollte er Ihnen den etwa nicht verkaufen?«

Rielke holte tief Luft, fuhr mit seiner Rechten durch die Luft. »Ja, natürlich, den BMW. Mein Gott, wie konnte ich den vergessen! Ich sagte ja, der Rassauer Hans, wenn der hört, dass ein Geschäft zu machen ist, dann kann man den nicht mehr bremsen. Und seit er von meiner neuen Freundin gehört hat, na, Sie können es sich ja denken!«

»Wann zeigte er Ihnen den BMW?«

»Gestern Abend«, antwortete Rielke. »Aber da hatte ich leider keine Zeit, mich länger mit ihm zu beschäftigen. Weder mit ihm noch mit dem Auto.«

»Sagt Ihnen der Name Harttvaller etwas?«

Rielke legte seine Stirn in Falten, schüttelte dann den Kopf. »Also, mir kommt es vor, als hätte ich ihn in letzter Zeit irgendwo gehört, aber ich kann jetzt nicht sagen, wo und in welchem Zusammenhang.«

Neundorf schien mit seiner Antwort zufrieden, trank von dem Kaffee. »Ihre Arbeit als Anwalt, wie muss ich mir die vorstellen?«, fragte sie dann. »Sie verteidigen Angeklagte vor Gericht?«

Ihr Gesprächspartner wiegte seinen Kopf hin und her. »Weniger«, erklärte er. »Ich bin eher beratend tätig.«

»Beratend?«

»Im Auftrag verschiedener Firmen. Damit deren Produkte und überhaupt ihre Interessen auch genügend wahrgenommen werden.«

»Von den Politikern.«

Rielke nickte. »In der Öffentlichkeit und der Politik, ja.«

»Sie arbeiten also als Lobbyist für bestimmte Kunden.«

Ihr Gegenüber wehrte mit offenen Handflächen vor sich durch die Luft wedelnd ab. »Lobbyist, das klingt so ... Sagen wir: Berater. Das trifft es besser.«

»Sie beraten also Politiker im Sinn der Firmen, von denen Sie bezahlt werden.«

»So könnte man das formulieren, ja.«

33. Kapitel

Neundorf und Braig hatten das Gebäude, in dem Rielkes Kanzlei untergebracht war, gerade verlassen und die mehrspurige Asphalttrasse an der etwa hundert Meter entfernten Ampel inmitten einer großen Menschenmenge überquert, als die Kommissarin plötzlich mitten im Satz verstummte und auf der Stelle stehen blieb.

»Der Kerl hat Dreck am Stecken, dass es brummt«, hatte sie geäußert, »aber wir haben überhaupt keine Chance, dem irgendwie beizukommen. Ist dir aufgefallen, dass der sich kein einziges Mal nach dem Grund unseres Besuches erkundigte? Der tat so vornehm und abgeklärt, dabei wusste der genau, warum wir ...« Neundorf starrte wie elektrisiert auf die andere Straßenseite.

»Was ist los?«, fragte Braig. Er folgte ihrem Blick, bemerkte nur ein unübersehbares Heer von Autos und hastig in verschiedene Richtungen eilenden Menschen.

»Die Frau«, antwortete seine Kollegin. »Erkennst du sie nicht?«

Er wusste nicht, von wem sie sprach, wartete auf eine Erklärung.

Neundorf trat zur Seite, um mehreren Passanten auszuweichen, die sich auf dem viel zu schmalen Gehweg drängten, blieb unschlüssig stehen. »Das kann doch kein Zufall sein!«, erklärte sie dann. »Die arbeiten zusammen!«

»Wer mit wem?«, fragte Braig.

»Steib. Claudia Steib. Du erinnerst dich?«

»Steib? Die Journalistin, deren Auto von diesem Breigle in Glupfmadingen bemerkt wurde, weil es dort eine Weile auffällig parkte? Die?«

»Genau. Diese Dame sah ich gerade das Gebäude betreten, in dem Rielke residiert.«

»Diese Journalistin? Du täuschst dich nicht?«

»Nein, ich täusche mich nicht!«, schallte es ihm entgegen.

Ein älterer Mann, der gerade an ihnen vorbeilief, drehte sich überrascht zur Seite, musterte Neundorfs Gesicht. »Au weh, Ehekrach, jetzt donnert's«, frotzelte er mit kräftiger Stimme.

Die Kommissarin winkte ab. »Ist schon wieder gut.«

»Na prima!«, rief der Passant.

»Ich kenne die Frau nicht«, erklärte Braig. »Du warst allein bei ihr.«

»Ja, das ist richtig. Aber sie ist es, wirklich. Eine auffällige Gestalt, du würdest sie ebenfalls wiedererkennen. Sie besteht aus nichts als Haut und Knochen.«

»Und die siehst du hier im Haus von Rielkes Kanzlei? Das ist in der Tat seltsam«, gab er zu. »Zuerst werden beide auf der Alb in unmittelbarer Nähe des Hauses beobachtet, in dem sich das kurz darauf entführte Kind mit seiner Mutter aufhielt, und jetzt, nach dem Tod des Täters, sehen wir beide im gleichen Gebäude wieder. Hat sie dir nicht erzählt, sie war dort, weil sie einen Film dreht?«

Neundorf nickte.

»Ich meine, du hättest sie als recht glaubwürdig beschrieben.«

»Das habe ich, ja. Sie schien mir in der Tat glaubwürdig – ganz im Gegensatz zu diesem aalglatten Arsch vorhin.«

»Wir haben nichts in der Hand gegen ihn. Alles, was er sagte, klang plausibel.«

»Das beherrschen diese aalglatten Schweine perfekt.«

»Was willst du jetzt tun?« Die Ampel neben Braig sprang auf Grün. Der Pulk aus unzähligen Fußgängern setzte sich zur Überquerung der Fahrbahn in Bewegung.

»Wir gehen zurück!«, erklärte Neundorf plötzlich. Sie stürmte mit Riesenschritten zum Zebrastreifen, schob sich durch die Menschenmenge, die ihr entgegenquoll.

Braig hatte Mühe, ihr zu folgen. Die Ampel war längst wieder zu Rot gewechselt, als sie endlich die andere Straßenseite erreichten. Neundorf kämpfte sich an unzähligen Passanten vorbei, kam gleichzeitig mit ihrem Kollegen vor dem Gebäude der Kanzlei Rielkes an.

»Und jetzt?«, fragte Braig. »Wir läuten, gehen hoch und dann?« Er schüttelte den Kopf. »Das aalglatte Aas präsentiert uns doch wieder nur irgendeine raffinierte Ausrede. Und dann?«

»Ich frage mich nur, was die miteinander zu tun haben«, überlegte Neundorf. »Die Frau erschien mir so glaubwürdig. Kann ich mich dermaßen täuschen?«

»Sie arbeitet als freie Journalistin, hast du erzählt. Vielleicht hat sie von Rielke einen Auftrag bekommen. Die muss schließlich auch von irgendetwas leben.« Braig wurde vom lauten Hupen eines Autos übertönt. Der Fahrer hupte und hupte, weil ein anderes Fahrzeug vor ihm mitten auf der Fahrbahn stehen geblieben war und aus unerfindlichen Gründen nicht weiterkam.

»Du blöder Hund«, brüllte Neundorf. »Nimm endlich die Hand von der Hupe!«

Im gleichen Moment wurde die Tür des Gebäudes geöffnet, eine Frau trat auf die Straße. Neundorf war von dem unerträglichen Lärm wie gelähmt, reagierte erst mit mehreren Sekunden Verzögerung. »Frau Steib«, rief sie laut. »Hallo, Frau Steib.« Sie sprang der mit großen Schritten davoneilenden Gestalt hinterher, holte sie nach mehreren Metern ein.

Braig folgte ihr, sah die verblüffte Miene, mit der die Frau Neundorf betrachtete. Sie war wirklich auffallend dünn, fast mager, schien aber von unbändiger Energie erfüllt. Ihre Wangen zeigten eine gesunde Rotfärbung, an ihrem rechten Ohr klimperte ein dunkelblau glänzender Stein.

»Sie waren bei Herrn Rielke? Darf ich fragen, was Sie …?«, hörte er die Worte seiner Kollegin. Der Rest ging im Heulen mehrerer Motoren unter.

Claudia Steibs Gesichtsausdruck wechselte von bloßer Verblüffung zu purer Panik. »Rielke?«, fragte sie.

Neundorf deutete zu dem Gebäude zurück. »Der Anwalt.«

Braig sah, wie die Frau ihren Kopf schüttelte.

»Rielke? Nein«, sagte Claudia Steib.

»Aber Frau Steib!«, hörte er Neundorfs Stimme. »Jetzt streiten Sie es doch nicht ab! Arbeiten Sie für den Mann?«

»Ich soll für den arbeiten?«, hörte er Neundorfs Gegenüber lauthals von sich geben. »Für den?«

Die Frau griff in ihre Handtasche, zog eine DVD daraus hervor, reichte sie der Kommissarin. »Hier, schauen Sie sich das an. Wenn Sie es gesehen haben, bin ich bereit, mit Ihnen zu sprechen. Vorher nicht.«

»Was ist das?«, fragte Neundorf.

Claudia Steib schüttelte den Kopf. »Schauen Sie es sich an. Dann reden wir weiter!« Sie deutete ein kurzes Nicken an, löste sich von der Kommissarin, eilte davon. Braig sah den kleinen, dunkelblauen Stein unter ihrem rechten Ohr hin und her wippen, bemerkte den verkniffenen Gesichtsausdruck seiner Kollegin.

»Alles okay?«, fragte er.

Neundorf trat zur Seite, weil ihnen eine Frau mit einem Kinderwagen entgegenkam, stampfte wütend auf den Boden. »Was macht die nur bei diesem Kerl?«, zischte sie.

»Du weißt doch gar nicht, ob …«

»Ach was! Natürlich war die bei dem. Die taucht doch nicht zufällig hier auf, wo der seine Kanzlei hat, nachdem sie beide gerade in Glupfmadingen gesehen wurden. Zwar getrennt, aber ...«

»Was ist mit dieser DVD?« Braig deutete auf Neundorfs Jackentasche, wo sie den Informationsträger verstaut hatte.

»Woher soll ich das wissen? Du warst eben doch mit dabei.«

»Ja, aber ich habe nur wenig verstanden. Der Straßenlärm.«

»Ich weiß so viel wie du. Oder besser gesagt: so wenig. Im Moment überhaupt nichts. Mir fehlt nämlich schlicht und einfach der Durchblick. Der Anwalt und die Journalistin. Vielleicht hast du ja recht mit deiner Vermutung, er habe sie mit irgendetwas beauftragt. Vielleicht jemandem hinterher zu spionieren? Im Interesse seiner Auftraggeber?«

»Kohle hat der Typ garantiert genug. Die Lage seiner Kanzlei spricht Bände. Ich will nicht wissen, wie viele Leute der bezahlt, um Informationen zum Beispiel über bestimmte Politiker zu sammeln. Schwachpunkte der Entscheidungsträger herauszufinden, um sie zu erpressen. Wäre dafür eine investigative Journalistin nicht genau die Richtige?«

Sie hatten die Stadtbahnhaltestelle *Charlottenplatz* erreicht, folgten dem Weg abwärts.

»Fragt sich nur, ob die sich dafür hergibt«, überlegte Neundorf.

»Vielleicht braucht sie wirklich Geld. Oder sie findet den Job einfach spannend, wer weiß.«

»Warten wir mal ab, was sie uns mit der DVD zeigen will. Sobald wir im Amt sind, lege ich die in den Player. Vielleicht hilft uns das weiter.«

Braig sah ihre Stadtbahn einfahren, spürte sein Handy vibrieren. »Mhm, jetzt auch das noch«, brummte er. Er zog das Gerät aus der Tasche, sah, dass der Anruf aus dem Amt kam. Die Bahn kam unmittelbar vor ihm zum Stehen. Er nahm das Gespräch an, hatte Mandy Prießnitz' Stimme am Ohr.

»Sie müssn sofort gommn, Herr Gommissar! Und die Frau Gommissarin Neundorf ooch, falls Sie die erreichn. Das ist sehr wichtig!«

Mehrere Passanten verließen den Zug. Braig und Neundorf stiegen ein, suchten zwei Plätze, setzten sich einander gegenüber.

»Was ist nu, Herr Gommissar?«

Braig konzentrierte sich auf sein Gespräch. »Worum geht es denn, Frau Prießnitz?«

»Herr Gommissar, hier sitzt ein Herr Leitner vor mir. Der ist extra hergegommn, weil er die leidenden Ermiddler der Endführungssache sprächn will.«

»Ja und? Warum ist das so wichtig?«

»Warum? Herr Gommissar, das ist der Mann der Familie, die die Mudder der kleinen Elena besucht hat. Der saacht, die Endführung hädde ihm gegoldn und nicht den Harttvallers.«

»Wie bitte?« Braig glaubte, nicht richtig zu hören. »Er glaubt …«

»Ja, er wird bedrohd, saacht er, genau mit dieser Endführung. Sie müssn gommn, Herr Gommissar und die Frau Gommissarin Neundorf genau so!«

Braig bat die Sekretärin, sich um den Besucher zu kümmern, sagte ihr zu, schnellstmöglich bei ihr vorbeizuschauen.

»Die Prießnitz?«, fragte Neundorf. »Welche Diät praktiziert sie diese Woche?«

»Irgendwas mit ständiger Abwechslung. Einen Tag nur Obst, am nächsten nur Nudeln, dann nur Kartoffeln und bald, ich glaube, am Samstag oder Sonntag nur Kuchen.«

»Wie bitte?« Sie lachte laut. »Was für eine Diät soll das sein?«

»Keine Ahnung. Ich kann mir auch nicht vorstellen, dass das was nützt. Aber angeblich hat sie damit schon ein paar Gramm abgenommen. Hat sie mir jedenfalls erzählt.«

»Die kann viel erzählen«, zischte Neundorf. »Das ist doch absurd. Was wollte sie eben?«

»Sie hatte es ungeheuer wichtig. Wir sollen sofort ins Amt kommen. Ein Herr Leitner wartet auf uns. Er behauptet, die Entführung Elenas sollte ihn treffen und nicht die Harttvallers.«

»Was sagst du da?« Neundorfs Mimik wechselte zu völliger Verblüffung.

34. Kapitel

Andreas Leitner war ein kleiner, auffallend gut gekleideter Mann Mitte vierzig. Er trug einen hellgrauen Anzug samt rosé-weißem Hemd und dezenter, samtroter Krawatte, hatte kurze, dunkle Haare, die an den Schläfen von mehreren grauen Strähnen durchzogen waren. Er war unruhig vor dem Büro der Abteilungssekretärin hin und her marschiert, als sie das Amt endlich erreicht hatten. Leitner war sofort auf sie zugestürzt, hatte sie mit einem aufgeregten, aber weitgehend unverständlichen Wortschwall empfangen.

Braig hatte Mühe gehabt, den Mann zu besänftigen. Er hatte Leitner gebeten, mit in sein Büro zu kommen, ihm dann dort einen Stuhl angeboten.

»So, jetzt fangen Sie bitte ganz von vorne an«, sagte der Kommissar, als Neundorf neben ihm Platz genommen hatte. »Was wollen Sie uns mitteilen?«

Leitner hielt es nicht auf seinem Stuhl. Er sprang auf, tänzelte unruhig vor den beiden Kommissaren hin und her. »Wissen Sie, das ist mir sehr peinlich, dass ich Sie jetzt hier belästige. Aber seit Elena entführt wurde, habe ich keine ruhige Minute mehr. Vielleicht, vielleicht, ich weiß es wirklich nicht, aber vielleicht hat das doch etwas mit dem zu tun.«

Braig versuchte erneut, den Mann zu beruhigen. Er sah Neundorfs gequälten Gesichtsausdruck, ahnte, dass auch ihre Nerven aufgrund des Verhaltens des Mannes aufs Äußerste angespannt waren. Sie mussten Leitner zur Ruhe bringen, um sich auf den Kern seiner Aussage konzentrieren zu können. »Jetzt erzählen Sie doch, um was es eigentlich geht.«

»Deshalb bin ich ja hier«, antwortete der Mann. »Weil die mich seit Wochen bedrohen.«

»Wer bedroht Sie?«

»Mich und meine Familie. Das Leben und die Gesundheit meiner Frau und meiner Tochter.«

»Ihrer Tochter?«, wunderte sich Braig.

»Das haben die ausdrücklich so formuliert, ja. Und dann kam gestern der neue Anruf. Der machte mich vollends verrückt. Ob ich jetzt endlich begreife, was auf dem Spiel steht oder noch warten wolle, bis sie sich nicht nur Elena, sondern auch meine Anna schnappen.«

»Wie bitte?« Braig starrte elektrisiert zu seinem Gegenüber. »Verstehe ich das richtig: Ob sie warten wollen, bis die sich nicht nur Elena, sondern auch noch Ihre Tochter schnappen?«

Leitner stieß hervor: »Genau so! Ich habe heute Nacht kein Auge zugetan. Ich bestehe nur noch aus Angst, purer Angst. Deshalb bin ich jetzt extra zu Ihnen nach Stuttgart gefahren.« Tränen kullerten ihm über die Wangen. Er schluckte heftig, war nicht imstande, weiterzusprechen.

Braig ließ ihm Zeit, reichte dem Mann ein Papiertaschentuch. Sein Besucher tupfte sich das Gesicht sauber, versuchte, wieder Fassung zu gewinnen.

»Sie müssen entschuldigen«, bat er mit belegter Stimme, »das ist wirklich nicht meine Art. Aber die letzten Tage ... Ich habe Angst um meine Familie, um meine Frau und meine Tochter, und natürlich hatte ich auch Angst um Elena. Sie ist ja immerhin das Kind einer alten Bekannten meiner Frau. Wenn ich mir vorstelle, die haben Elena nur entführt, um ihre Drohungen gegen mich ...« Er hielt inne, schüttelte den Kopf. »Das kann doch nicht sein, oder?«

Braig musterte sein Gegenüber, überlegte, dass der Mann bis in die Grundfesten seines Daseins von diesen obskuren Drohungen erschüttert war. Wer immer dahintersteckte, er hatte nachhaltige Wirkung erzielt. »Jetzt erzählen Sie mir doch bitte der Reihe nach«, forderte er ihn auf. »Und nehmen Sie hier auf diesem Stuhl bitte Platz.« Er wartete, bis ihr Besucher seinem Wunsch nachgekommen war, fuhr dann fort. »Sie erhalten seit Wochen Drohungen, habe ich das richtig verstanden?«

Leitner atmete kräftig durch, nickte mit dem Kopf.

»Wie werden diese Drohungen übermittelt? Per Telefon, SMS ...«

»Telefon«, fiel ihm der Mann ins Wort. »Immer per Telefon.«

»Handy, Festnetz?«

»Handy. Immer übers Handy.«

»Die Nummer lässt sich erkennen?«

»Nein, natürlich nicht. Dem Code nach ein Prepaid-Anschluss.«

»Wer ruft an? Eine Originalstimme?«

Leitner schüttelte den Kopf. »Ein Mann. Aber völlig verzerrt.«

»Immer derselbe?«

»Ich weiß es nicht.« Er überlegte. »Die Stimme ist völlig verzerrt. Die Art aber, wie er spricht ... Von daher würde ich sagen, es ist immer dieselbe Person. Ich bin mir aber nicht sicher.«

Verzerrte Anrufe, überlegte Braig, handelte es sich tatsächlich nicht nur um einen Dumme-Jungen-Streich, wie man das in der Routine des Polizei-Alltags zuerst einmal abzutun gewöhnt war? Hatte die Sache wirklich einen ernsthaften Hintergrund? »Wann erfolgen die Anrufe?«, erkundigte er sich. »Immer zur gleichen Zeit?«

»Nein, nein. Das ist verschieden. Aber nur tagsüber. Immer nur, wenn ich in der Firma oder unterwegs bin.«

»Worum geht es? Die wollen Geld?«, erkundigte sich Neundorf.

»Nein«, erklärte Leitner. »Davon war nie die Rede. Ich soll die Ergebnisse der Studie, an der ich seit Monaten arbeite, manipulieren.«

»Wie bitte?«, fragte Braig erstaunt. »Es geht überhaupt nicht um finanzielle oder persönliche Dinge, sondern um Ihre berufliche Tätigkeit? Verstehe ich das richtig?«

Sein Besucher nickte. »Ja, es geht um die Ergebnisse der Studie.«

»Was ist das für eine Studie?«

Leitner ließ einen lauten Seufzer hören. Er strich den Ärmel seines dunkelblauen Jacketts gerade, holte tief Luft. »Ich bin Geologe«, sagte er. »Meine Firma erforscht im Auftrag verschiedener Konzerne und Behörden die Lagerung von Rohstoffen und erstellt Potentialanalysen zu den jeweiligen Vorkommen. Wir überprüfen die technischen Möglichkeiten, die Rohstoffe zu erschließen, und erstellen verschiedene Kostenmodelle dazu. Welche Fördermethode sich also für den konkreten Fall empfiehlt, welche geologischen und technischen Risiken dabei existieren und wie teuer es ausfällt – im günstigsten wie im ungünstigsten Fall.« Er nickte Braig zu, hängte dann noch den Satz: »Wir sind weltweit tätig« an.

»Und Ihre Studie?«, überlegte der Kommissar. »Welches konkrete Thema hat sie zum Inhalt?«

»Schiefergasvorkommen in Südwestdeutschland und die Möglichkeiten ihrer Erschließung. Sie haben bestimmt schon davon gehört.«

»Sie sprechen von diesem umstrittenen Fracking?«, fragte Braig.

»Das ist eine der Erschließungsmethoden, ja. Angesichts ihrer Begleiterscheinungen wird sie allgemein sehr kritisch beurteilt.«

»Mit Chemikalien versetzte Flüssigkeiten werden in den Boden gepumpt, um das Gas aus dem Gestein entweichen zu lassen?«

»Grob gesprochen, ja. Die Ausgangsprodukte von Schiefergas waren Algen und tote Meerestiere, die gemeinsam mit Mineralien auf den Meeresboden sanken und dort unter großem Druck über viele Millionen Jahre hinweg zu Schiefergestein zusammengepresst wurden. Das organische Material verwandelte sich im Verlauf der Zeit in Erdöl und Erdgas.«

»Und dieses Schiefergas vermutet man auch hier bei uns.«

»Von Vermutung kann nicht die Rede sein. Es existiert tatsächlich, das wissen wir. Es geht nur um die Problematik der Erschließung des Gases.«

»Das sogenannte Fracking.« Braig bemerkte, wie der Mann zunehmend ruhiger wurde. Die Beschäftigung mit seinem Spezialgebiet ließ ihn offensichtlich zumindest ein Stück weit vergessen, welches Problem ihm derzeit so intensiv zu schaffen machte.

»Genau. Seit ein paar Jahren wird diese Methode vor allem in den USA praktiziert. Man bohrt zuerst vertikal in den Untergrund, stößt dann in der Tiefe horizontal, sozusagen von der Seite her, in das Gestein vor. Anschließend wird unter sehr hohem Druck ein Gemisch aus Wasser, Sand und Chemikalien in das Bohrloch gejagt. Das Gestein wird dadurch aufgebrochen, das Gas kann abgepumpt werden. Der Chemikaliencocktail hat die Aufgabe, den Sand langsamer sinken und das Gas leichter entweichen zu lassen. Das funktioniert normalerweise recht gut, ein Teil der Chemikalien aber bleibt im Gesteinsbrei zurück. Das sind meistens nur geringe Anteile der ursprünglich eingesetzten Menge. Weil man das Fracking aber großflächig durchführen muss, um an ausreichende Gasvolumina zu gelangen, summieren sich diese Mengen und niemand kann garantieren, dass das toxische Material nicht ins Grundwasser gelangt. Und damit ganze Regionen kontaminiert. Beispiele dafür gibt es aus anderen Ländern leider zur Genüge. Deshalb muss man die

Vor- und Nachteile dieser Explorationsmethode genau abwägen, vor allem natürlich in unserem dicht besiedelten Land.«

»Das ist der Inhalt Ihrer Studie.«

»Das ist, grob gesprochen, der Inhalt, ja.«

»Und genau darum geht es auch diesen Erpressern.«

Leitners Miene veränderte sich im Bruchteil einer Sekunde. Er lief bleich an, bewegte seinen Kopf unstet hin und her. Mit einem Mal hatte ihn die Nervosität wieder im Griff. Er schaute an Braig und Neundorf vorbei zum Schreibtisch, zurrte sich die Krawatte zurecht, strich mit zitternden Fingern über den Ärmel seines Jacketts. »Sie wollen ...«, erklärte er mit stockender Stimme.

»Ja?«

»Die Probleme ökologischer Art seien zu beherrschen. Eine Kontamination des Grundwassers oder bestimmter Gesteinsschichten sei nahezu auszuschließen. Gerade bei uns im Südwesten.«

»Zu diesem Ergebnis sollen Sie in Ihrer Studie abschließend kommen.«

Leitner verzog sein Gesicht zur unansehnlichen Grimasse, nickte.

»Aber das entspricht nicht der Realität«, spekulierte Braig.

Der Mann brach erneut in Tränen aus, schüttelte den Kopf. »Ich muss die ganze Zeit nur an Elena und an meine Anna denken. Sie gehen mir einfach nicht aus dem Kopf. Was sie mit Elena gemacht haben, werden sie auch mit Anna tun. Das mit Elena war nur zu meiner Warnung, das nächste Mal ist meine Familie an der Reihe.« Leitner zog die Nase hoch, schluckte, kämpfte um Luft. »Und was Ihre Frage betrifft: Nein, das entspricht überhaupt nicht der Realität. Ganz im Gegenteil. Wir müssen mit der Verseuchung ganzer Regionen rechnen.«

35. Kapitel

Wir müssen als Erstes feststellen, ob irgendeine Verbindung zwischen Leitner beziehungsweise diesem Fracking zu einer der Personen existiert, mit denen wir es zu tun haben. Also: Rassauer, Rielke oder Frau Steib«, hatte Neundorf erklärt. »Oder fällt dir auf Anhieb etwas dazu ein?«

»Tut mir leid. Ich muss passen.« Braig hatte den Kopf geschüttelt. »Lass uns im Internet nachschauen, vielleicht finden wir dort Berührungspunkte. Wenn die Kleine wirklich nur entführt wurde, um dieses geologische Gutachten zu beeinflussen … Mein Gott, wie verkommen sind diese Typen denn?«

»Verkommen?« Neundorf war in lautes Gelächter verfallen. »Junger Mann, in welcher Welt lebst du? Es geht um Millionen, vielleicht sogar Milliarden. Dafür tun die alles. Was spielt da das Elend eines Kindes und seiner Eltern eine Rolle?«

Sie hatten Leitner unter der Begleitung Aupperles nach Hause geschickt und den Mann samt seiner Familie mit sofortiger Wirkung unter Polizeischutz gestellt.

»Es muss sein?«, hatte Maria Schmeckenbecher zu bedenken gegeben.

»Ich weiß, die Kosten.« Neundorf hatte darauf bestanden. »Ich glaube dem Mann. Ich fürchte, die Familie ist wirklich in Gefahr.«

»Und diese Journalistin? Was ist mit der? Hat sie ihre Hände im Spiel?«

Neundorf war sich nicht sicher. »Ihr Auftauchen bei diesem aalglatten Anwalt hat mich irritiert, zugegeben. Ich will mir erst die DVD ansehen, die sie mir mitgegeben hat, bevor ich ein Urteil fälle.«

Braig saß keine zehn Minuten vor dem Monitor, als er auf die Verbindung stieß. Er hatte das Stichwort *Fracking* eingegeben, mehrere Seiten dazu aufgeschlagen und kurz überflogen, sah plötzlich mehrere Gesichter vor sich. »Ich werde verrückt!«, rief er, die Fotos samt dem dazugehörenden Text betrachtend. *Fracking – verantwortungsvoll betrieben ist es die einzige Garantie für preiswerte Energie. Ohne diese Methode droht unsere Wirtschaft ihre energetische Basis zu verlieren*, war die Seite überschrieben. Darunter mehrere einflussreiche Persönlichkeiten, die sich für diese Art der Rohstoffversorgung engagierten.

Braig lief aus seinem Büro, rief nach seiner Kollegin. »Katrin, kommst du mal, bitte. Ich glaube, ich habe den Zusammenhang entdeckt, nach dem wir suchen.« Er sah, dass ihre Bürotür offen stand, wartete auf eine Antwort. »Katrin, kommst du mal?«, wiederholte er.

Die Stimme aus ihrem Büro schien ihm unbekannt. Ein seltsames heiseres Krächzen, wie von einem von einer Erkältung stark in Mitleidenschaft gezogenen Menschen. Braig stutzte, lief über den Gang zu ihrem Büro. »Katrin?«, rief er. »Ich habe die Verbindung gefunden, nach der wir suchen. Rielke ist einer der führenden Vertreter der Fracking-Lobby. Komm her, schau es dir…« Er verstummte, starrte überrascht in ihr Büro.

Neundorf hing mit dem gesamten Oberkörper über ihrem Schreibtisch, den Kopf bis fast unmittelbar vor den Monitor eines kleinen TV-Bildschirms gereckt. Sie verfolgte das Geschehen, das dort ablief.

Ein in Arbeitskleidung gehüllter Mann, mit einer kleinen, elektrischen Stichsäge unter ein Auto kriechend, dessen Unterboden von einer Lampe bis ins letzte Detail hell ausgeleuchtet war. Der Mann tastete das Areal um die hinteren Reifen ab, machte sich ein Stück davon entfernt mit der Säge ans Werk.

»Hast du ihn?«, war eine weibliche Stimme flüsternd aus dem Hintergrund zu vernehmen.

»In Großaufnahme«, gab eine andere Frau in direkter Nähe zum Mikrofon der Kamera zur Antwort.

Braig glaubte, die flüsternde Stimme zu kennen, trat näher. »Was schaust du dir an?«, fragte er.

Neundorf schrak zusammen, wich ein kleines Stück vom Bildschirm zurück. »Der absolute Wahnsinn!«, krächzte sie.

»Was ist das?«, wiederholte er.

Sie gab keine Antwort, zeigte nur auf den Monitor. Der Mann unter dem Auto setzte die Säge ein zweites Mal an, konzentrierte sich auf einen anderen Punkt am Boden des Fahrzeugs. Dann zog er das Werkzeug zurück, vergewisserte sich des erfolgreichen Verlaufs seiner Arbeit, kroch schließlich unter dem Auto hervor. Langsam richtete er sich auf. Vor dem weißen BMW stehend, streifte er sich die Arbeitsmontur vom Leib, knüllte sie zusammen und steckte sie samt der Säge in einen tiefblauen Plastiksack. Er zog seine Kleidung zurecht, sah sich kurz um, schaute für einen Moment in die Richtung der Kamera. Für den Bruchteil einer Sekunde war er groß auf dem Monitor zu sehen.

Neundorf schnellte nach vorn, drückte auf einen Knopf, hielt den Film an. Der Mann hatte sich wieder zur Seite gedreht, machte sich an dem Plastiksack zu schaffen.

Die Kommissarin spulte kurz zurück, ließ den Film wieder laufen. Genau im richtigen Moment fixierte sie dann das Standbild. Rielkes Gesicht fast lebensgroß auf dem Bildschirm.

»Die DVD von Frau Steib«, vergewisserte sich Braig.

Neundorf nickte. »Reicht das?« Ihre Stimme fand nur schwer zu ihrem gewohnten Tonfall zurück.

»Rielke sabotiert die Bremsen des weißen BMW, mit dem Rassauer in den Tod fährt«, sagte Braig. »Wo hat die Frau das her?«

»Aufgenommen. Ich nehme an, von ihrer Kamerafrau«, sagte Neundorf. »Sie ist Fernsehjournalistin, hat ein eigenes Team. Du hast ihre Stimme im Hintergrund gehört.«

»Das müsste als Beweismittel reichen. Damit haben wir den Kerl. Er agiert als Vertreter der Fracking-Lobby.«

»Er arbeitet als Lobbyist für die Firmen, die Fracking anwenden wollen?«

»Er ist einer ihrer führenden Vertreter. Ich habe ihn im Internet entdeckt.«

»Die agieren im Moment nicht besonders erfolgreich, wenn ich richtig informiert bin«, überlegte Neundorf.

»Was Deutschland betrifft, nein«, bestätigte Braig. »Alles, was ich eben gelesen habe, deutet darauf hin, dass die zurzeit ganz schön auf Granit beißen. Aus anderen Ländern wie den USA kommen ständig neue Hiobsbotschaften über die Folgen des Fracking. Die Anträge zur Durchführung dieser Methode stoßen bei uns fast überall auf Widerstand.«

»Das bedeutet, die stehen mit dem Rücken zur Wand.«

Braig nickte. »Und in einer solch unerfreulichen Situation greift auch ein nach außen hin äußerst freundlicher Anwalt zu unerfreulicheren Methoden.«

»Ist das die Erklärung? Rielke müht sich vergebens, die Ziele seiner Klienten durchzusetzen. Alle seine guten Kontakte in die Politik zeigen keinen Erfolg. Seine Freunde sind nicht mehr an der Macht. Im Moment regieren die Falschen; zumindest deren entscheidender Teil ist nicht so leicht zu korrumpieren. Die Lage ist aussichtslos. Und dann droht auch noch dieses wissenschaftliche Gutachten. Leitners Worte brachten deutlich zum Ausdruck, in welche Richtung die Empfehlungen der Geologen zielen. Rielke steht mit dem Rücken zur Wand. Ein Lobbyist ohne Erfolg. Im Stress dieser Situation greift er zum Äußersten. Er besinnt sich eines seiner anderen Freunde. Wenn es über die üblichen Kanäle nicht läuft, muss es eben anders gehen. Jetzt benötigt er einen Mann fürs Grobe. Und da kommt Rassauer ins Spiel. Er soll die Schmutzarbeit übernehmen. Die Expertise der Wissenschaftler doch noch in die richtige Richtung lenken. Das Resultat der Geologen so gestalten, dass das erwünschte Ziel wieder in greifbare Nähe rückt. Wie sich das realisieren lässt? Wahrscheinlich hat Rielke Leitners Biografie überprüft und festgestellt, dass der Mann ein zu gewissenhafter Wissenschaftler ist, als dass er sich mit Geld kaufen ließe. Wir sollten Leitner fragen, aber ich denke, Rielke hat das erst gar nicht versucht. Also setzt er auf Leitners private Verhältnisse. Gibt es irgendwelche Beziehungen, die den Mann erpressbar machen? Eine Geliebte vielleicht, ab und an mal ein Puff-Besuch? Rielke hat Pech. Dieser Leitner ist ein überaus gediegener Familienmensch. Nehme ich jetzt mal an. Und da kommt er auf die Idee, mit der er den Wissenschaftler knacken kann: Er bedroht das Wohlergehen von dessen Familie. Das ist der wunde Punkt Leitners: Das Leben und die Gesundheit seiner Frau und seiner Tochter. So kann er ihn packen, das begreift Rielke schnell. Und jetzt kommt Rassauer endgültig ins Spiel.«

»Bleibt nur die Frage, weshalb er dann nicht Leitners Tochter Anna oder dessen Frau entführt, sondern die kleine Elena«, überlegte Braig. »Oder glaubst du, die haben sich einfach mit ihrem Opfer vertan?«

»Du meinst, die haben aus Versehen das falsche Kind entführt?« Neundorf sprang von ihrem Stuhl, schüttelte den Kopf. »Nein, das war Absicht«, erklärte sie. »Die mussten damit rechnen, dass wir davon erfahren und nach dem Mädchen suchen. Logisch, dass da als erste Überlegung die Frage nach dem Motiv ins Spiel käme – so war es ja auch. Hätte Rielke die kleine Anna entführt – noch am selben Tag wäre Leitners Fracking-Studie auf unserem Seziertisch und Rielke an der Spitze unserer Verdächtigen gelandet. Deshalb war es ein Glücksfall für ihn, dass sie auf die kleine Elena zurückgreifen konnten. Wahrscheinlich half ihnen da der Zufall auf die Sprünge: Breigle hat am Tag der Entführung den dunklen Audi zwei Mal bemerkt: Zuerst am frühen Mittag mit nur einem Mann Besatzung: Rassauer, der zu diesem Zeitpunkt die Frau und die Tochter Leitners überwachte. Und dann am frühen Abend tauchte der Audi wieder auf, diesmal mit Rielke als Beifahrer. Wahrscheinlich hat Rassauer den überraschenden Besuch Frau Harttvallers mit ihrer kleinen Tochter an seinen Auftraggeber gemeldet und der entschloss sich, die Gelegenheit zu nutzen: ein abgelegenes Dorf auf der Alb, ein nebliger Tag, ein Entführungsopfer, das uns niemals auf Rielkes Spur bringen würde: Genauso kam es dann ja auch. Dass Rassauer die Entführung nicht allein durchführen konnte, war Rielke – nehme ich mal an – von Anfang an klar: Du selbst hast Rassauer ebenso wie seine Schwester als im Grunde seines Herzens gutmütiges, leicht manipulierbares Riesenbaby beschrieben, dem sowohl die nötige Härte wie auch der Intellekt für diese Aktion fehlte. Deshalb kam Rielke an jenem Abend mit auf die Alb. Und so, wie sie die Sache dann durchzogen, war seine Anwesenheit ja auf jeden Fall nötig: Rassauer schnappte sich auf dem Waldparkplatz das Auto samt der kleinen Elena, das beweist der Fußabdruck dort, während Rielke den Audi chauffierte. Wenige Kilometer weiter steckten sie dann den Golf der Harttvallers mitsamt einem Hund, den sie vielleicht angefahren hatten, in Brand und jagten ihn über die Kante. Mitsamt dem Mädchen rasten sie dann in dem Audi davon und verursachten in der Hektik in Eningen den Unfall, der wohl zu Unrecht Schwalb angelastet wurde.«

»Das klingt alles plausibel«, meinte Braig. »Fragt sich nur, warum er dann seinen Freund Rassauer über die Klinge springen ließ. Das war doch Absicht, was denkst du?«

Neundorf nickte. »Natürlich war das Absicht. Dass Rassauer ständig wie ein Verrückter raste, hat uns ja seine Schwester bestätigt. Wenn Rielke ihn unbehelligt um die Ecke bringen wollte, dann am besten auf diese Tour. Die Aufnahmen bestätigen das zur Genüge. Wir müssen Frau Steib fragen, wann sie diese Szene aufnahmen. Ich nehme an, gestern Abend, kurz vor dem tödlichen Unfall. Zu dem Zeitpunkt nämlich, nachdem wir auf Rassauer gestoßen waren. Du hast ihn am Nachmittag besucht, warst sogar in seiner privaten Bude. Garantiert hat er das sofort Rielke mitgeteilt. In dem Moment läuteten bei seinem Herrn und Meister sämtliche Alarmglocken. Aus irgendeinem für ihn unerfindlichen Grund waren wir Rassauer auf die Schliche gekommen. Wer konnte auch schon damit rechnen, dass in dem kleinen Kaff auf der Alb ein Breigle haust, der alles, was sich bewegt, fotografiert und notiert?

Rassauer von der Polizei aufgesucht, das konnte nicht lange gut gehen. Irgendwann würde das naive Riesenbaby anfangen zu plappern. Ja, und so blieb Rielke nichts anderes übrig, als genau das zu verhindern.«

»Wahrscheinlich hat er ihn nach meinem Besuch aufgefordert, zu ihm zu kommen und über Nacht bei ihm zu bleiben, um einem schnellen Zugriff durch uns vorzubeugen«, überlegte Braig. »Und während Rassauer zu ihm unterwegs war, präparierte er den BMW.«

»So könnte ich mir das vorstellen, ja«, bestätigte seine Kollegin.

»Fragt sich nur, wieso diese Journalistin ihn dabei filmt. Und, nicht zu vergessen, wenige Tage vorher in unmittelbarer Nähe zu Rassauer und ihm in dem kleinen Dorf auf der Alb auftaucht. Das ist doch kein Zufall.«

»Nein, das ist kein Zufall«, stimmte Neundorf ihm zu. »Bevor wir uns aber über Frau Steib den Kopf zerbrechen, sollten wir uns um Rielke kümmern. Sonst setzt der sich nach unserem Besuch vorhin noch irgendwohin ins Ausland ab.«

»Ich informiere die Staatsanwaltschaft.«

»Hoffentlich nicht ...«

»Ich fürchte doch«, sagte Braig, die Sorge seiner Kollegin ahnend. Söderhofer, die Drohung stand unausgesprochen im Raum. »Er hat die Entführung sofort an sich gezogen.«

Er lief in sein Büro, bat bei der Staatsanwaltschaft um einen Haftbefehl für Rielke.

»Da muss ich Sie an den Herrn Oberstaatsanwalt Söderhofer verweisen.«

Braig holte tief Luft, hatte kurz darauf Eveline Thonak am Ohr. »Oh, Frau Thonak, hier ist Braig. Wie geht es Ihnen?«

»Besser.«

»Sie waren krank?«

»So kann man das umschreiben.«

»Oh, das tut mir leid.«

»Aber jetzt hat es damit ein Ende.«

Braig wusste nicht, worauf sie hinaus wollte. »Wie meinen Sie das?«

»Ich möchte wieder gesund werden.«

»Ja, hoffentlich. Ich wünsche Ihnen gute Besserung.«

»Die wird sich bald einstellen. Spätestens in einer Stunde.«

»Äh, wieso in einer Stunde?«

»Weil meine Tätigkeit in diesem Büro dann endgültig beendet ist.«

»Wie bitte?«, rief Braig überrascht. »Sie ...«

»Eine Stunde und drei Minuten«, gab sie zur Antwort. »Dann habe ich nämlich genau 34 Überstunden. Das ist die Arbeitszeit von vier Tagen. Gemeinsam mit meinem Rest-Urlaub ist damit mein November-Soll erfüllt. Am ersten Dezember fange ich im Landesvermessungsamt an.«

»Oh, Frau Thonak, das ist ja ...« Er wusste nicht, wie er es formulieren sollte. »Also, einerseits bin ich natürlich traurig, wenn Sie nicht mehr da sind, aber andererseits ...«

»Sie dürfen mir gratulieren«, antwortete seine Gesprächspartnerin. »Sie glauben nicht, wie gut es mir bald geht.« Sie schwieg einen Moment, fügte dann etwas gedämpft hinzu: »Ich muss hier weg, Herr Braig, es geht nicht mehr.«

»Das kann ich verstehen. Voll und ganz«, sagte er. Im gleichen Moment hörte er die Stimme aus dem Hintergrund.

»Wer ist am Apparat?«

Gänsehaut schoss ihm über den Rücken, alle seine Nackenhaare richteten sich auf.

»Herr Hauptkommissar Braig«, erklärte Eveline Thonak.

»Dann ergehen Sie sich nicht in langwierigen Umstandskrämereien, sondern verbinden Sie mich mit dem Mann! Der gedenkt mit dem Buonagrappa-Preisträger zu parlieren, nicht mit der Schreibkraft.«

Braigs gesamter Körper war von Gänsehaut überzogen.

»Herr Braig, ich sage dann mal ade und alles ...« Eveline Thonak wurde mitten im Satz von einem herrischen: »Was gibt es Braig?« unterbrochen.

Er musste mit sich ringen, den Hörer nicht einfach auf den Apparat zu werfen und sich den Wortwechsel zu ersparen. Eveline Thonak hatte die einzig richtige Entscheidung getroffen, die in ihrer Situation möglich war. So wenig er von ihr wusste – die fernmündlichen Plaudereien waren ihr einziger Kontakt geblieben – selbst auf diese Entfernung hin hatte sich der psychische Druck, dem sie Tag für Tag beruflich ausgesetzt war, fast physisch spüren lassen. Dass sie jetzt so schnell die Notbremse gezogen hatte ...

»Braig, sind Sie eingeschlafen?«, riss ihn die herrische Stimme aus seinen Gedanken. »Weshalb belästigen Sie ...«

»Wir haben Rassauers Mörder«, konterte er mitten in den Vorwurf seines Gesprächspartners. »Wir benötigen einen Haftbefehl.«

»Oho, junger Mann, das geht ja im Hurra! Was ist mit Ihnen los? Ausnahmsweise mal was gearbeitet heute?«

Er versuchte, ruhig zu bleiben. »Bei dem Mann handelt es sich zudem höchstwahrscheinlich um den Entführer der kleinen Elena Harttvaller. Rassauer war wohl nur sein Erfüllungsgehilfe. Den musste er sich jetzt vom Hals schaffen, nachdem ich gestern bei Rassauer aufgetaucht bin.«

»Ist das nur theoretisches Geschwafel, etwa auf dem Mist Ihrer impertinenten Kollegin, ich erspare mir den Namen, gewachsen?«

»Wir haben Beweise. Die Manipulation der Bremsen des Autos, mit dem Rassauer verunglückte, wurde mit einem Film dokumentiert.«

»Wie bitte? Mit einem Film … Wie soll ich das verstehen?«

»Ich erkläre Ihnen gerne alles ausführlich. Sie sollten sich allerdings möglichst bald um einen Haftbefehl bemühen.«

»Sie denken an Fluchtgefahr?«

»Genau.«

»Wie heißt der Mann?«

»Reinhold Rielke.«

»Rielke? Der Anwalt?«, dröhnte es Braig ins Ohr.

»Er ist Anwalt, ja.«

»Sind Sie des Wahnsinns? Der Mann ist ein Parteifreu…«
Söderhofer verstummte mitten im Wort.

»Ein Parteifreund von Ihnen? Ah, ich verstehe«, sagte Braig. »Damit ist er natürlich absolut fehlerfrei und unantastbar. Der kann Leute abschlachten, so viele er will, er ist ja ein …« Er konnte nicht mehr ruhig sitzen bleiben, schaltete das Telefon auf Zimmerlautstärke, lief vor seinem Schreibtisch hin und her.

»Braig, was unterstehen Sie sich?«, schallte es aus dem Lautsprecher.

»Ich unterstehe mich nichts. Ich bitte Sie nur, sich um einen Haftbefehl für diesen Rielke zu bemühen. Wir haben Beweise, dass er den Tod ...«

»Papperlapapp. Wo ist dieser obskure Film, wer soll den aufgenommen haben?«

»Die DVD liegt hier bei uns.«

»Den will ich mit eigenen Augen sehen. Vorher läuft überhaupt nichts. Sie wissen doch, wie leicht sich dieses Material heute manipulieren lässt. Einfach ein anderes Gesicht eingefügt, die Farbe des Autos verändert oder gleich das ganze Fahrzeug ... Nein, nein, da müssen erst Experten ran, bevor wir uns zu falschen Schlussfolgerungen hinreißen lassen ... Überhaupt, Sie haben meine Frage immer noch nicht beantwortet: Von wem stammt dieses Machwerk?«

»Von einer Journalistin.«

»Journalistin?« Söderhofers Gelächter schallte laut durch Braigs Büro. »Braig, junger Mann, wie naiv sind Sie denn? Eine Journalistin? Irgendeine dahergelaufene Schnalle ... Wie heißt sie denn, diese Journalistin?«

Braig kam nicht dazu, dem Mann zu antworten, weil er Neundorfs Hand auf seiner Schulter spürte. Sie schob ihn zur Seite, beugte ihren Kopf in die Richtung des Telefons. »Wie die Frau heißt, tut nichts zur Sache. Wir haben Sie um einen Haftbefehl für diesen Rielke gebeten und hoffen, dass Sie ausnahmsweise Ihren beruflichen Pflichten nachkommen«, erklärte sie mit kräftiger Stimme. »Was Sie tun, ist Ihre Sache. Wir kümmern uns jetzt um diesen Kerl.« Sie nahm den Hörer, donnerte ihn auf den Apparat.

36. Kapitel

Sie benötigten über eine Stunde, bis sie das Anwesen in der Nähe Schwäbisch Gmünds gefunden hatten. Die Dunkelheit war längst hereingebrochen, Nebelschwaden trugen ihren Teil dazu bei, die Umgebung in einen gespenstischen Dämmer zu tauchen.

»In seinem Büro ist er nicht mehr zu erreichen«, hatte Neundorf erklärt. »Versuchen wir es unter seiner privaten Adresse. Er wohnt bei Gmünd, ich habe es recherchiert.«

Rielkes Haus verbarg sich hinter übermannshohen, jetzt weitgehend kahlen Büschen und mehreren zurechtgestutzten Bäumen. Neundorf und Braig blieben stehen, betrachteten das hellrote, offensichtlich frisch hergerichtete Dach, auf das der Schein einer nahen Straßenlampe fiel. Das Gebäude selbst war älteren Baujahrs, verfügte über zwei Stockwerke und stand in großzügigem Abstand zu den Nachbarhäusern. Ein hoher Zaun umgab es auf drei Seiten, ließ einem großen, mit hellen Pflastersteinen ausgelegten Hof samt Dreifachgarage und einem herbstlich ausgeweideten Garten Platz. Die Rückseite des Hauses wie der Garagen bildete die Grenze zur nächsten Straße.

Braig warf einen Blick auf den Boden zwischen dem Haus und den Garagen, so weit das durch das Buschwerk hindurch möglich war, erkannte die Musterung wieder. »Die DVD«, sagte er, »von hier aus haben sie gefilmt.«

Neundorf betrachtete das etwas versteckt im Schatten der Hauswand gelegene Areal, nickte. »Dann mal los«, sagte sie, »schauen wir mal, ob der Herr zu Hause ...«

Ein lauter Schlag ließ sie mitten im Satz innehalten. Irgendetwas war umgestürzt. »Was war das?«, fragte die Kommissarin. Sie wandte sich den Garagen zu. »Eine Explosion? Im Keller oder in den Garagen?«

Sie lief zum Eingang, wurde von gleißenden Scheinwerfern geblendet, die plötzlich aufleuchteten. Die Kommissarin drückte auf die Glocke, bis ihr Daumen schmerzte. Keine Reaktion.

»Auf jeden Fall ist jemand im Haus«, meinte Braig. Er sah, dass seine Kollegin erneut auf die Klingel drückte, glaubte, ein Geräusch aus dem Gebäude zu hören. Wie das Schlagen einer Tür, nicht wie das Läuten einer Glocke. Mehrere Sekunden vergingen.

»Also, wenn sich jetzt nichts tut, gehen wir rein«, erklärte Neundorf. »Der ist da drin. Das haben wir deutlich gehört. Wer weiß, was der da vorbereitet. Gefahr im Verzug.« Sie betätigte ein letztes Mal die Klingel, schaute sich um. »Wir müssen über den Zaun«, sagte sie. »Es gibt keinen anderen Weg.«

Braig lief ein paar Schritte zurück, überlegte, wo und wie sie das Bollwerk überwinden konnten. Die Absperrung war mit massiven Betonpfeilern befestigt, Eisenstab an Eisenstab, die spitz nach oben ragten, mehr als zwei Meter hoch. Der Eingang schien unüberwindbar, geschützt wie die Pforte eines Gefängnisses.

»Ich habe eine Idee«, meinte Neundorf. Sie lief zu ihrem Dienstfahrzeug, parkte es unmittelbar neben dem Zaun. »Vielleicht schaffen wir es ohne Delle und Kratzer.« Sie stieg auf das Dach des Autos, hangelte sich von dort auf den nahen Betonpfahl, zog sich hoch. Bis Braig folgen konnte, war sie schon in den Garten verschwunden. Er hatte Mühe, die Eisenspitze zu überwinden, kämpfte sich vorsichtig hoch, überwand die gefährlichen Stäbe. Als er mitten in einem kahlen Busch aufkam, hörte er seine Kollegin an einem der Garagentore rütteln.

»Hier drin brennt Licht«, rief sie. Sie lief von Tor zu Tor, versuchte sie zu öffnen. »Mist! Die sind alle verschlossen.«

»Dann versuchen wir es übers Haus«, schlug er vor. Er bemerkte die blecherne Gießkanne am Rand des Gartens, nahm sie in die Hand, sprang zu dem einzigen Fenster, das nicht von engmaschigen Metallstäben geschützt war. Es handelte sich um eine kleine, quadratische Öffnung, die kaum groß genug war, einem erwachsenen Menschen Durchlass zu gewähren. Wahrscheinlich war sie deshalb nicht von einem Gitter geschützt.

Braig klopfte die Scherben vollends aus dem Rahmen, sprang dann hoch. Neundorf gab ihm Hilfestellung. Er wand sich vorsichtig durch die Öffnung, riss das Fenster auf, half seiner Kollegin ebenfalls ins Haus.

Das Fenster, das sie zertrümmert hatten, gehörte zu einer Art Vorratskammer, einem engen, schlauchartig angelegten Raum, der mit Putzmitteln, Besen, Staubsauger und anderen Arbeitsgeräten vollgestellt war. Braig öffnete leise die Tür, drückte sich, seine Waffe in der Rechten, langsam an der Wand entlang weiter. Die Diele war leer. Neundorf und Braig blieben stehen, tasteten die im dämmrigen Halbdunkel gelegene Umgebung mit den Augen ab. Sie benötigten einige Sekunden, bis sich ihr Puls beruhigt hatte. Das Haus lag still, absolut still. Nirgendwo ein Laut, nicht der Hauch einer Bewegung.

»Rechts«, flüsterte Braig, wies mit einer kurzen Augenbewegung in die Richtung, wo die Garagen lagen. Sie gingen auf Zehenspitzen in die Diele, schoben sich an der Wand entlang weiter. Unter einer Tür war ein schwacher Lichtschein zu erkennen. Neundorf hielt ihren Kollegen zurück, deutete auf den hellen Spalt. Er nickte, sprang an der Tür vorbei, blieb stehen. Als Neundorf nachgerückt war, riss Braig die Klinke nieder, stieß die Tür weit auf.

Eine Staubwolke, getränkt mit einem scharfen, stechenden Geruch strömte ihnen entgegen. Braig starrte ins Innere der weitläufigen Garage, hatte Mühe, etwas zu erkennen. Grauer Staub hüllte den gesamten Raum trotz mehrerer an der Decke und den Seitenwänden angebrachter Lichtquellen in nur schwer zu durchdringenden Dämmer. Er hielt für einen Moment die Luft an, um seine Lungen zu schonen, sah die Umrisse zweier großer, nebeneinander geparkter Limousinen. Eines der Fahrzeuge, ein ursprünglich wohl dunkler Daimler, in gewohnter Statur, das andere aber, ein in undefinierbarer Farbe lackierter klobiger Oldtimer in seltsam schiefer Haltung. Braig hielt sich ein Taschentuch vor den Mund, atmete tief durch, machte einen Schritt auf das Uraltmodell zu. Das Auto hing auf der einen Seite abgestützt durch einen hydraulischen Wagenheber in der Luft, auf der anderen Seite dagegen lagerte die Karosserie unmittelbar auf dem Boden. Er bemerkte eine unübersehbare Anzahl kurzer, rechteckiger Holzbalken, die kreuz und quer zwischen dem Auto und der Garagenwand verstreut lagen, erkannte plötzlich die Umrisse eines menschlichen Kopfes, der seltsam aufgebläht unter dem Auto hervorlugte.

Erst als er Neundorfs durchdringenden Schrei hörte, wurde ihm klar, was mit dem Rest des Körpers geschehen war.

37. Kapitel

Sie hatten das ganze Haus durchsucht, alles auf den Kopf gestellt. Nichts. Alle Räume waren leer, niemand zu entdecken. Keine Hinweise auf die Anwesenheit einer fremden Person, nirgends Spuren. Die Fenster alle verschlossen, bis auf ein winziges Fensterchen auf der Rückseite des Gebäudes, das direkt auf die angrenzende Straße führte. Es hatte einen noch geringeren Durchmesser als das, durch das sie ins Haus eingedrungen waren, sodass nur eine äußerst dünne Person sich hätte hindurchwinden können. Rielke hatte deshalb ohne Risiko auf das engmaschige Metallgitter verzichten können: Ein Fenster, das die schmale Erdgeschoss-Toilette entlüftete, aus guten Gründen also nicht ganz geschlossen, sondern nur angelehnt war.

Im Garten und auf dem Pflaster keine Spuren, bis auf Stoffreste im Zaun, die allerdings ohne jeden Zweifel auf Braigs und Neundorfs Kleidung zurückzuführen waren. Beobachtungen von Nachbarn lagen ebenfalls nicht vor, obwohl Kollegen alle Häuser der Umgebung abklapperten. Niemand hatte sich an diesem unwirtlichen Novemberabend draußen aufgehalten, wieso auch, wo Nebelschwaden die Landschaft verhüllten.

Für den Gerichtsmediziner und die Spurensicherer handelte es sich um einen klaren Unglücksfall. Rielke, der begeisterte Autofan hatte sich offenkundig am Unterboden des Oldtimers zu schaffen gemacht, das Fahrzeug aber nur leichtfertig abgesichert. Allem Anschein nach war er unter dem Wagen liegend bei einem kräftigen Schlag mit seinem Hammer ausgerutscht und hatte einen der kurzen Holzbalken getroffen, mit denen das Auto auf der einen Seite gesichert war. Das Holzstück hatte sich gelöst und dadurch den ganzen Stapel samt der rechten Fahrzeugseite zu Fall gebracht, wobei der Brustkorb des Mannes, der sich wohl mit letzter Kraft noch hatte vorschieben wollen, zerquetscht worden war. Bis Braig und Neundorf endlich in die Garage vorgedrungen waren, hatte Rielke längst den letzten Atemzug getan.

»Er war ein passionierter Autoschrauber«, hatte Neundorf sich an ihr Gespräch mit dem Mann erinnert, »das hat er uns ausführlich erklärt.«

Die Kommissare hatten sich nicht die Mühe gemacht, Rielkes Schränke oder die Festplatte seines Computers zu überprüfen. Das konnte, falls es doch notwendig werden sollte, später noch nachgeholt werden. Sie hatten lediglich sein im ersten Obergeschoss gelegenes Büro aufgesucht und sich überzeugt, dass sich auch in diesem Raum niemand aufhielt. Den Schreibtisch des Mannes überprüfend war Neundorfs Blick an einem Ordner mit der Aufschrift *Buonagrappa* hängen geblieben. Sie hatte ihn in die Hand genommen, die Papiere durchgeblättert und plötzlich laut losgelacht.

»Das darf nicht wahr sein! Komm her. Das musst du dir anschauen!«

Die Kommissarin hatte ihr privates Prepaid-Handy aus der Tasche gezogen und mehrere Seiten des Ordners fotografiert, dann Braig aufgefordert, dasselbe zu tun. »Zur Sicherheit. Damit wir das Material doppelt haben, falls irgendjemand auf die Idee kommen sollte, es zu vernichten.«

Er hatte sich die Papiere vorgenommen und schon beim ersten Anblick begriffen, was seine Kollegin in solche Aufregung versetzt hatte.

Stuttgart, 12. 06. 2013   *Anwaltskanzlei Reinhold Rielke*

Im Auftrag des Verbandes süddeutscher Industrieunternehmen und Gewerbetreibender erwerben wir zur Förderung der politi-

schen Karriere und zur Profilierung seiner im öffentlichen Leben stehenden Persönlichkeit die international anerkannte BUONA-GRAPPA-MEDAILLE für Herrn Eduard Theodor Söderhofer.

Kostenpunkt: 100.000 Euro

Der Empfänger der BUONAGRAPPA-MEDAILLE verpflichtet sich, seine zukünftige Arbeit gemäß den Werten unserer Stiftung zu gestalten. Seine Grundhaltung und seine politischen Aktivitäten werden also allein an christlichen, das heißt den Interessen und dem Profit unserer Unternehmen dienenden Zielen orientiert sein.

Die Verleihung findet am 20. 11. 2012 in Stuttgart statt.

38. Kapitel

»So viel zu unserem Ehrenpreisträger«, meinte Neundorf. »Bleibt nur die Hoffnung, dass wenigstens ein paar Leute unsere angebliche politische Hoffnung in einem anderen Licht sehen werden.«

Sie hatten die Arbeit der Spurensicherer und des Gerichtsmediziners begleitet, sich dann per Handy bei Claudia Steib gemeldet und um ein kurzes Gespräch nachgesucht.

»Heute Abend noch?«, hatte sich die Journalistin erkundigt.

»Heute Abend noch«, hatte Neundorf bestätigt.

»Dann müssen Sie nach Urbach kommen. Ich bin hier bei meinen Freunden, Familie Weidner.«

Keine dreißig Minuten später waren sie vor dem Mehrfamilienhaus in Urbach angelangt. Braig entdeckte den Namen auf der untersten Leiste, drückte auf die Klingel.

Die Tür wurde geöffnet, eine schmale, drahtige Frau um die Vierzig stand im Treppenhaus.

»Frau Weidner?« Er sah das zustimmende Nicken, stellte sich und seine Kollegin vor. »Wir haben mit Frau Steib telefoniert.«

»Ich weiß. Kommen Sie, bitte.« Sie ließ sie in die Wohnung eintreten, führte sie in ein seltsam möbliertes Wohnzimmer, dessen Rückfront fast bis zur Decke mit Schränken, Kisten und Kartons vollgestellt war. Im Eingangsbereich dagegen herrschte gähnende Leere. Braig hatte die Einrichtung verwundert wahrgenommen, bemerkte erst jetzt, dass zwei weitere Personen um einen Tisch im rechten Eck des Raumes saßen: Claudia Steib und ein ihnen unbekannter Mann.

»Das ist Karsten, mein Mann«, stellte ihre Gastgeberin die beiden vor, »Frau Steib ist Ihnen ja bekannt.«

Braig reichte beiden die Hand, sah, dass der Mann im Rollstuhl saß. Im selben Moment begriff er den Sinn der Einrichtung: Der Rollstuhlfahrer sollte möglichst großen Bewegungsspielraum zur Verfügung haben.

»Wollen Sie Platz nehmen und etwas trinken?« Petra Weidner wies auf zwei Stühle vor dem Fenster.

Braig und Neundorf nahmen das Angebot an, baten um Wasser. Die Frau verschwand kurz in die Küche, kehrte mit zwei Gläsern und einer Flasche zurück. Sie schenkte ihnen ein, reichte ihnen die Gläser.

Neundorf bedankte sich. »Sie sitzen zusammen und feiern?«, fragte sie.

Petra Weidner zeigte auf den Tisch vor ihnen. »Feiern? Sehen Sie irgendwo Sekt oder Champagner?« Sie schüttelte den Kopf. »Nein, wir haben keinen Anlass zum Feiern. Niemand hat Geburtstag. Wir sitzen einfach zusammen und plaudern.«

»So würde ich das auch sagen«, stimmte Claudia Steib ihr zu. »Und Sie? Was führt Sie beide so spät noch zu uns?«

»Die DVD«, sagte Neundorf. »Wir fragen uns, wie Sie zu diesen delikaten Aufnahmen kommen.«

»Und Ihre Fahrt nach Glupfmadingen«, ergänzte Braig, »die Sie zum gleichen Zeitpunkt wie Rassauer und Rielke machten, würde uns interessieren.«

Claudia Steib saß unbeweglich in ihrem Sessel, hielt den Blicken der Kommissare ohne mit der Wimper zu zucken stand. Karsten und Petra Weidner verfolgten die Szene mit merklicher Unruhe.

»Mein Partner ist Journalist«, begann Neundorf von Neuem. »Thomas Weiss. Er hat mir einiges über Ihre Arbeit erzählt.«

»Thomas Weiss.« Claudia Steib fuhr sich über die Stirn. »Doch, ich habe einige Artikel von ihm gelesen. Er lässt sich nicht unterkriegen.«

»Thomas hat mir auch die wahren Hintergründe Ihres *Sabbaticals*«, sie betonte das Wort, »angedeutet.«

»So. Hat er das?«

»Ja, das hat er. Es hörte sich gar nicht gut an.« Neundorf schwieg einen Moment, griff dann in ihre Tasche. »Ich glaube, es hat mit dem zu tun«, sagte sie. Sie zog eine kleine Tüte vor, leerte ihren Inhalt mitten auf den Tisch. Die Augen aller Anwesenden starrten auf das filigrane Ohrgehänge mit dem auffallenden, dunkelblauen Stein.

»Wo haben Sie das her?«, fragte Petra Weidner erschrocken.

»Aus Rielkes Haus. Es lag auf dem Boden der Toilette; dem Raum mit dem winzigen Fenster.«

»Aha. Und weshalb bringen Sie es uns?« Claudia Steib legte beruhigend ihre Hand auf den Unterarm ihrer Freundin.

»Na ja«, antwortete Neundorf. »Ich erinnerte mich, dass Sie, Frau Steib, genau diese Art von Schmuck trugen.«

»Nicht nur Frau Steib«, unterbrach sie Petra Weidner. »Auch ich trage diese Art von Schmuck.«

»Und wir tauschen ihn sogar aus«, erklärte Claudia Steib. »Einmal trage ich ihn, dann wieder Petra. Nur damit Sie das wissen.«

Neundorf nickte. »Möchten Sie uns nicht endlich erzählen, was passiert ist?«, fragte sie.

Die beiden Freundinnen warfen sich kurze Blicke zu.

»Sie wollen es wirklich wissen?« Claudia Steib musterte die Mienen ihrer Besucher.

Beide nickten.

»Also gut.« Sie atmete tief durch. »Wir drehten eine Reportage über die Folgen touristischer Erschließung bisher weitgehend unberührter Gebiete. Karsten, mein Kameramann«, Claudia Steib wies auf den Mann im Rollstuhl, »Mario, unser Toningenieur und ich. Im Süden Tunesiens, in verschiedenen

Oasen. Kleine Individualveranstalter hatten sie seit wenigen Jahren in ihre Programme aufgenommen. Wir wollten zeigen, wie sich das auswirkt. Der Bau neuer Häuser und Zelte, die Befestigung von Wegen, der höhere Verbrauch von Wasser und anderen natürlichen Ressourcen und überhaupt die Veränderung des dörflichen Lebens. Zwei Wochen waren wir unterwegs in verschiedenen Oasen. Die Tage bei solchen Exkursionen verlaufen nie gleich, mal kommt ein Sandsturm in die Quere, mal ist die Hitze nicht mehr zu ertragen und dann noch die leidigen Verdauungsprobleme: An dem Tag hatte es Mario erwischt. Wir entschlossen uns, ihn im Zelt zurückzulassen und die Stunden bis zum Einbruch der Dunkelheit zu Landschaftsaufnahmen zu nutzen, da macht sich das Fehlen des Toningenieurs nicht so bemerkbar. Die Randstunden des Tages sind die ideale Zeit für dieses Vorhaben, am frühen Morgen und am Abend, kurz bevor die Sonne am Horizont verlischt, verzaubert das Licht die gesamte Umgebung. Karsten und ich suchten uns einen Platz vielleicht einen halben Kilometer von unserer Oase entfernt, schauten nach Schatten für unseren Landrover und ein kleines Zelt, warteten auf den richtigen Moment. Und genau in den Minuten, als wir die Kamera fokussiert hatten, ist es passiert. Ein Jeep raste mit irrsinnigem Tempo um die Kurve am Fuß eines der Hügel, erwischte zwei Kinder, die dort unterwegs waren und katapultierte sie in die Luft. Karsten und ich starrten sprachlos in die Tiefe, wir waren wie gelähmt, konnten auch nicht reagieren, als das Auto anhielt und zwei Männer ausstiegen. Die Kamera lief, wir hatten sie genau auf das Areal ausgerichtet, wo die Kinder lagen – vielleicht hundert Meter entfernt. Die beiden bewegten sich noch, waren aber schwer verletzt, so viel konnten auch wir erkennen. Und dann, als wir uns endlich aus unserer Erstarrung lösten, mussten wir ohnmächtig mit ansehen, wie die Männer ihr Fahrzeug wieder bestiegen, dann genau auf die Kinder zusteuerten und beide mehrfach überrollten.« Sachlich, ohne jede Emotion hatte die Frau das Geschehen rekapituliert. Keine stockende Stimme, keine Tränen, nichts.

Im Zimmer war es ruhig, keine der anwesenden Personen rührte sich, niemand stellte eine Frage.

»Dann bemerkten sie uns«, fuhr Claudia Steib fort. »Zwei laut schreiende, wild gestikulierende Personen, die den Hügel abwärts auf sie zurannten und sich ihnen orientierungslos vor Wut und Entsetzen in den Weg stellten.« Sie verstummte, blickte über den Tisch, überließ es Petra Weidner, fortzufahren.

»Ich war nicht dabei. Aber ich kenne jede Minute, nein, jede Sekunde dieses Abends in- und auswendig. Sie glauben nicht, wie oft wir darüber gesprochen haben«, erklärte die Frau. »Sie haben Karsten überfahren. Mit ihrem Jeep.«

Braig schaute zu dem Mann im Rollstuhl, sah, wie sich dessen Atmung beschleunigte.

»Und dann nahmen sie sich Claudia vor«, mischte sich Karsten Weidner schwer atmend ins Gespräch. »Ich lag da, ohnmächtig vor Schmerzen, konnte nichts tun.«

»Sie zerrten mich in ihren Jeep, und einer, es war Rielke, schlug auf mich ein. Als ich wieder zu mir kam, war es dunkel. Dann warfen sie mich in den Sand.« Tränen liefen über ihr Gesicht.

»Den Rest wollen wir nicht mehr hören«, sagte Petra Weidner, nahm die Hand ihrer Freundin, drückte sie.

»Rielke«, presste Claudia Steib hervor. »Rielke war es. Der andere schaute nur zu.«

»Und die Kamera?«, fragte Neundorf.

»Sie hatten sie bemerkt. Wir können nichts beweisen. Sie haben alles zertrümmert. Vor unseren Augen.« Claudia Steib schüttelte den Kopf. »Zum Glück wurde Karsten bald entdeckt. Mario war unruhig geworden, weil wir nicht kamen. Er besorgte über das Konsulat einen Hubschrauber, ließ nach mir suchen. Sonst ...«

»In der Wüste wird es nachts eiskalt«, sagte Weidner.

Neundorf nahm einen Schluck von ihrem Wasser, fand erst mehrere Minuten später zu einer weiteren Frage. »Wie kamen Sie ihnen auf die Spur?«

»Zufall«, antwortete Claudia Steib. »Reiner Zufall. Die Reportage über Menschen hinter skurrilen Anzeigen. Ich habe Ihnen davon erzählt.«

Die Kommissarin nickte.

»Da stieß ich auf dieses Ekel.«

»Sie sind sich absolut sicher, dass er es war?«, vergewisserte sich Neundorf.

Claudia Steibs Augen verengten sich zu schmalen Schlitzen. Sie fixierte die Kommissarin, ließ sich mehrere Sekunden Zeit, bis sie endlich zu einer Antwort fand. »Ob ich mir sicher bin?« Sie holte tief Luft, schob ihren Oberkörper nach vorne, richtete sich dann zu voller Größe auf. »So sicher war ich mir in meinem ganzen Leben noch nie!« Sie schüttelte den Kopf. »Die Frage können Sie sich sparen. Seine Körperhaltung, seine Gestik, die Stimme. Glauben Sie, ich könnte den Kerl jemals vergessen? Er saß am Steuer, als sie die Kinder überrollten. Er nahm den Wagen und fuhr Karsten zum Krüppel. Und er war es, der über mich herfiel. Das weiß ich, so wahr ich hier sitze, zum Teufel!«

»Okay«, sagte Neundorf und hob beschwichtigend ihre Hand.

»Und dann trägt das Schwein ausgerechnet diesen Namen. Fast genau wie der Dichter, den ich so schätze.« Die Frau atmete kräftig durch, winkte ab. »Aber das spielt jetzt wirklich keine Rolle mehr.«

Neundorf wartete, bis sich ihr Gegenüber etwas beruhigt hatte. »Sie haben ihn gemeinsam beschattet?«

Beide Frauen signalisierten ihre Zustimmung. »Irgendwann traf er sich mit dem Stiernacken. Rassauer. Da hatten wir beide.«

»Die Männer haben nichts bemerkt?«

»Es war nicht einfach. Meistens rasten sie wie die Verrückten. Wir konnten oft nicht folgen. Deshalb bekamen wir von der Entführung des kleinen Mädchens auch nichts mit. Leider. Sonst hätten wir natürlich alles getan, das Kind zu befreien oder es ihnen zu melden. Aber dass die uns bemerkten? Ich glaube nicht«, antwortete Claudia Steib. »Wir waren sehr vorsichtig. Rassauer hat jedenfalls nichts Dergleichen geäußert, als wir ihn aufsuchten.«

»Sie waren bei Rassauer?«, fragte Braig überrascht. Er musterte die Frauen, sah, wie spindeldürr sie waren. Eine wie die andere.

»Wir stellten ihn zur Rede. Er war nur der Mitläufer. Dem Ekel hörig.«

»Wie hat er reagiert?«

»Er war natürlich erschrocken. Wir forderten ihn auf, dem anderen nichts von unserem Besuch zu erzählen. Er solle mit uns zur Polizei gehen und eine Aussage machen.«

»Das haben Sie versucht?«

»Vorgestern, ja«, antwortete Petra Weidner.

»Und?«

»Gestern Morgen waren wir wieder dort. In seinem verwahrlosten Autocenter. Wir ließen ihm keine Ruhe, bestürmten ihn. Da zeigte er sich einverstanden. Heute wollte er auspacken.«

»Gestern Morgen?«, vergewisserte sich Braig. Er erinnerte sich, dass der Mann gestern Morgen voller Hektik und außer Atem in seinem Büro angekommen war. »Anschließend tauchte ich bei ihm auf«, sagte er. »Und dann bekam er wohl Panik und fuhr schnurstracks zu seinem *Freund*. Wahrscheinlich erzählte er ihm alles. Und daraufhin sah sich Rielke gezwungen zu handeln.«

»Bei dem waren wir ebenfalls. Vorher schon.«

»Wie bitte?« Neundorf starrte ungläubig zu Claudia Steib. »Bei Rielke?«

»Sie haben keine Ahnung, wie viel Überwindung mich das kostete. Er sollte seine Chance zur Selbstanzeige bekommen, auch wenn ich den halben Mittag danach kotzen musste.«

»Wie hat er reagiert?«

»Ich habe sein hämisches Gelächter jetzt noch in den Ohren«, bekannte Petra Weidner. »Wie wir das denn beweisen wollten? Er schüttelte sich vor Lachen. Und dann drohte er uns mit seinen hochkarätigen Freunden. Er zeigte uns Fotos. Er mit seinen Freunden aus Politik und Wirtschaft Arm in Arm. Er würde uns vernichten, drohte er. Wir sollten seine Freunde nicht unterschätzen.«

»Und?«

»Ein Tag später stand ein Anwalt vor meiner Tür«, sagte Claudia Steib. »Er präsentierte mir die eidesstattliche Erklärung von drei bekannten Persönlichkeiten, einem Landtags- und einem Bundestagsabgeordneten und einem Managementberater, dass Rielke in der Woche und an dem Tag, als es damals passierte, hier in Deutschland und mit ihnen zusammen war. Jede andere Behauptung ziehe automatisch einen Prozess wegen übler Verleumdung nach sich, machte er mir klar.«

»Ja, so läuft das bei uns«, sagte Neundorf. »Freunde halten zusammen.«

»Und einen Tag später rief mich mein Redakteur an und entschuldigte sich. Er müsse mir, was die Reportage über die Menschen hinter skurrilen Anzeigen betreffe, leider absagen. Was ihm persönlich sehr leid tue, aber diese Order käme von ganz oben.«

»Himmeldonnerwetter!«, fluchte die Kommissarin.

»Und dann warteten wir heute Morgen vergeblich auf Rassauer und hörten schließlich, was passiert war«, sagte Petra Weidner. »Und Karsten hing wieder einmal völlig verzweifelt in seinem Stuhl.« Sie wandte den Kopf, schaute zu ihrem Mann.

»Da wussten wir, dass wir keine Chance haben. Nicht in diesem Land«, meinte Claudia Steib. »Nicht bei Leuten mit solchen Freunden.«

Neundorf atmete tief durch, nickte mit dem Kopf. »Aber dann kam es doch noch anders. Der Typ bastelt schließlich gerne an den Karossen in seiner Garage, wie Sie gestern bemerkt hatten«, meinte sie. »Und das kleine Fenster auf der Rückseite des Hauses stellt für zwei so schlanke Personen wie Sie kein Hindernis dar. Das hat der gute Mann nicht bedacht.«

»Das hat er nicht bedacht, nein«, bestätigte Claudia Steib.

»Eigentlich sollte all das auch noch in seinen unzähligen Nachrufen stehen«, erklärte die Kommissarin, ihre Gesprächspartner im Blick.

»Ja, aber nur wir wissen ja von alldem«, wandte Petra Weidner ein.

»So ist es.« Neundorf erhob sich, wartete, bis Braig es ihr nachgetan hatte, legte ihm dann die Hand auf die Schulter. »Nur wir wissen von alldem. Und dabei bleibt es auch, ja?«

»Dabei bleibt es, ja«, bestätigte Braig.

Klaus Wanninger
SCHWABEN-LIEBE

Taschenbuch, 280 Seiten
ISBN 978-3-942446-71-6
9,90 EURO

Ein brutaler Mord vor den Limes-Thermen in Aalen! Der Tote ist Tobias Hessler, der Besitzer einer Partner-Vermittlungs-Agentur, die darauf spezialisiert ist, betuchte Kundinnen und Kunden an pittoresken Plätzen zusammenzuführen. Vor den Kulissen von Schloss Hohenzollern, Kloster Lorch oder Schloss Monrepos inszenierte er seine Anbahnungen. Wer trachtete dem erfolgreichen Unternehmer nach dem Leben?
Kommissar Steffen Braig vom LKA Stuttgart findet schnell heraus, dass Hessler, der zu Lebzeiten zahlreiche handfeste Drohungen von unzufriedenen Kunden erhalten hat, offenbar auch in der Vermittlung weniger seriöser Dienste tätig war. Kam er halbseidenen Geschäftemachern in die Quere? Wo ist Hesslers Videokamera, mit der er in Aalen gefilmt hat? Wurde er zufällig Zeuge eines Geschehens, das im Verborgenen hätte bleiben sollen?
Kommissar Braigs 15. Fall wimmelt nur so von zwielichtigen Verstrickungen und amourösen Untiefen.

»Temporeich, packend und mit viel Lokalkolorit geschrieben.«
(ekz bibliotheksservice)

Gesa Gauglitz
STIRBWOHL

Taschenbuch, 300 Seiten
ISBN 978-3-942446-94-5
9,90 EURO

Du beneidest deine beste Freundin?
Nimm ihren Platz ein!
Du musst dafür über Leichen gehen?
Tu es!

Valerie und Sophie sind allerbeste Freundinnen.
Schon immer.
Aber Valerie hat all das, was Sophie nicht hat:
Valerie hat einen wunderbaren Mann. Sophie nicht.
Valerie hat zwei tolle Kinder. Sophie nicht.
Valerie lebt in einer schönen Villa. Sophie nicht.
Valerie liebt ihren Job. Sophie hasst ihren.
Valerie hat das perfekte Leben.
Sophie will das perfekte Leben.
Sie will Valeries Mann. Valeries Kinder.
Valeries Haus. Valeries Job.
Sophie will Valeries Leben. Und sie ist bereit, dafür über Leichen zu gehen.

Ein Krimi über Neid, Missgunst und darüber, dass zu viel Glück tödlich sein kann.
Nach diesem Buch will man keine beste Freundin mehr haben.

Almuth Heuner (Hg.)
KÜCHE, DIELE, MORD

Broschur, 392 Seiten
Großformat: 13,5 x 21,5 cm
ISBN 978-3-942446-93-8
14,90 EURO

Egal, ob im Reihenhäuschen oder in der Villa, im Hochhaus oder in der Baracke – überall, wo gewohnt wird, wird auch gemordet!
Küche und Schlafzimmer, Bad und Heizungskeller, Garage und Rumpelkammer sind die Schauplätze von Verbrechen aller Art. In jedem Raum lauert irgendein tödliches Möbelstück, und beim Aufräumen oder Renovieren - nicht nur im Keller - findet sich so manche Leiche, die für immer hätte verschwinden sollen.

Erleben Sie, wie tödlich Lesen sein kann, welche Rolle der Architekt, die Putzfrau oder der Schornsteinfeger im kriminellen Stelldichein spielen, wo die winzigen Beweisstücke auf einem vollgerümpelten Dachboden gefunden werden oder wie die furiose Schlacht in der heimischen Kellerbar ausgeht.

Handverlesene Mitbewohner dieser außergewöhnlichen Mords-WG, die von Deutschlands Krimi-Fachfrau Almuth Heuner in der Rolle der Hausmeisterin betreut wird, sind deutschsprachige Krimiautoren wie Tatjana Kruse, Guido Breuer, Barbara Saladin, Thomas Kastura, Monique Feltgen, Henner Kotte und viele, viele andere.

Thomas Kastura (Hg.)
SCOTCH AS SCOTCH CAN

Taschenbuch, 376 Seiten
ISBN 978-3-942446-89-1
9,90 EURO

Whisky – flüssiges Gold mit uralter Tradition, von Mythen umrankt und inspirierend für Leser wie für Schriftsteller. Ob rauchig, würzig oder weich – der Geschmacksreichtum des »Lebenswassers« (uisge beatha) begeistert seit jeher Genießer in aller Welt.

27 Krimiautoren haben tief in die Flasche geschaut und spannende Geschichten rund um den Whisky destilliert. Jede der Geschichten hat eine berühmte Whiskymarke zum Thema. Da wird »Der letzte Ardbeg« getrunken, es geht »Durch die Nacht mit Glenfarclas« und auf den Spuren von James Bond sogar ins »Casino Fatale« in den schottischen Highlands. Ein Fest für jeden Whiskykenner, ein wärmendes kriminelles Vergnügen für stürmische Herbstabende!

Die Autoren: Jürgen Alberts, Richard Birkefeld, Nina George, Brigitte Glaser, Peter Godazgar, Carsten Sebastian Henn, Tessa Korber, Tatjana Kruse, Sandra Lüpkes, Karr & Wehner, Ralf Kramp und viele andere mehr.

Ulrike Blatter

NUR NOCH DAS NACKTE LEBEN

Taschenbuch, 313 Seiten
ISBN 978-3-942446-12-9
9,90 EURO

Kommissar Bloch, der spröde Eigenbrötler von der Kripo Konstanz, kann sein Glück kaum fassen, als ihn eines Tages die attraktive Alenka anspricht. Dass die slowenische Journalistin eine ungeklärte Todesserie unter Drogenabhängigen in ihrem Heimatland recherchiert, interessiert ihn nur am Rande. Bloch will nur eins: dieses unvermutete späte Glück mit aller Kraft festhalten.

Als Alenka jedoch kurz darauf einem mysteriösen Unfall zum Opfer fällt, taumelt er in einen Strudel sich überschlagender Ereignisse. Als Jäger folgt er der den Spuren der geliebten Frau bis in ihre Heimat und versucht zu verstehen, warum sich Alenka bedroht fühlte. Berührte ihre Story rund um Biowissenschaften und Sucht so viele gesellschaftliche Tabus, dass sie dafür sterben musste?

»*Rasant und gleichzeitig sensibel erzählt, gelingt es der Autorin eine Stimmung zu erzeugen, die unter die Haut geht und dem Leser noch lange hinterher Schauder über den Rücken jagt.*« (Singener Wochenblatt)